无怨无悔·传奇苏步青

陈红晓 —— 著

新世界出版社
NEW WORLD PRESS

图书在版编目（CIP）数据

无怨无悔：传奇苏步青 / 陈红晓著. ——北京：新世界出版社，2017.7
ISBN 978-7-5104-6115-6

Ⅰ.①无… Ⅱ.①陈… Ⅲ.①传记文学-中国-当代
Ⅳ.①I25

中国版本图书馆 CIP 数据核字（2017）第 008053 号

无怨无悔：传奇苏步青

作　　者：	陈红晓
责任编辑：	刘　颖　曲静敏
责任印制：	李一鸣
出版发行：	新世界出版社
社　　址：	北京西城区百万庄大街 24 号（100037）
发 行 部：	（010）6899 5968　　（010）6899 8705（传真）
总编室：	（010）6899 5424　　（010）6832 6679（传真）

http://www.nwp.cn
http://www.nwp.com.cn

版 权 部：	+8610 6899 6306
版权部电子信箱：	nwpcd@sina.com
印　　刷：	北京中印联印务有限公司
经　　销：	新华书店
开　　本：	710mm×1000mm　1/16
字　　数：	237 千字　印张：18.5
版　　次：	2017 年 7 月第 1 版　2017 年 7 月第 1 次印刷
书　　号：	ISBN 978-7-5104-6115-6
定　　价：	39.80 元

版权所有，侵权必究

凡购本社图书，如有缺页、倒页、脱页等印装错误，可随时退换。

客服电话：（010）6899 8638

引 子

  2003年3月17日,社会各界获悉一个不幸的消息,一位举世闻名的老人辞世了。无数网民率先从人民网上看到这样一则消息:

  杰出的数学家、教育家,著名的社会活动家,中国共产党的优秀党员,中国人民政治协商会议第七、八届全国委员会副主席,中国民主同盟中央委员会名誉主席,中国科学院院士苏步青同志因病于2003年3月17日16时45分在上海逝世,享年101岁。

  ……

  苏步青同志一生光明磊落,实事求是,严于律己,待人宽厚,谦虚谨慎,生活简朴,无愧为知识分子的楷模。他高尚的道德风范、无私的奉献精神和卓越的成就,将永留青史,并将激励新一代爱国知识分子为建设中国特色社会主义事业继续作出贡献。

  苏步青老人辞世的消息迅速传播开来,令人们无不陷入难以言说的沉痛中。一部中国现代数学史,自19世纪20年代奠基开始,至20世纪80年代后的奋进时期,皆有他辛勤的汗水,渗透着他一生的心血;他从事教育工作70年,培养出了三代中科院院士、100多位博士生导师。这无疑是一个传奇,也让世人无限追思……

目 录

第一章 从小也顽皮
极为贫寒的出身 …………………………………… 3
入塾 ………………………………………………… 5
顽皮放牛娃 ………………………………………… 7
学分最差的学生 …………………………………… 11
拧着劲来 …………………………………………… 16

第二章 教法得当，奋力上进
遇到好老师 ………………………………………… 21
取得了第一名的好成绩 …………………………… 25
找到了自己奋斗的方向 …………………………… 27
是雄鹰，就要高飞 ………………………………… 31

第三章 为国富强，赴日留学
远赴日本留学 ……………………………………… 37
智慧的面试 ………………………………………… 41
高等工业学校 ……………………………………… 44
考入日本东北帝国大学 …………………………… 48

第四章　是雄鹰，就要展翅
　　在东北帝国大学学习 ·············· 53
　　直升研究院 ·············· 59

第五章　不忘初衷，毅然回国
　　浪漫的樱花 ·············· 63
　　回到中国 ·············· 68
　　陈建功和苏步青 ·············· 71
　　方德植和陈景润 ·············· 74
　　革命的浙大 ·············· 79

第六章　苦难里有"剑桥"
　　西迁，西迁 ·············· 85
　　遵义 ·············· 89
　　熊全治 ·············· 95
　　白正国 ·············· 100
　　杨忠道 ·············· 105
　　东方剑桥里的诗人 ·············· 107

第七章　心正身正，意志坚定
　　心正必然身正 ·············· 111
　　新中国成立之初 ·············· 116
　　当见到毛主席的时候 ·············· 120
　　坚强的意志 ·············· 125

里面臭外面香 …………………………………… 127

春天的到来 ……………………………………… 131

第八章　焕发青春，身扑教育

计算几何学的创立 ……………………………… 139

与中小学教师们谈话 …………………………… 142

语文是基础 ……………………………………… 145

真挚的情感 ……………………………………… 151

人生关键处需指点 ……………………………… 156

引导学生爱自己的国家 ………………………… 162

举办中学教师讲习班 …………………………… 166

对下属的体恤和关心 …………………………… 171

严格的做事态度 ………………………………… 175

计算几何的发展 ………………………………… 179

高远的眼光 ……………………………………… 183

第九章　老来也要发挥余热

深深的故乡情 …………………………………… 193

温州大学 ………………………………………… 199

怎能忘了湄潭 …………………………………… 207

浙江大学，我的母校 …………………………… 213

参与国家政事 …………………………………… 219

关于研究生 ……………………………………… 223

圈子缩小了 230

　　一段清闲的日子 235

第十章　设立苏步青奖项

　　苏步青数学教育奖 241

　　病住华东医院 245

　　苏步青逝世 249

　　沉痛的悼念 253

　　ICIAM 苏步青奖 258

附　苏步青的部分弟子

　　方德植 263

　　熊全治 265

　　张素诚 267

　　白正国 270

　　吴祖基 271

　　秦元勋 273

　　卢嘉锡 273

　　曹锡华 274

　　杨从仁 274

　　程民德 275

　　卢庆骏 276

　　谷超豪 277

　　胡和生 278

李大潜 …………………………………………………… 279

华宣积 …………………………………………………… 280

董光昌 …………………………………………………… 281

忻元龙 …………………………………………………… 283

洪家兴 …………………………………………………… 283

谭永基 …………………………………………………… 284

杨忠道 …………………………………………………… 285

梁友栋 …………………………………………………… 285

第一章　从小也顽皮

极为贫寒的出身

"哇——"

一声嘹亮的啼哭，一个孩子诞生了。

然而，父亲苏宗善和母亲苏林氏说不清心里是悲苦还是喜悦。因为家境过于贫寒，他们先前生的孩子都没能养活得住，大都一个个死去了。即便没死的，也难以养活，就先后送了人。加上眼下刚出世的小男孩儿，也仅剩下一女二男。而眼前这个刚出生的小婴孩儿，也是瘦瘦的、小小的，一副营养不良的样子。他们抱着这个孩子仔细地看，这孩子虽然瘦弱，但很有股子精气神儿，于是，母亲便叹了口气，说道："但愿能够成人！"

父亲苏宗善虽没有上过学，但也是在私下里用功读过书认识字的，并且还有些书法的功力，每当逢年过节需要书写什么的时候，村里的人都爱请他去帮忙，也算是个乡村中的文化人。此时他便心有所动，说道：

"就给咱们的儿子起个名字叫'尚龙'吧！"

母亲嘴里念叨了一句"尚龙"，然后说道：

"不错，随你，希望他能够顺利长大，有些出息！"

苏宗善读书认字有些能耐，然而身子板儿就差了一些，在干体力活上总是不如人，只有40岁出头的他由于总是在水稻田里干活便患上了严重的风湿性关节炎，这使一家的生活更为困难。

然而，日子总要继续下去的，孩子也总要养活的，就是再愁苦也要想

法子渡过难关。

他们这个小山村名叫"带溪",一天,带溪村里来了一个看风水的先生,他给村人苏三喜家看宅子,苏林氏抱着小儿子去三喜家找簸箕,风水先生正在和主人说他们家厕所位置不对,有煞气,应当怎么怎么破。苏林氏见风水先生只用嘴说不用体力便能赚到钱,便好奇地问风水先生:

"你怎么懂得这么多呀?"

风水先生说:

"都是从书上看的,看书多了,自然懂得的也就多了。"

苏林氏于是心动,心想丈夫身体不好,干不成很重的体力活儿,可是他认字有点文化,能不能也做个风水先生养家糊口呢?

她回家之后,越想越觉得给人家看风水是个生路,便对丈夫苏宗善说:

"你身体这个样子,咋养活家呢,我看当个风水先生不用体力,只是动动嘴就可以赚到钱,你又认得字,能不能也看看那些书学学,然后给人家看风水呢?"

苏宗善想想,也确实是个生路,于是就开始到处找风水书来看。

不说苏宗善苦心学习风水,单说他们的小儿子苏尚龙,总是见父亲背那些风水书,就很是好奇,他的心眼极为灵透,什么一听就能记住。一日,父亲背那些风水书,背着背着忽然背不上来了,无论怎么想都想不起来下句,没想到小儿子却用稚嫩的声音替他背诵了出来:

"宫属土,不宜三九月;商属金,六、十二月不宜;角属木,不宜六、十二月;徵属火,不宜三、九月;羽属水,不宜三、九月……"

第一章 从小也顽皮

入 塾

话说苏宗善意外听到小儿尚龙背出《风水》的一大段后，顿时眼前一亮，喜道：

"好一个小尚龙，我还没有背会，你听就听会了，真是个天才呀！了不起的天才！以后我一定要让你读书，让你学有所成！"

他自己苦心学习风水没有当成风水先生，却意外地发现儿子小尚龙有读书的天分，感觉真是天大的喜事。母亲苏林氏也高兴得不得了，说道：

"确实是咱家的希望，咱家有希望了！"

父亲说：

"是呀，有希望了，也许咱家的苦日子到他这一代就到头了，终于要见青天了，等以后他上学读书了，咱们就给他起个学名叫'步青'——苏步青！"

母亲说："苏步青，好，这个名字好！"

父亲高兴得抱着儿子亲了又亲，当下就开始教儿子认字。当然以他们家那时候的境况，一般是不舍得用墨水的，便端来一碗清水让儿子和自己一起用指头蘸了水在桌面上写字。先从简单的字教起，什么山、水、田、土、日、月……他先写一遍，再让儿子学写一遍，小尚龙天资聪颖，学得很快……

如此经过两年，小尚龙已经七岁了，父亲苏宗善觉着总是这样教他不是办法，自己肚里这点墨水都教得没有能力再教了，得让孩子入学校读书

才行。可是,入学校必须得交学费,他们家吃饭都这么困难,哪有钱交学费呢?可是总得让小尚龙读书呀。

他想来想去,想到了本家的一个私塾先生——那是他的一个伯父,他们家办了一个私塾,专教孩子念书。他想,不管怎样,是本家,总会照顾一些的。于是,他就去找这个私塾先生,对这个伯父说了小尚龙的情况,说小尚龙在读书方面有天赋。然而,这个伯父却表现得很是为难,他说道:

"按说,我们是本家,我又是长辈,教晚辈读书学习是完全应该的,可是侄儿你也知道,我一个孤老头子生活也是很艰难的,一年的收入也就是这些学生送来的一点儿学费,别无盈余,我说这话真是很难为情,因为我们是亲戚,血脉相连,可是谁叫我们苏门太穷了呢?——唉!"

老先生说到这里实在说不下去了。

苏宗善听到这里,心里也不好受,伯父说的这些,他这个本家侄子是完全能理解的,便犹豫了一下说道:

"伯父您老人家放心,您说的话侄儿我完全清楚,您看这样吧,小尚龙来了之后,我一个月送来两升米和一捆柴可以吗?"

话说到这里,还有什么可说的呢?自己本家还要斤斤计较讨价还价吗?老先生说道:

"好吧,贤侄,那就让小尚龙来读书吧,我会尽心教好我的小孙孙的,你大可放心。"

苏宗善释然说:

"那真是感谢伯父了,待小尚龙以后读书有出息了,不会忘记您这个爷爷的,让他来孝敬您!"

老先生哈哈笑了,又说:

"不过,我一个孤老头子,还要教书,事情忙了些,小尚龙来了之后要帮我烧饭的呀!"

苏宗善说:

"行,没问题的,让他好好跟着您学学,锻炼锻炼!"

就这样,小尚龙搬个小凳子就到本家爷爷的私塾里读书了。从此后,小尚龙不叫小尚龙了,他有了正式的学名,那就是苏步青。苏步青以前读书是跟着父亲一个人学的,到这里却有这么多孩子和他一起学,这让他觉得很是新奇,走进那间破旧不堪的私塾之后,禁不住东张西望,哪儿都想看看。孩子们也在嬉笑着看他。先生说:

"苏步青,你来了。"

苏步青迷瞪了一下,说:"啊!"

然后慌忙向先生行师生之礼。

先生拿给他两本木刻《三字经》《百家姓》,说:

"坐到下面,好好念书吧。"

苏步青接过书,恭敬地答道:

"是,先生!"

然后,就去下面先生指定的位置上开始了学习。

顽皮放牛娃

在这样的环境下,苏步青居然也学到了不少东西,《三字经》《百家姓》自是背得烂熟。也认得了不少的字,看了不少有用的书。

除此之外,就是还要给先生烧饭,这也是来之前说好的。那时他才只

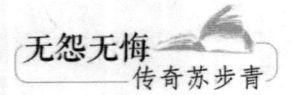

有七岁呀,个子小得连灶台也够不着,他便搬一个小凳子垫在脚下。每次先生都嘱咐他:

"千万要小心,一定不要烧着了,不要把锅打了,不要把饭弄洒了。"

他稚嫩地答应说:

"是,先生,我一定会注意。"

一次,一个本家老爷爷在村头碰见苏步青,就亲热地问他都学了什么书,识了多少字,并拿出一本残破不全的书来考问道:

"你知道书上的这个字念什么吗?"

老爷爷连问了几个字,苏步青都一看便知,对答如流。老爷爷很是喜欢,就说:

"这本书放在我这里也没有什么用,你拿去看吧,好好念书,以后会有大用的。"

苏步青高兴得像得到了宝贝似的,谢了老爷爷,拿着书就跑了。那时也没有什么娱乐,苏步青对书本里的东西充满了好奇,跑了几步就开始打开来看,边走边看。那本破书正是四大古典文学名著之一的《三国演义》,他看着看着,就被书里的故事吸引了,那丈八蛇矛、那青龙偃月刀、那赵云,都看得他忘了走路,走着走着就撞到了墙上,走着走着就撞到了树上,他摸摸被撞疼的额头,还笑呢,接着照旧边走边看。这时的他干什么都只是凭着自己的兴趣。

然而,有一天,他一回到家,父亲就对他说:

"以后你不用去私塾念书了,你们先生不再开私塾了,找别的出路去了。"

他听了还笑,毫不在意地说:

"好,不去私塾就不去。"

父亲说:

"从明天起,我给你根鞭子,卧牛山上放牛去吧!"

父亲说这话时,心里一阵疼痛,然而,苏步青依旧是那个天真无邪的样子,说道:

"好呀,放牛好呀。"

一旁的母亲小声说:"还好呢,——唉!"

从此后,苏步青头上戴了一顶父亲编的大竹笠,在卧牛山上当了放牛娃。小孩子什么都感觉新奇,整天地无忧无虑,和一帮上不起学的穷孩子一起玩得倒也开心。他们把牛牵到卧牛山上草多的地方,随它们啃去,自己就在草地上打闹、玩耍、摔跤、逮兔子。待牛吃饱了,天也黑了,便一起牵牛回家。

有一天,苏步青牵牛路过一个私塾门口,听到私塾里先生讲课,不禁又想念起自己在私塾读书的日子了。只听里面大声念道:

"苏老泉,二十七,始发愤,读书籍。"

这是《三字经》中的几句话,当然,苏步青早就会背《三字经》了,此时听到,感觉格外地亲切,嘴里也跟着念道:

"苏老泉,二十七,始发愤,读书籍。"

从此以后,这几句话竟被他当作了山歌,每当往山上放牛的时候,他就会大声地唱这几句经歌。

此时的他放牛打闹之余,还没有把自己的书本彻底忘到脑后,时常把他最为喜欢的那本《三国演义》带在身边,在书中找寻乐子。看完了也讲给同伴们听,同伴们听得也上瘾,小三子喜欢手提青龙偃月刀的赤脸关羽,小豹子喜欢手拿丈八蛇矛性格又粗鲁又可笑的张翼德,小银龙喜欢的是长得漂亮又武艺高强的常胜将军赵子龙。喜欢《三国演义》入了迷,他们不免就骑上牛背演一回,大战几个回合。

骑牛,是放牛娃的最爱,然而,家中的父母总是不放心,很早就嘱咐

他们出去放牛一定不要骑在牛背上，如果摔坏了不是好玩儿的。孩子在父母面前答应得好好的，然而等一离开了父母，他们就"噌"地一下蹿到了牛背上。牛一般情况下都很温顺老实、稳稳当当的，然而，也有撒欢儿的时候，一撒欢儿哪是几岁的孩子们驾驭得住的？难免会被摔下来。苏步青放牛的同伴们哪个没有被摔下过？

然而，他们总是改不了这个喜好，摔了爬起来照样骑上去。骑牛也是一种享受。

如今，他们又开始骑在牛背上演《三国演义》，当然是最危险不过的事情。苏步青最爱演的是张飞，他总是拿着一根长长的细细的树棍儿当张飞的丈八蛇矛，骑在牛背上，一拍牛屁股，对他的同伴道：

"我乃燕人张翼德是也！"

然后，挥舞小树棍儿和同伴按书中的故事情节演上一回。打斗中间，身上总是不免被小树棍儿划上几道红红往外渗血的印子来。

有一天晚上，睡梦中的苏步青突然大哭起来，母亲吓坏了，就把他从梦中叫醒，问他原因：

"步青，步青，你醒醒，到底是怎么回事，跟妈说说！"

在迷迷糊糊中的苏步青抽抽噎噎地向母亲说出一番话来，着实让母亲心惊肉跳，吃惊不小。

第一章 从小也顽皮

学分最差的学生

苏步青白天拿根长树枝骑在牛背上演习三国里的打斗故事，模仿张翼德，入了神，不想那牛正走着，腿下被什么绊了一下，身子猛一倾斜，就把背上的苏步青给摔了下来。原来，此时正在一片竹林边上，那竹林刚被砍去，牛正绊在那竹茬子上。苏步青刚好被摔在两个竹茬子中间，他趴在那里看着那些残留的尖尖的竹茬子，一时被吓呆了，要是扎在身上这还得了？不死也必然会被戳个半死……他从那里爬起来离开之后，还害怕得要死。于是，这天晚上便做了一个恶梦，梦见那些竹茬子穿进了他的身体，因此大声哭泣起来。

母亲苏林氏弄清楚这件事后，内心再也放不下了。这样下去怎么能行呢？让他在山上放牛由着性子胡来，早晚会出大事的。

这一天晚上，他们夫妻无论如何也睡不着了。他们决心终止孩子的放牛，要把他送往县城里正式的高小学校读书去。儿子是块读书的料，就应当把他送到最好的学校里读书，砸锅卖铁也要供他读书！

读书，当然是令苏步青高兴的事了，也可以让他换个环境不去回忆起那可怕的一幕。

然而，这次去县城读书，在外人看来，是非常好的事情，县城里条件又好，对孩子的前途肯定是大有好处，可是他在那里没有感到丝毫的快乐，反倒给他的心灵造成很大的伤害。

离开家前往县城的时候,父母已经叮嘱了他千百遍:要听老师的话,好好学习,不要和同学打架,团结同学,和同学搞好关系,自己照顾好自己,等等。苏步青都一一记牢,他很明白自己的学费来之不易,是父母东挪西借换来的。这一天,苏步青穿着洗得干干净净被母亲缝补过的衣服跟着父亲,父亲苏宗善肩上挑着米,身上还背着吃的——糠菜团子和给儿子准备的鸡蛋,就这样上路了。他们这样徒步要走一百多里山路才能到达县城呢。

然而,如此地不容易,事情却总是不往好的方向发展,事与愿违。

这次来,他进的是县城第一高等小学。这所学校的确是县里最好的学校了,是一般人家的孩子上不起的,而那么穷困的苏宗善夫妇把儿子送到这样的学校里上学,可见他们对儿子的期望之深。

因为这所学校里都是有钱人家的子弟,苏步青这个穷孩子来到这里就极不适应,也格外扎眼。人们都瞧不起他的穷困。人家孩子都穿着光鲜,而他却衣服破旧,人家吃肉包子,他只能吃黑面馒头、糠菜团子。这一切都让同学们很是好奇:

"他怎么这样穷啊,这样穷的学生怎么来到这里上学啊!"

宿舍里的孩子们也都欺负他,不把他当同学看,晚上睡觉的时候看他的蚊帐破,还补了好几个补丁,被子也破旧不堪,心里就很是不舒服,说:

"你这个穷孩子,怎么和我们分到一个宿舍?真是倒了八辈子霉,你别挨着我们,去到一边睡吧!"

一个孩子说:

"干脆给他扔出去算啦,别在这里碍我们的眼!"

另一个孩子说:

"让他睡在门外边楼梯口!"

苏步青当然不肯，他也很倔强，说：

"你们怎么不睡外面楼梯口？老师把我分到这里的，我不去！"

一个孩子说：

"看你那穷样子，还不去呢！"

苏步青说：

"我穷碍你们啥事？又没有吃你们的！"

一个孩子站在他的面前，说：

"你看你又瘦又小，我又胖又高，我趴你身上就把你压死了！"

苏步青说：

"你敢！"

众孩子们开心地大笑，说：

"把他的被子扔出去算了，随便他睡哪儿！"

说完，一齐下手，就把苏步青的被子行李全部扔到了外面的楼梯口，苏步青和人家打架，然而哪是人家的对手！人家人多，个子又大，那个胖孩子抱住他就把他扔到了门外面，任他在外面哭也没用。这一晚，他就睡在楼梯口。半夜里他一翻身，就顺楼梯骨碌下去了。他坐在那里哭泣，第二天就去找老师，才又住进了宿舍。然而，宿舍里的孩子们还是和他合不来。

不仅宿舍里的孩子们与他合不来，这里的学生们都与他合不来，都嫌弃他，不和他玩儿。这样的环境下，他哪有心思读书？不读书，孤独的他也不甘寂寞，便把兴趣转移到了别的地方。他虽然没有把兴趣用到功课上，然而他却是个求知欲非常强烈的孩子，从偏僻的小山村来到繁华的县城，本身也是见世面，他对什么都感到新鲜。比如在家里他是没有吃过包子的，并且听都没听说过，只知道馒头。到了城里的学校，才知道了有包子，但他不知道那是包子，他就好奇地想，馒头里面怎么会有肉和菜呢？

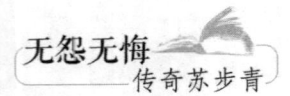

这些肉和菜是怎么弄进馒头里面的呢？他就偷偷地跑到厨房看师傅们是如何包包子的。到了街上，街上的一切更是耀花了他的眼。看见人家炸油条，他便感觉奇怪，怎么面片放在油锅里会变那么大那么长？怎么还会起泡？怎么用筷子越拨越硬？看见了耍猴的，他就好奇猴子怎么会翻筋斗，猴子的眼睛怎么是红的？还有吆喝着卖狗皮膏药的，他就琢磨那狗皮膏药怎么还会治病？这都是当时的他弄不懂的问题，可是越弄不懂，越是想弄懂。于是，他就站着看，仔细认真地琢磨。并且想那包子、想那油条到底是一种什么滋味，这是他从来没有吃过的，不是他嘴馋，他就是想尝尝到底是一种什么滋味。卖家问他：

"想吃吗？"

他说：

"嗯。"

"想吃拿钱来，拿钱就可以吃！"

他摸摸兜里，是没有一分钱的，可他实在想尝尝是一种什么滋味。于是，他就忍不住跑回到了学校，将自己在学校食堂的饭票翻了出来，然后换了钱，跑到街上去了。

如此，没有过多长时间，他的饭票就用完了，只好饥一顿饱一顿，经常是吃不饱饭。如此他的学习成绩就更差了，老师布置的作业也经常是完不成，老师也讨厌他，经常上课罚站，别人上课坐在座位上听讲，他则是站在墙角里受罚，他们那里叫做"站壁角"。刚开始的时候他还有些脸红，可站得多了，他也就习惯了，站在那里还傻笑，还洋洋得意，一副满不在乎的样子。他看屋顶的椽子，看教室外面的鸟雀，就是不看教室里的黑板，把老师气得半死。因为他经常不学习出外逛街看新鲜，老师就勒令他不准出校门，只待在学校里。

不准出校门，可他还是要找寻乐子，对什么都好奇的苏步青，总能找到令他好奇的事情来。有一次，他在学校的厨房里看见老虎灶，灶里正在烧开水。他很是来兴趣，心想，学校里的人怎么喝这么多的水啊，看着看着，一转脸看见了一边的篮子里放了许多的鸡蛋，就又突发奇想，他想看看鸡蛋在水里是怎样被煮熟的。他先是把两个鸡蛋分别凿了一个洞，然后丢进老虎灶上的大锅内。两个鸡蛋丢进去后，蛋清和蛋黄从里面流出来，蛋清变白，蛋黄变硬……他瞪大眼睛仔细认真地观察着，傻傻地笑着，嘴里还大声道：

"白了白了变白了，硬了变硬了！"

正当他看得出神的时候，学校里的厨役来了，一看如此情况，顿时大怒：

"你在干什么？"

这一声喝吓得苏步青差点没晕倒，抬头一看厨役那张暴怒的脸，转身就跑。厨役就在后面追，由于苏步青心里太慌了，那厨役追得也快，迈开长腿大步地追，竟就抓住了苏步青，像提小鸡儿一样，把苏步青摔倒在地狠揍一顿，嘴里还说道：

"让你偷吃鸡蛋，让你偷吃鸡蛋！"

苏步青在下面一边挨着打，嘴里一边还在辩护着：

"我没有偷吃！我没有偷吃！"

厨役说：

"我都看见了，你还嘴硬！让你嘴硬！让你嘴硬！"

苏步青说：

"我没想偷吃，我只是看看……"

厨役说：

"看啥，就是偷吃……"

……

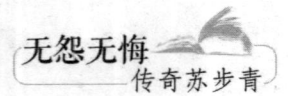

他对课本没有兴趣,老师也拿他没有办法。这一学期下来,他考了一个全班倒数第一,成绩是最差的。

第二学期,还是如此,好像真是没治了,差学生是无论如何也教不好的。老师看见他都头疼,当第三学期开学的时候,看见苏步青又来上学,老师忍无可忍了,就把苏步青的父亲苏宗善请来了学校,对他说:

"你的儿子读书不行,你家庭又是那么困难,为什么非要让他在这里读书呢?不是白花钱吗?"

苏宗善说:

"我儿子不是读书不行,他小时候……"

苏宗善坚信自己的孩子读书行的。然而,老师不耐烦地说道:

"别说了,我都知道了,他在这里已经两个学期了,我什么不知道?希望我的意见你郑重考虑一下,在这里是白花钱的,也给你家造成很大的负担!"

苏宗善很是无奈:

"唉……"

拧着劲来

苏宗善坚信自己的儿子是行的,只是没有遇到好的老师而已,在这里不行,那就换一个学校试试,不能就此不让孩子读书。这个时候,他们水头镇里刚办了一个县第三高级小学,离他们家也近,只有15里地,于是,苏宗善就把儿子送到了那里。

他家里穷，小山沟的孩子，学习又是最差的，当然老师也是最瞧不起他的。他呢，在原来学校调皮惯了，到了新学校，还是难以改变，依然是那样。脸皮也越磨越厚了。然而，尽管他功课成绩差，他读的课外书却是最多的，具有一定的文学素养，对社会上的各种事情好奇心又大，善观察，因此，他写出来的作文还是比较好的。只是原来学校的老师都以为他是抄人家的，毫不在意罢了。如今到了这个新环境下，他的新任国文老师就要问问他了。新老师姓谢，这个老师也真让他"卸"劲。谢老师把他叫到办公室里指着他的作文本说：

"这是你写的作文？"

苏步青踮脚伸颈看了看，答道：

"嗯，是我写的，怎么了？"

谢老师不相信地说：

"你的功课那么差，能写出这样好的作文？"

苏步青说：

"是我写的嘛！"

谢老师说：

"我看像是抄的呢，你说是你写的，你能说说你是怎么写的吗？"

这个问题就不好回答了，写出作文，还要说出是怎么写的，对于一个小学生来说，这问题真是太难了，苏步青在脑子里回旋回旋，不知道怎么回答，又感觉遭受轻视、侮辱，就来气了，说：

"我就是这么写的，不相信算啦！"

谢老师释然了，也更来气，说道：

"你都说不出你是怎么写的，也就证明根本不是你写的，抄来的作文即使再好，也不是你的，这篇作文我给你批个'毛'！"

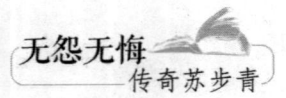

"毛"，也就是最差的意思。

苏步青说：

"随你的便，反正我在你们眼中就是最差的学生！"

谢老师说：

"不是在我们眼中你是最差的学生，我们也希望你能好好学，可是你不好好学，还抄作文！"

苏步青说：

"随你们怎么看、怎么说，我就是最差的学生！"

气得老师再也说不出什么。

此后，苏步青依然故我，不喜欢在功课上下功夫，虽然换了学校，可和原来的学校一般无二。尤其是这个国文谢老师的课，他更是厌恶，根本都不愿意去听。老师在上面讲，他在下面做小动作，或者是把脸扭到外面，作业也根本不去理会。老师说让站壁角，他就站壁角，他也无所谓，反正已经不是第一次了。他的面皮早就厚得像城墙一样了，诙谐地说，用大炮也打不透了。

因此，这一学期，他的功课成绩还是最差的，倒数第一。这样的情况下，连他的父母也有点茫然了：

"难道自己的儿子真不是读书的料？不会啊！"

第二章　教法得当,奋力上进

遇到好老师

正当苏步青让周围的人都对他头疼并快要彻底失望的时候,他却彻底转变过来了。其原因就是他遇到了一个非常好的老师,有真才实学、正直善良的好老师。他就是教地理的陈玉峰老师。

那一年他上五年级,也就是这时候,陈玉峰老师调了来。因为是新来的老师,苏步青对他也说不上讨厌,也没有讨厌的理由。反倒生出些许好奇,也因此他来给他们上第一堂课,苏步青倒是听得很有兴致。

在这一堂课上,陈玉峰老师在前面挂了一张世界地图,给他们讲七大洲四大洋,世界各国的位置,还有中国的名山大川,这让苏步青很来精神,这些地方都是他从来没有去过的。又想,我们此时在哪儿?地图上应该也有我们的位置吧?在哪儿?下课的时候,他便走到黑板前面指着地图问老师:

"我们家那个村子——带溪,能在这个地图上找得到吗?"

陈老师一听,就乐了,说道:

"呵呵,你们村子才多大呀,能在这个世界地图上找得到?"

苏步青失望地说:

"哦!那我们平阳县城呢?不小了吧?"

陈老师说:

"平阳县城也小,太小了,找不到的。"

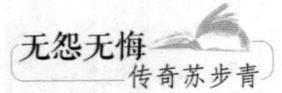

苏步青惊奇了，说道：

"啊，平阳县那么大的县城还小呀？"

陈老师说：

"平阳县城对于咱们这个地方是不小，可是咱们这个世界太大了，相比来说，平阳县城就小得不值一提，因此，上面就找不到。"

"啊！"苏步青诧异着。

陈老师又说：

"我们的世界大，我们居住的地球大，然而地球对于整个宇宙来说，又小得没法说，只是一粒微尘而已。"

这一切是以前没有人告诉过他的，今天听陈老师如此说，使他眼前洞开了一扇世界之门，令他向往的世界之门，从此后，他就喜欢上了地理。其他功课都不喜欢，单喜欢这门地理课。

有一节国文课，他不愿意上，就逃课去到老师宿舍找地理老师陈玉峰。陈老师就问他：

"你怎么能逃课呢？"

他说：

"我不喜欢上国文课。"

陈老师说：

"因为什么不喜欢？国文是一切课程的基础呢，如果国文基础学不好，其他课程也很难学好的。"

他说实话道：

"不是我不喜欢国文课，主要是那谢老师看不起人。"

陈老师说：

"怎么？他看不起你了？"

"嗯！"他答道。

然后，就说了那次作文的事。陈老师沉默了一会儿，问他：

"你学习是给谁学的？给谢老师吗？"

他还从没有想到过这个问题，他茫然不知道怎么回答。

陈老师说：

"你来上学的米是怎么来的？"

他想也没有想便冲口说：

"我爹挑来的。"

陈老师说：

"你家米是不是很多？"

他痛苦地摇摇头。他想起他们家平日的生活。

陈老师缓和了口气说：

"你爹给学校里挑米让你来这里上学，是很不容易的，你应当想想，不要管他们喜欢不喜欢你。喜欢不喜欢那是他们的事，学到东西是你自己的，不是他们的。话说回来，你要真把功课成绩搞上去了，他们也未必还会不喜欢你……"

苏步青低着头不吭声，头脑里认真地思考着老师的话。

陈老师见状，又很同情地搂着他的肩膀说：

"我给你说个故事吧？"

"嗯。"小步青点点头。

陈老师说：

"我给你讲个牛顿的故事，牛顿小时候和你的情况差不多，他和你一样都是生在穷乡村，他来到城里上学，城里的孩子家庭都富有，因此看不起他，让他很不适应，很孤独，学习也赶不上去，并且城里那些孩子还欺负他。有一次，一个城里的孩子故意欺负他，还打他，尽管那孩子个子大，身体强壮，在学校里成绩也好，老师和同学都看好他，然而这次牛顿

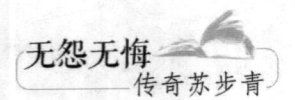

实在忍受不了,就奋起一搏,和那个孩子打起来。他把那个孩子挤到了墙角,那个孩子招架不住,只有认输。"

苏步青眼睛发亮,说:

"是吗?"

陈老师语重心长地说:

"的确如此!从这件事上,牛顿自己总结出一个道理,那就是一个人只要有骨气,敢于奋起拼搏,就有赢的希望。我讲这个故事并不是让你去打架,去和看不起你的人打架,是让你明白这个道理。"

苏步青瞪大眼睛看着老师。老师继续说道:

"从此以后,牛顿发奋学习,努力拼搏,学习成绩终于赶了上去,并取得了班里第一名的好成绩。这样,也就没人敢看不起他了。后来,你也知道,他成了世界上很伟大的科学家。"

这一番谈话对苏步青触动很大,他想,牛顿能改变自己,我为什么就不能呢?我也要改变自己!

我哥哥苏步皋一向学习优秀,自己为什么就不能与哥哥一样呢?

——这是一次改变他一生的谈话,让他一辈子也不会忘记的一次谈话。

取得了第一名的好成绩

从此以后，苏步青改变了。

他不再到处乱逛，不再逃课，看人的眼光也变了，以前是桀骜不驯，毫不在乎，现在是祥和而又坚韧。他努力！他进取！人们对他的突然改变很是吃惊，私下里说道：

"这苏步青如今是怎么了？没有病吧，怎么像换了一个人似的？"

然而，他还是不管不顾地努力着。他的眼前逐渐敞开一条亮堂的大道来。

他的功课成绩很快好起来了，作业按时交，并且做得既好又整齐。老师对他的印象也很快发生了转变，批的"优"也多起来。这更加坚定了他的信心，也觉出陈老师当初的话语是多么的正确。

看到他的转变，父母高兴得泪都出来了，说道：

"我们的儿子行了，我们的儿子果然是行的，我们家有希望了！"

此后，更是全力地支持和供应儿子读书成才。

就在这一学期期末考试的时候，他取得了全班第一名的好成绩。这个时候，老师和同学们已经逐渐忘记了过去的他，没有一个人看不起他了，都对他很是羡慕。

在家里，他帮父亲算账，成了父亲的好帮手；在村里，人们都知道他是学校里最好的学生，有了来往书信，就请小步青帮他们看……

除了在功课上下功夫外,他还细读了一些古典文学作品。《东周列国志》这样的书,不少字他搞不明白,便徒步跑数十里的山路,去向人家找了一本《康熙字典》认真查阅。放假在家的时候,他每天到山上放牛,怀里总是揣着一本书来看,他还抽空背诵了《千家诗》和《唐诗三百首》。

在小学的此后阶段里,他每一学期都是班里的第一名。

小学毕业,他以优异的成绩考上了温州的浙江省第十中学。这个中学是浙江省当时最好的一所中学,也是浙东南的最高学府。考上了这所学校也就意味着不用为以后的生路发愁了。而苏步青以第一名的成绩考入这所学校,这对于一个穷山沟的家庭来说是多么大的喜事啊,并且学校规定第一名在校四年是不用交书费、学杂费的,就连吃饭钱也不用交了。学校发榜那日,真是人山人海啊,人们都在争着看自家孩子是否考中,同时也在关注考取第一名的是谁。

"苏步青!"

"苏步青!"

整个浙东南都在传颂着这个名字,这个名字成了浙东南最有出息孩子的代名词。然而,苏步青本人并没有骄傲,他知道自己才刚刚开始,要走的路还很长很长。他又想,自己这次所幸考的是第一,不然的话,这个中学能否上下来,还很难说,自己上学给家里带来的负担太大了,父亲身体还不好,以前的自己真是太不懂事了……

就在这个暑假里,他还熟读了《左传》。

找到了自己奋斗的方向

他上中学第一年是十三岁,这时候的他还是又瘦又小,穿着来校时村里乡亲送给他的又宽又大的衣服。然而,他却眼睛发亮,非常有精神。因为成绩好,个子又小,老师给他在班里安排的座位是头一排第一个座位。这一节上的国文课,国文老师是个老秀才,他当然早就听说过苏步青的大名了,此时知道苏步青就在这个班里,因此特别地重视。一上课就点苏步青的名字。苏步青应声起身,恭敬地答道:

"到!"

老师对他微微一笑,点点头,说道:

"好,很好,请坐!"

然后就开始上课。这个国文老师给了苏步青一个很不错的印象,起码是没有看不起自己的意思。

在这堂课上,老师给他们布置了一个作文,这也是摸学生们的底。他出的题目是《读曹刿论战》。苏步青像在考试一样,认认真真地做,两节课的时间,用蝇头小楷满满地写了三页。老师也认认真真地批阅,他看了苏步青的作文,禁不住啧啧称赞,说:

"好,真是太好了,怪不得能考取第一名的好成绩,奇才!"

老师把苏步青叫到自己的宿舍,问他道:

"你喜欢《左传》吗?"

来时，苏步青还有点忐忑不安，想这位国文老师叫我做什么？莫不是又要像当年那个谢老师一样问我这篇作文是不是我写的？然而这位国文老师并没有如此地问，还是那么的和蔼可亲。苏步青想，即使眼前这位国文老师真像当年谢老师那样，自己也不会像当年那样了。……这时候的他已经如释重负，恭敬地答道：

"喜欢，老师。暑假的时候，我熟读过，并且也会背诵里面的一些文章了。"

老师笑了，说：

"真的吗？你背一篇我听听。"

于是，他就当着老师的面，背诵了一遍《子产不毁乡校》。老师用心听了，心内更是欢喜。说道：

"好，好，好！怪不得你的作文中间有《左传》笔法。"

苏步青想想，自己也笑了。老师又问他都读过什么诗文，他都一一答出。

老师鼓励说：

"你很有文学功底，也有文学细胞，将来可以当个文学家，努力！"

文学家？太诱人了！苏步青说：

"真的？我能当文学家？"

老师笑答：

"能，只要努力，我看能的！"

于是，苏步青自此后就开始了做文学家的梦。努力在往这方面发展着，读了不少文学方面的书。国文老师也给予了他很大的帮助，把自己的书借给他提高文学素养。这期间他读了《汉书》《史记》等重要的典籍。他的作文也常常被老师当作范文在课堂上阅读，供同学们学习。

然而，历史老师对他也是非常好的，历史老师是举人出身，由于他读史书比较多，也因此而赏识他。那些同学们不感兴趣也从不知道的历史事件，他都知道，所提问题也都能准确无误地回答出来。而他呢，也很喜欢这位有学问的历史老师。很多历史上的事，历史老师都知道，在课堂上真是口若悬河，滔滔不绝。历史老师对苏步青说：

"你读那么多的书，又善于钻研，将来定能当一个史学家。"

苏步青激动地说：

"真的吗？我能当史学家？"

老师肯定地说：

"能的，你那么爱钻研，将来肯定能的！"

于是，苏步青又开始做起了史学家的梦。

这时候的他是找不准真正属于自己的方向的，哪个老师说他在哪方面有大的发展前途，他就觉着往哪方面发展好。

不过这也促使他读了很多的书，丰富了他的知识，为将来的作为打下了很扎实的基础。

后来调来了一位从日本留学回来的极富爱国心的数学老师才使他坚定了信念，要当一名数学家！

这位数学老师名叫杨霁朝，他和学校的其他老师一样，也穿一件竹布长衫，脸消瘦，然而，给人的感觉却是不同，有一种说不出的"气"在他身上，那是什么气呢？正气？爱国之气？忧国忧民之气？也许都有点儿。杨老师给他们上的第一堂课使苏步青一生也忘不了，也可以说这堂课便是苏步青人生一个重要的转折点。

在这一堂课上，杨老师并没有给他们讲数学知识，而是讲的国事。他蹙着眉头说：

"当今世界——"

他顿了一下，好像是压抑心中的痛苦似的，然后接着说：

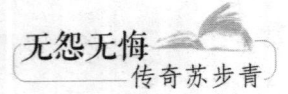

"当今世界，国际间弱肉强食，你争我夺，列强依靠着科学的发达、武器的先进，总想瓜分我中华，使我们沦为亡国奴，我们泱泱中华危在旦夕，国家兴亡，匹夫有责，在座的每一个学生都有救国的责任！"

这番沉重的话语，让全班的学生都震惊了，也压得他们喘不过气来。救国，这是多么沉重的话题啊！杨老师接着说：

"我们若想救国，便一定需振兴科学，发展科学，我们就离不开数学，所以，我们一定要把数学学好，数学是发展科学的基础……"

然后，杨老师又举出了一些形象的例子来证明数学是科学的基础的道理。这让15岁的苏步青真正开始了人生的思考，这种人生的思考和国家命运、民族的命运联系起来了。他想，以前自己只是为自己打算，从来不关心国事，没想到，如今的国家是如此贫瘠不堪，到了生死存亡的地步，自己作为国家的一分子，应当为挽救这个国家而贡献出自己的应有力量才是。如今国家需要科学，数学又是科学的基础，自己就应当投身数学！

以前的他对于数学是没有多大兴趣的，只是把它当成一门功课而已，如今看来是那么的重要！

这一天晚上，他失眠了，

从此以后他就坚定了信心，下决心将来一定要当个科学家。并给自己立下了一个座右铭：

"读书不忘救国，救国不忘读书！"

是雄鹰，就要高飞

苏步青一钻进数学之后，才感觉数学竟然也是那么地有趣。那些看似一点意思也没有的数学公式被杨霁朝老师一讲解，就变得活了，可以举一反三，别有洞天。他逐步地推导、演算、论证，如登临一个一个台阶，把他引往高深和奇妙的境界。

苏步青苦学数学，不管是酷暑还是寒冬，他都在坚持，丝毫不懈怠。

当时，杨老师还把他们带到课外，让他们测量山的高度，对田地进行计算，这让学生们懂得了数学在生活中的重要性，生活是离不开数学的。他们还设计房屋，杨老师出了不少非常有趣味的数学题，让他们来解答，看谁算得最快最准确。这样的学习让他们感觉轻松愉快，趣味无穷。那苏步青早已经不满足课本里的习题了，不断地要求老师给他出题目来做。老师对这个喜爱钻研的学生也特别地喜欢。

一天，杨老师在一本日本杂志上给苏步青找了一道数学题，苏步青想了好长时间也想不出解题的方法。这一下把他给难住了。然而，他是一个迎难而上的人，非要把这道难题解开不可，放学了，也不去寝室休息。那时候正是寒冬腊月天，格外地寒冷，他一个人坐在空荡荡的教室里苦思冥想，写写算算，穿得单薄的他也不觉得身上一丝凉意。这样一直算到深夜，才终于把这道难关攻破，兴奋得他脸颊都红了。

杨霁朝老师对他说：

"步青,你在文史方面学得很好,很有基础,但是我认为你在数学方面更有发展的后劲儿,你应该在这方面多多下功夫啊,逐渐把数学当成你奋斗的主要方向。"

苏步青觉得老师说得对:

"嗯,我已经开始努力了,如今国家正需要这方面的人才,我就去努力!"

杨霁朝欣赏地看着他,说:

"很好,相信你会为国家做出贡献的。"

苏步青说:

"谢谢老师的鼓励!"

为了把任意三角形内角之和等于180°这一欧几里德几何定理证明出来,他费尽心思努力找了二十个不同的证明方法,又经过总结,写出了一篇数学论文,这篇论文在学校引起了轰动,被送到省学生作业展览会上进行展览。

上三年级这年,他们学校新调来了一位校长,名叫洪彦远,有40岁出头,早年毕业于日本高等师范学校数学系。一来这个学校,他的耳朵里就灌满了"苏步青"这个学生的名字,因为校园里都在传说着这个名字,学校的老师们给他汇报工作的时候也总是拿这个名字作为优秀学生的代表,就连教体育的老师也在他面前提到了这个名字,说他反应灵敏,是足球队不错的门将。因此,他对"苏步青"这个名字就格外熟悉,也很快开始关注这个学生。这位洪校长是在外面见过大世面的人,有着超前的教育思想,很有眼光,他调出苏步青的所有材料来看,翻看他的各科作业,发现这个苏步青的确是一个难得的人才,特别是在数学方面。作为这个学校的校长,能遇到如此优秀的学生也是他的幸运,于是,他就下决心一定要把苏步青这个学生培养起来,成为国家的栋梁。

后来，杨霁朝老师改教物理，洪校长就亲自担任苏步青他们班的数学老师，目的就是为了这个数学天才苏步青。

然而，洪校长在这里任职不久，便上调到了教育部，离开了这个学校。从此后，教育厅的收费制度也变了，他们取消了让第一名的优秀生不交学书费、杂费、膳食费的规定。因此苏步青便马上陷入了经济困窘当中，以他们家的经济状况，很难再让他把学上下去。正当苏步青和他们的家人为难的时候，洪校长却从北京给他寄来了200块大洋。洪校长虽然人走了，然而，并没有忘了他，走时，还特意交代新任校长，要让苏步青这样的优秀学生把学上下去，千万不能让他辍学。因此，学校还是对苏步青给予特殊照顾。在临走的时候，洪校长还专门把苏步青叫去，对他说道：

"因工作需要，我要调到北京教育部去了，从此后不能亲眼看着你成长了，你中学毕业之后，可以去日本留学，我会帮助你的。"

苏步青在中学四年期间，每一学期成绩都是班里的第一名，毕业考试每一门功课的分数都不下90分。苏步青牢记着洪校长说过的话，要到日本去学习。他也想到日本留学，因为他的哥哥苏步皋已经等在那里了。

第三章　为国富强，赴日留学

远赴日本留学

苏步青去日本的这一年是1919年。走时与父母亲友告别，与老师、同学告别的场面不用细说。船上复杂的思绪也不必赘言。单说去日本留学，这时候他还一句日语都不懂，以前心里只想着数学，此时又关心前面的路到底是什么样子的。他想，自己的哥哥在那里又是一种什么情况呢？

此时苏步青的哥哥苏步皋已经在日本等他了。苏步皋是1917年来的，他报考的是工业大学。他中学时和弟弟是一个学校，得知弟弟也来此留学之事，真是喜不自胜。从此后哥俩可以在一起，自己远在国外也有个亲人了。

苏步皋早就为弟弟找好了一个日语补习学校，那就是东亚日语预备学校，他很明白，要在这里报考大学，不会日语是不行的。

亲兄弟见面亲热之情无以言说。那么长时间不见面了，又是远在异乡，兄弟两个久久相拥不肯撒开，生怕一撒开就不见了似的。

哥哥说：

"来了，我们家终于又来了一个，好兄弟！"

步青说：

"哥哥是我的榜样，弟弟如何敢不来？"

哥哥问：

"家里怎么样，爹娘还好吗？"

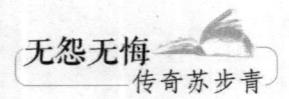

步青说：

"嗯，还好，就是日子苦了点儿。"

哥哥说：

"嗯，我们兄弟要在这里好好学习才能报答爹娘的养育恩！"

步青说：

"嗯，还有我们的国家，我们的国家需要我们好好学习，学好了回去挽救咱们的国家！"

哥哥说：

"嗯，步青你长大了，真的长大了，不再是骑在牛背上耍树棍儿的小尚龙了！"

步青说：

"嗯！"

接着，兄弟两个一起回步皋住的地方。路上哥哥又向新来乍到的弟弟介绍了一些日本的事情。

苏步青来了之后便进入哥哥给他找的日语补习学校学习日语，可是刚学了一个月，他心里就紧张了。因为那时候的中国政府规定留学日本的学生一定要考进国家专门指定的几所学校之后，才能得到资助金，而此时的他却处在考前的补习日语阶段。这里的花费很大，每个月最少要花去30元钱，而他来的时候总共才带了200块大洋，光来时的船票就30元呢！他算着兜里的钱还能维持多长时间，心里在打鼓，惴惴不安。他感觉在补习学校的进度太慢了，恐怕还没等学会日语报考学校，身上带的大洋就花光了，到时如何是好？想来想去，又和哥哥商量，说：

"哥哥，我不能这样在补习学校学习下去了。"

哥哥说：

"那你想怎么样？"

步青说：

"再这样下去就山穷水尽了，我要另想办法。"

哥哥心里也着急，说：

"你有什么好办法？再过3个月工业大学就开始招生了，你不抓紧学怎么能行？"

步青说：

"这个时候有钱的都单独请教师开小灶，而咱们哪还有钱？一天吃两顿饭也只能维持到考试结束，我另外想办法吧！"

哥哥说：

"你到底有什么办法？"

步青说：

"节省些钱，向周围的人们学习。现在我们身处日本，都说日语，环境这么好，只要用心，还怕学不会吗？"

哥哥想想也是，他知道自己的弟弟是很有心计的孩子，便说：

"你觉得行就可以了，那你就努力学吧！"

步青答应道：

"好，哥哥。"

为了学好日语，他就设法接触生活，接触生活中的人，听他们说话，学他们说话。他们房东大娘每当要去市场买菜，他都提出要和大娘一起去。

到了市场后，他就认真地听人们的对话，市场上人当然多，三教九流，什么人都有，他就仔细地观察他们的神情，倾听他们的发音，观察他们的口型。有时他嘴里也跟着学说。大娘问他：

"你在做什么？"

他向大娘笑笑，说：

"学习日语。"

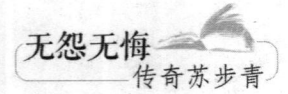

大娘一听,明白了,笑道:

"怪不得非要跟我来市场。行,好好学学吧!"

回去后,她又跟大娘学,不懂的地方就问大娘,大娘深层次的不知道,但是一般什么话怎么说还是知道的。他积极和人家对话,这也是在实践中学习,因此学得很快,比在学校里进步大多了。大娘没事的时候,他就设法和大娘搭讪,缠着大娘给他讲故事。大娘当然说的是日语,如此,他不但学习了日语,而且还了解了日本的许多事情。

这样,3个月后,他就步入了考场。考试时间是3个小时,包括算术、代数、三角三个科目的24道题。然而,以苏步青的基础,这些题目对他来说根本不算什么,他只用了一个小时的时间便答完,并认真地检查完毕交卷了。

"这么快啊?"

全体师生眼里都充满了疑惑。

在考场外面等候的哥哥苏步皋见弟弟这么快就出来了,也很是惊奇,问道:

"这么快就做完交卷了?"

步青说:

"嗯!"

哥哥不放心地说:

"你怎么不检查检查就交卷?"

步青说:

"放心,都检查了,试题不难做。"

哥哥喜悦地一伸大拇哥,赞佩地说道:

"真行!我弟弟真行,比谁都强!"

兄弟两个都笑了。

智慧的面试

苏步青顺利通过了物理、化学、日语作文等科目的考试，接下来就是日语面试了，这是他最为担心的一场考试。因为他的日语不是从学校里学来的，他感觉不系统，有好多词汇还没有学会。而且，他又听说面试官高桥老师是一个非常严厉的人，对考生要求极为严格。

苏步青告诫自己一定要沉着、冷静，即便是再害怕也是没有用处的，这一关总要过的。

然而，主考官高桥老师比他还要沉着、冷静。高桥先生发出指令：

"下一位！"

苏步青抬起脚迈了进去。

高桥老师坐在那里看着苏步青，说道：

"你是从什么地方来的？"

苏步青说：

"我从中国来。"

高桥说：

"你父亲是干什么的？"

苏步青回答说：

"他是一位农民。"

高桥说：

"你是怎么来的?"

苏步青答说:

"我坐船来的。"

两人的问答虽然沉着、冷静,但不迟缓,一个问题紧接着一个问题,节奏非常快,这不但在测试苏步青日语水平的高低,同时也在测验他的头脑的灵活度。可是,苏步青感觉如此问答使自己陷入被动之中,自己学到的日语词汇毕竟有限,如此早晚会露出马脚,他想必须要想办法扭转这种问话格局。于是,他头脑一转,便主动出击,改变了谈话的方式。当高桥老师问他住在什么地方的时候,他便说道:

"我住在一位老大娘的出租屋内,距离九段坂很近的一个地方。"

按一般的问答,苏步青就要停止了,然后是等待主考官问下一个问题,然而,此时的苏步青的答话并没有停止,他继续说下去:

"房东大娘对我非常地好,就像是我的亲生妈妈,她天天晚上都会讲非常动听的故事给我听。我清楚地记得有一次她给我讲了一个非常有趣的故事,故事是这样的:她说过去,在一个非常遥远的地方,住着一个困苦的农民,这个农民整日在田地里劳作……"

这个故事讲完,不待主考官高桥老师说话,苏步青就又说:

"有一个故事让我印象非常深刻,故事是这样的:在北海道那个地方,居住着一个上年岁的人……"

讲完,又紧接着说:

"老大娘讲的还有一个故事,也非常有意思。她说,过去富士山上住着一位仙子……"

这个故事刚讲完,他又连着说,中间根本就没有停顿,好像是激情促使他如此说的一样:

"对了,老大娘还说了很久以前一个樱花仙子的故事……"

高桥老师认真地倾听着，苏步青讲得是那么流畅，语言是那么的清晰，他很是欣赏这个来自中国的年轻人，也被他所讲的故事打动。苏步青讲完了，他还没有从故事的氛围中走出来，半晌方醒悟，禁不住拍手说：

"你讲得好极了，请问你来多久了？"

苏步青说：

"我来3个月了，老师。"

高桥吃惊了，说道：

"你才来3个月？"

苏步青说道：

"嗯，是3个月。"

高桥说：

"才来3个月，日语怎么说得这样地流畅，你以前学过吗？"

苏步青如实回答说：

"没有，老师，到这里才开始学的。"

高桥简直不敢相信：

"真是不可思议，你是怎么学的？可以讲给我听听吗？"

苏步青说：

"可以，我没钱在补习学校学习，无奈之下，就从学校里走出来向生活学习，跟房东大娘学习，跟她去市场买菜……"

此时的高桥眼睛异常放光，仿佛哥伦布发现了新大陆，此时的他再冷静也冷静不下来了，还没等苏步青说完就说道：

"你真了不起，如此短的时间内就把日语学得这么好，即便是在补习学校也很难达到如此地步，一般一年时间也是很不容易奏效的，——你通过了！"

高等工业学校

苏步青如愿以偿地考入了东京高等工业学校,当他拿到入学通知书时,简直是兴奋极了,心想,这一关过得可真不容易,好险,若不是房东大娘总是帮忙教自己,自己还真是悬。于是他又拿着通知书让房东大娘看,房东大娘也十分高兴,脸笑得花儿一样,说:

"你真是个有心的孩子,那么刻苦地学习日语。"

苏步青说:

"多亏大娘您热心教我,才让我有今天,怎么感谢您呢?"

大娘笑了说:

"应当感谢的是你自己,只要考上了,我们都很高兴!"

苏步青不知说什么才好。

告别了房东大娘,步入了大学堂,也才知道这次考试,自己竟然是第一名。他更加高兴了,心里对日语面试主考官高桥也充满了感激。

他不会忘记当初杨霁朝老师给他讲过的拯救自己祖国的话,他也很明白自己来这里求学很不容易,为了考取这所大学,自己付出了太多的努力,因此要加倍努力,拼命地学习。

在把全部的功课学好之余,他不会忘记自己的主攻方向,那就是数学。课余时间他不断地朝这个方向努力地迈进着,演算了很多微积分习题，越演算，感觉越有兴趣，越有兴趣就越努力。

他在这所工业大学期间，每一学期的功课成绩在班里都是名列前茅，拔得头筹。交流课他拿的还是学校给他颁发的"特别奖"。因此他成了同学们崇拜的偶像、老师的骄傲。在校园里，他每到一处，就有同学对他指指点点：

"看，那就是苏步青！"

"来自中国的苏步青真是个天才！"

他简直成了学校里的明星。有不少漂亮的女生都投来倾慕的目光，苏步青均回以微笑，然而，只是把兴趣放在学习上，心无旁骛。

每当同学们做不出题的时候，就会首先想到苏步青，说：

"走，咱向苏步青请教请教！"

而一请教苏步青，问题就会迎刃而解，仿佛这些题都怕苏步青似的，一见到他自己就自动开了，只等他给同学们解说。

苏步青成了学校里的神话。

学习之余，他也很注意和同学们搞好关系，尤其是中国的同胞学生，他和他们一起写字、一起作诗、一起填词。他也很注意锻炼好自己的身体，他一有空闲时间就练拳、打球，他说没有好的身体就无法为祖国做好事情，就是知识学得再好，也没有用。中学时代，他就是球场上的好手，如今他更是如此，网球、划船、登山，他都喜欢，也积极参与。如此，学习生活也是多姿多彩的，并不单调和寂寞。

日本是个岛国，发生地震的频率相当高，就在1923年9月1日中午11点58分45秒，日本的关东地区又发生了大面积的地震，地震的级别为7.9级到8.2级，次数之多达到了1029次，强烈的地震为三四次，震动时间自1日中午开始到6日早晨6点，差不多是6个昼夜了。震动范

围之大自千叶起，经东京、横滨、横须贺、镰仓、箱根、伊豆，一直到静冈才算到头儿，波及一个都六个县，面积2万平方公里。此次地震让日本受灾非常严重，除了大阪、神户、长崎、名古屋之外，日本都市的繁华全不存在了，大火在东京和横滨整整烧了三天三夜。大火、大水、山崩地裂，海啸不断，房屋财产不是被大火烧毁，就是被大水冲走，铁路扭曲成麻花，电线更是凌乱不堪，那真是一片惨景。到处是吃人的陷阱，到处是埋葬人的坟坑，此次受灾人口高达340万，当中30多万人死伤，损失财产达至百亿日元。经过这次震灾能够活下来的，那也真算是死里逃生……

东京开始地震那一天，苏步青刚从学校食堂里吃完饭走出来，这也是他的幸运。之前他正在自己的宿舍里演算他的数学题，正算得起劲儿，到了学校开饭的时间，他也顾不得去吃。这时候，和他住同一宿舍的一名同学吃完从食堂回来了，叫他道：

"苏步青！"

"苏步青！"

叫了几声，苏步青还是没有听见，他正沉浸在他的数学题里难以自拔，那同学叫了几声见他还是没有反应，就走过来用空饭盒敲他的头道：

"苏步青同学，还不去吃饭？再用功也要吃饭呀，再不去，食堂就要关门了！"

苏步青这才醒悟，忙收拾了去吃饭。没想到自己刚吃完饭从食堂里走出来，不幸就发生了。

苏步青先是感觉天突然变了，一阵强烈的可怕的震感和气浪一下子把他冲倒在地上。他看见天空中出现了一大团似火山烟灰一样的云，太阳的光线也变了，格外地红，到处弥漫着一种难闻的气味。当他站起来准备走的时候，天逐渐黑了下来，到处都能看见有火焰在燃烧。凭他的地理知识，和他对日本的了解，他断定一场可怕的灾难就要降临了，将会发生一次很大的地震灾害。果然不出所料，大地开始强烈地晃动，顿时房倒屋塌，震响持续不止，恐惧的苏步青眼看着这一切，吓傻了，再也不敢走近房屋了，他眼看着自己住的房子轰然倒塌，不用说，里面的人全都完了，刚才那个叫他吃饭的同学也……

此时的他神经都麻木了，吓傻了，长这么大，他哪里见过这个阵势呀，太可怕了！和他一样幸存在外面的人们赶紧跑往离学校最近的一个空旷的公园里躲避灾难。

从此以后，苏步青连衣物和铺的盖的也都没有了，就连学习用的书籍、练习本、笔记本什么的，也化为乌有。学校没了，众多的老师也没了，大部分的学生也都死了，怎么办呢？最后校方只好和坐落在仙台的东北帝国大学进行协商，让幸存的学生寄学于东北帝国大学。

如此过了数月，他们就要毕业考试了，然而，苏步青经历了此劫，精神上受到很大的打击，脑子里、眼睛里全是地震的那可怕的一幕，精神萎靡，难以恢复。考完了，也只是获得了及格而已。后来苏步青回忆说，这是他最为伤心的一次考试。

对于此，让人们几多叹息，这不是人自身造成的，而是天灾造成的。学校的训导长说：

"苏步青这样年年拿第一的高材生，就以这样的成绩毕业？我以为绝对不能，天不公，我们应该给他公道！"

于是，他写了一个书面报告，介绍苏步青在大学期间的学习成绩和表现，建议校委会召开一次会议，专门讨论这个问题，应当给苏步青一个专门的毕业证书。校委会看了训导长的报告，也非常重视这个问题，可是这是一个从未有过的事情。在会上教授们进行了讨论，举手进行表决，结果一致通过。

如此，学校就单独给苏步青发了一个特别的毕业证书。证书写着："苏步青，以优等成绩毕业。"

然后，学校又给他颁发了一张能使他在社会上顺利找到工作的"得业证书"。

考入日本东北帝国大学

苏步青虽然获得了工业大学特别毕业证书，然而，这并不是他的理想，他不想只是当一个电机工程师，他的理想是数学，挽救自己的国家！因此，毕业之后，他没有着急获得一个可以养活自己的工作，而是寻求一个新的学习机会，他想的是报考东北帝国大学的数学系，对数学进行专门的深造。在东北帝国大学寄学的时候，他很清楚这所大学的数学教学水平，学校数学系的那些教授都是日本非常优秀的数学家，这些数学家不但是日本最好的数学家，就是在整个世界上也是非常了不起的。他向往能考入这个学校的数学系。

但是这个学校有个规定，一般只对内招生，也就是只接收他们学校自己的预科生，仅留很少几个名额给外面的学校。因此，外校的学生只有非常地优秀，才能考入他们学校，是很不容易的。

然而，全国的外校学生优秀者都想挤入这所学校。这所学校每到春季招生的时候，都会像中国古代举子进京赶考一样云集仙台。此时，最用力支持他的人是他原来工业大学的那个训导长。这个训导长非常看好苏步青，当然也很了解苏步青在数学上的才能。他鼓励苏步青要努力，应当去这个学校进行深造。东北帝国大学数学系的主任林鹤一是他非常要好的朋友，他给林鹤一写了一封推荐苏步青的信，让苏步青带去。在这封信里，训导长满怀赞誉之情地写满了对苏步青的欣赏，任谁看了都会激动不已，认为苏步青是不可多得的数学方面的可造之才。然而，苏步青不愿如此走后门，他想凭着自己的真实才能正大光明地考入自己向往的东北帝国大学数学系。便没有按照训导长的吩咐去找东北帝国大学的系主任林鹤一老师。

这一年，也就是1924年的3月，有10多个国家的90名出类拔萃的学生来参加东北帝国大学这一届的招生考试。苏步青当然也是其中的一个，中国只有他一人。不过，东北帝国大学往届也曾考进过一名中国的极为优秀的学生，那就是陈建功。

数学只考两场，首场是解析几何，次场是微积分。这两个科目可以说是苏步青最为拿手的了，所以并不费多少力气，每场都仅用1个小时时间就完成了答卷。如此快地完成答卷让监考官颇为吃惊。

几天后成绩公布出来了，苏步青两场成绩是200分，这是极为罕见的，都是满分啊！校方当然喜欢录取这样的学生了。那一次参加考试的是90多名考生，而录取的名额只有9名。尽管如此，也少不了满分的苏步青的，苏步青的成绩引起世界教育届的特别注目。特别是在中国，更是反响强烈。都说：

"我们国家的苏步青真行，考取了日本仙台的东北帝国大学数学系！"

"不但考取了，而且还是第一名呢！"

"不但第一名，还是双百分呢！"

"看，我们中国弱于哪个国家？"

"让他们看看我们中国人不比他们差，并且非常优秀！"

"苏步青,我们中国的骄傲!"

然而,考上东北帝国大学的苏步青却没有半点骄傲的心理。他的眼光总是往前看的,从来不看自己取得了多么大的成绩。他要在这里跟着学校里世界级的大数学家们开始攀登数学的高峰了。

第四章　是雄鹰,就要展翅

在东北帝国大学学习

苏步青正式进了东北帝国大学数学系,刚进学校的时候,他依旧保持着原来的心态,然而那种心态到了这里就需要改变一下了。

那一天,老师给他们布置了任务,让他们整个下午都做习题,然后自己就出去了。第一排的位置是没有人敢坐的,而苏步青呢,他的思想一向是异于常人的,他也是坐在第一排习惯了,何况他考入这个学校的时候就是第一名的成绩,就想,这些位置闲着也是闲着,为什么不坐呢?于是就毫不客气地一个人坐在了第一排。

然而,过了两个小时后,老师又走回了教室。老师让他拿出他做的习题来翻看,一看眉头就皱成了疙瘩,说道:

"你做的算什么呀?这完全不是数学!"

这一句话使苏步青顿时大窘,自己学了这么多年的数学,也这么努力,从来就被人们公认为是数学方面的才子,自己一向都很自信的,就是这次入学考试也是满分考进的,怎么教授今日如此说?难道自己真就这么差吗?又让他感觉像是堕入了五里云雾之中……

他嗫嚅道:

"教授……"

教授说:

"以前你们学过的数学都是不合格的,到这里要重新对数学有个全新

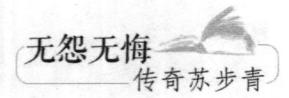

的认识，要努力学好！"

苏步青这才有些明白过来，自己原来学的，都不符合现代数学精神。他下决心在这里非要把数学学好不可。

从此后，苏步青就开始跟着系里的教授们苦心钻研了。他本身是从苦中来的，也根本不怕吃苦！然而，他读到三年级的时候，支持他上学的中国国内发生了江浙大战，这样就难以顾及他的学业了，没有了公费，苏步青总不能不吃饭学习吧？他的内心里陷入了慌乱之中，怎么办呢？

他在学校的表现和成绩学校都是看得到的，也得到了全体老师和同学们的一致赞誉，因此他们不愿意看着他生活无着，陷入不能学习的窘态。首先是系主任林鹤一教授对他伸出了援助之手，他很是看重苏步青这个学生，当初有工业大学的训导长给他写信推荐这个学生，这个学生都没有接受，硬是凭自己的能力参加考试获得了成功，并且还是考生中最好的，能不让他看中吗？这个时候见苏步青遇到困难，他当然不会坐视不管，他每个月交给苏步青40元钱作为生活费，苏步青感激得不知道如何是好，自从自己立志求学以来，处处都受到好人们的帮助，他掉泪了。系主任一边安慰，一边开玩笑说：

"这一点钱不算什么，只要你能读好书就行，以后毕业发财了，再还给我吧！"

随后，林鹤一教授又介绍他当了学校图书馆的管理员和校刊的校对，这也算是有了一点收入。

之后，林鹤一又介绍他到一位医科教授家里为他们的小孩做家庭教师，这一切都对苏步青是非常大的帮助。此外，苏步青也设法到外面打一些小工，比如给人家送牛奶、打字等……

更为重要的是，林鹤一爱才若渴。1927年，为了抗议日本帝国主义于《田中奏折》内发出的无理宣言，各方面都很困难的苏步青不顾一切地和许多爱国的中国学生上街游行示威，散发传单。苏步青还在中国学生的集会上满怀激情地发表了讲话，誓要捍卫自己的祖国，这引起了日本当局的注意，很快将他抓捕入狱。林鹤一等教授们获悉这一消息后，大为着急，他们无论如何是不愿就此失去这个富有才华的学生的。于是联名保释苏步青。这些教授都是一些日本顶级数学家啊，是社会上非常有影响的人物，警察局收到他们的保释书后不得已放了苏步青。

苏步青出狱之后，学校对他关照如故，系主任林鹤一竟然还要把自己在学校里的课程让出一些来，让苏步青兼任。这对于学校来说是多么大的一个事啊！所以学校里很多教授不同意林鹤一这种做法，说：

"一个学生经济困难，在经济上给他点帮助也就可以了，怎么能让他兼任教授的课呢？"

林鹤一说：

"苏步青是一个很优秀的学生，不同于一般的学生，他完全能够担当得起来！"

教授们想想，也是，这个是没有问题的，可是又说了：

"我们帝国大学的教授都是我们日本国人来担任的，从来没有一个外国人来任教的先例。"

林鹤一坚持说道：

"先例是可以改变的，如果对我们学校有利，对培养学生有利，为什么不能改变一下呢？"

教授们无话了，可是心里还是不怎么舒服，怎么能……

然而，由于系主任林鹤一的坚持，提案在这个教授会议上也最终被通过。于是，苏步青又成为帝国大学数学系的一名讲师。这个消息很快也让世人震惊。那时候就有日本报纸报道：

"非帝国臣民，而担任了帝国大学的讲师！"

苏步青在这里学习、研究、工作、深造，越来越感到数学在强烈地吸引着自己，在这个过程当中，他发现意大利的几何学很是先进和深奥，然而，自己不会意大利语，这给学习意大利几何造成了很大的障碍。于是，他便决心要学会意大利语，突破这个障碍。

如何学呢？他想还是采用和原来他考东京工业大学时跟房东大娘学习的方法。然而，必须要找一个会意大利语言的人才行？谁会呢？这里的人几乎都不懂意大利语，这是一件很让人犯难的事。最后他听系主任说距离学校不远的一个天主教堂里有一位意大利神父。而这位神父苏步青之前也是见过的，因为每个星期五他都要来学校做弥撒。他已经相当老了，头发都白了，他是受梵蒂冈的委派来此传教的，已经在这里20年了。于是苏步青就决定去找那位意大利神父。

苏步青害怕这位神父不会教他，就先加入天主教，成为天主教的教徒，然后用心去和那位神父接近。当然他是根本不信教的，这都是为了数学，为了学得意大利语。

为了表示虔诚之心，他还专门去买了一套做弥撒时候穿的白色的外套，和神父一起进行了几次弥撒，他的教徒们说神父知道自己已经老了，就想挑选一个人来接替自己，于是苏步青便有心抓住这个机会。当然了，苏步青并不是想顶替他，苏步青是为了更加接近他，跟他学意大利语言。

以苏步青这样的人才处在他们的人堆里，当然犹如锥处囊中了，外加苏步青有意地去表现，就更能引起神父的注意了，神父也喜欢上了这个年轻人。苏步青觉得差不多到火候了，于是，就向他提出了学习意大利语言的事：

"意大利是一个伟大国家，我喜欢这个国家，可是又不懂意大利语，很难进一步亲近，在您有时间的时候，我想向神父您请教一下意大利语，您能否答应？"

神父一听自己喜欢的年轻人竟然那么喜欢自己的国家,当然心里很高兴了,自己来这里这么长时间,有时候也非常想念自己的祖国啊。于是,神父就爽快地答应了下来:

"你很爱学习,年轻人,好样的,阿门!"

从此后,苏步青就开始跟这位意大利神父学起了意大利语,很是顺畅,学得也快。神父每天晚上都教他,他也每天晚上必到,即使刮大风下大雨也从来没有间断过。神父因为看好他,也投入了很多精力用心教他,他当然也更是卖力地学习,紧抓时机。

3个月后,苏步青的意大利语不仅说得很流畅,而且能够阅读意大利的数学著作了。他不想再在这方面多费时间,就向这位意大利神父说明了事情的真实经过。神父一听并不是为了信天主教,就很是激动,说:

"只有天主教可以拯救人类,你应当放弃数学,真正皈依天主教!"

苏步青说:

"只有科学才能为人类造福,而数学是科学的基础,所以我一定要学好数学!"

他拿给神父一笔学费,说:

"我无心研究教义,很是抱歉神父,不过,您终究是教我意大利语的老师,我会终身记住你的!"

神父见实在留不住苏步青,也无可奈何,说:

"你真不想皈依天主,我也实在没有办法,只是这个学费我是绝对不能收的!"

苏步青很是过意不去,一定要神父留下学费,神父也坚决不收。最后苏步青只好拿着,神父送他出了门,说:

"好好努力你的数学宗教吧,孩子!"

此后的一段时间内,苏步青用他的意大利语言学习了很多意大利几何

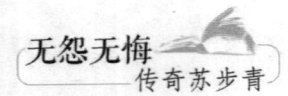

学上的知识,并与意大利一些几何学大师通信,这些几何学大师也回信给予他帮助,作用可谓是巨大的。在利用意大利语学习意大利几何的同时,苏步青也对意大利语言进行了进一步的学习,能够用这门语言充分地写出自己的所思所想。他运用意大利语言写出了数学论文向意大利国内非常有名的数学杂志投稿,也得到了采用。苏步青说:

"多掌握一种语言,就多打开一道知识的大门!语言是多么的重要啊,有机会就要多掌握一种语言。"

在东北帝国大学学习期间,洼田忠彦教授担任苏步青的辅导老师,他是一位非常有名的几何专家,对学生要求一向极为严格,指导也非常有方法。有一天,勤奋的苏步青遇到了一道非常难解的几何题无论如何都解不出来,便去求教于洼田忠彦教授。洼田忠彦教授看了看他的题,冷冷地说道:

"我建议你先去认真研读研读沙尔门·费德拉所著的解析几何书,之后再来问我这个问题。"

对于这位数学家的解析几何书,苏步青还没有看过,于是便去找寻他的书。待找到后,大吃一惊,整整2000页,三大本呢!这如何看?苏步青心里真是不解,心想,一道几何题,您直接给我说说不就行了,为什么要我翻看这么厚重的书?这要翻看到什么时候?

然而,又想,教授既然如此吩咐了,就照着教授的吩咐去做吧。就这样,他一面学习德文一面开始硬着头皮啃这2000页的原著。整整学了一个学期,才把这2000页原著书读完。

读完这套书之后,他才明白老师的苦心,也顿觉眼前豁然开朗,身上也增添了不少的劲儿……

直升研究院

苏步青在东北帝国大学毕业之后,经过教授会上全体教授们的集体讨论,直接获得了升入东北帝国大学研究院当研究生的资格,从此后,他又成了这所大学的研究生,他在努力奋斗着。

但是,读研究生每年要向学校交 200 元学费的。苏步青如今已经没有了国内的资助,从哪里来弄这些钱呢?然而,为了完成学业,他就课余时间去外面尽量多打些零工,来作为学费和生活的费用,卖报、送牛奶、扫地、抹桌子、洗碗,什么活儿他都肯干。

他艰苦奋斗,在学习老师规定的课程之余,勤奋写出了许多仿射微分几何与射影微分几何方面的研究论文,向包括日本在内的一些国家的有名的数学刊物投稿,他们都予以采用,开辟了微分几何的崭新领域。如此他在数学界就有了些名气,颇受关注,人们都称他为东方数学界升起的灿烂的新星。国际数学界对他的部分研究成果也给予了介绍与引用。

作为学生的苏步青,可谓成就斐然,年轻有为。社会和学院如何会不青睐于他呢?

学院的导师建议苏步青根据已经发表在各大杂志上的论文,写一篇总结性的论文,来作为申请理学博士的论文。

苏步青按照老师所嘱,努力奋斗了两个来月,写出了长达 260 页的博士论文。导师看后,甚为满意,转手递交博士论文答辩会进行审验。经过

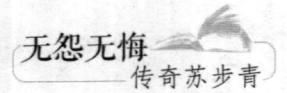

答辩，教授们对他的博士论文都非常赞赏，说：

"苏步青的这篇论文写得真好，真是不可多得的好论文。"

这篇论文全体通过。29岁的苏步青由此取得了东北帝国大学的理学博士学位。

苏步青毕业那一日，他头上戴着博士帽，手里拿着博士证书，拍摄毕业照，正式被授予东北帝国大学理学博士称号。

这是继陈建功之后中国留学生第二次获得东北帝国大学理学博士的学位。日本各大媒体都在醒目的位置发布了这一新闻。

苏步青毕业了，在日本的学业也就算正式结束了。学院打算让他留校升任为副教授。然而，这违背了苏步青来此留学的初衷。他是为自己的国家而学习数学的，为自己的国家而奋斗的。也就是说，他想回到自己的祖国，为挽救自己的祖国尽一份力。

然而，此时的他在这里已经有了妻子，他的妻子是一位教授之女，她能答应他回去吗？

第五章 不忘初衷,毅然回国

浪漫的樱花

说起苏步青的婚姻,其实,早在他未出国之时,由父母做主,媒妁之言,按家乡的风俗,已经给他成了一门亲,那个女孩叫马伯华,小名桂莲,生辰年月日和苏步青完全一样,娘家和苏步青他们村只隔着一条小溪。她很小的时候便没有了亲娘,由她的继母抚养长大。在14岁的时候,便和自己一般大的苏步青订了婚,15岁上就和苏步青结了婚,小小年纪已经成为人妇。然而刚结完婚一个月,小丈夫苏步青便坐上了出国留学的轮船。如此的年纪,如此婚姻,结果可想而知。不过那时的婚姻制度并不是一夫一妻,三妻四妾是很平常的事。

那是一个樱花浪漫的季节。

那一天早晨,苏步青正把自己关在宿舍里写他的曲线和曲面研究论文,就有稀客来访。

有两位美丽的姑娘由苏步青的好朋友茅诚司先生陪同而来。一位姑娘,苏步青认识,她是茅诚司先生的女朋友,而另一位美丽的小姐,却不认识,还未曾谋过面。而这就是他未来的贤惠的妻子,陪伴他一生的人——松本米子小姐。

经过一番介绍之后,苏步青热情地说道:

"早便听闻松本教授有一位才貌双全的女儿,原来就是您呀,真是名不虚传,我听过您在电台上演奏的古筝,非常地美妙!"

松本米子小姐谦逊地鞠躬说道：

"哪里哪里，您才是真正的大才子呢，早就听说过您的大名，发表过那么多的大作！"

茅诚司笑说：

"大家都不要客气了，又不是外人！"

这天早晨，真是喜客盈门，才子遇佳人，他们在一起谈论了许多话题，相见恨晚。他们从古筝说到中国文化对日本的影响，又自中国的毛笔字、茶经说到日本的书道、茶道、花道，越说越近乎，越说越感觉遇到了知己，彼此相互倾慕异常。

自那日分开之后，两人开始彼此想念，慢慢进入了恋爱期。可是对于两人的跨国婚姻，松本教授并不十分赞成，他虽然欣赏苏步青的才华，然而真要做自己的女婿，就不那么简单了。不过，疼爱女儿的妈妈还是赞成他们的婚姻的，因为她感觉自己的女儿和苏步青在一起，很是般配，也能感觉到女儿非常地幸福。她对丈夫说：

"只要咱们的女儿幸福就行，不要管别的了。"

松本教授听妻子如此说，也就不再说什么了。苏步青毕竟也是他们东北帝国大学培养出来的最优秀的人才。

于是，他们便幸福地结婚了，那一年，松本小姐23岁，苏步青是26岁。

结婚那天，新娘子米子小姐穿着洁白而美丽的婚纱，显得格外迷人。她虽然很是厌恶日本社会歧视中国人的风气，然而，对于自己嫁给中国人，她还是害怕会受到亲友们的嘲笑，便对他们隐瞒了苏步青是中国人这一事实。因此，他们还都以为苏步青是日本人呢。直到苏步青获得了博士学位之后，她才把苏步青的国籍公布出去。亲友照样很是羡慕，说道：

"如此厉害的中国人，你为什么不早告诉我们呢？"

他们结婚的第二年，就有了一个漂亮的女儿，取名为苏德晶。虽然经济不宽裕，然而，一家人很幸福。

如今，苏步青已经学成想要回国了，而他的妻子米子小姐会怎么想呢？

苏步青恋爱时曾经对米子小姐说：

"我到日本来，并不只是为自己求得一点生存的能力，我的祖国如今很是贫弱，被列强所欺，大有亡国之势。它需要富强，而富强需要科学，我必须要回到我的祖国去，为它服务！"

米子小姐非常通情达理，她爱自己的恋人，当然也会爱自己恋人的国家。她说：

"到学成那天，就马上回去。"

她很支持自己的心上人所做的一切，也因此他们才会那么地相爱，其实，这也是苏步青真正爱她的因素之一，否则，即使米子小姐再好，他们两个也是很难走到一起的。

如今，真要面临这个"走"的问题了，苏步青心里却有点犯难，他不能光为自己着想，他也要想想自己的妻子呀，这对妻子来说，毕竟是要背井离乡。只能是慢慢疏导妻子，不能让她伤心。他对自己的妻子米子说：

"我在这里已经完成学业，可我的祖国正需要我，我应当回去，你看咱们能走吗？"

没有想到妻子很快便说道：

"这事你决定吧，不管你去哪里，我都会跟着你！"

妻子这一关是很顺利地过了，可是还要说服岳父岳母，要把他们心爱的女儿带往异国他乡，他们会怎么想呢？

这一关恐怕是不太好过的。

苏步青说：

"我们怎么跟爸爸妈妈说呢?他们要是不放咱们走怎么办?"

妻子说:

"我去说吧,反正要过这一关的。"

苏步青搂紧了自己的妻子说:

"难为你了,夫人,千万不能让两位老人伤心!"

妻子说:

"嗯,放心!"

松本教授一听说女儿女婿要回中国,半天没有说话,不过,他们实际上早有一点心理准备,因为女婿毕竟不是日本人,而是中国人。他们哆嗦着嘴唇说:

"怎么可以?你要是去,我们什么时候还能见到你,我的女儿?"

米子笑着说:

"怎么会见不到呢?我去了之后想你们了,你们也想我了,我们就带着你们的外孙女儿回来看你们。"

老两口都用双手捧着头,说道:

"哪有那么容易!"

松本教授突然抬起头来,说:

"一定不能回中国去,那里正在打仗,军阀混战,你打我,我打你,你们回去,很危险的。"

教授夫人说:

"是呀,中国现在正在打仗!"

米子小姐含笑说:

"没事的,我们又不打仗,像苏君这样的人才会去战场拼杀吗?一定是待在最为安全的地方,受人保护着。"

教授说:

"那也不安全！"

米子安慰说：

"没事的，放心！"

教授说：

"现在你们在这里生活稳定，学校也要升任步青为副教授，多好的前程呀，怎么非要去那战乱的中国呢？真是有点傻呀！"

女儿说：

"苏君是中国人，他来我们这里学习就是为了自己的国家，我们应当尊重他的理想，这也更说明他的忠诚，像这样忠诚的人会对女儿不好吗？你们应当为女儿嫁给这样忠诚的人而骄傲，尊重他，让他去实现自己的理想！女儿也相信，如果是父亲，也会这样做的。"

松本教授无话说了，说道：

"好吧！"

苏步青决定回国的消息在学校里引起了不小的轰动，学校对于苏步青这样的人才也很想挽留，希望他能不走。他们马上给苏步青颁发副教授的聘书，然而苏步青去意已决，学校也无可奈何，只好决定为苏步青保留半年职位，如果苏步青回到中国感觉困难，还可以回来任教。

亲友们也都来劝他们不要离开，说：

"还是留下来吧，东北帝国大学是世界上一流的大学，数学系大有发展空间，你在这里是非常有前途的，你们回去之后，不仅是吃苦的问题，就连学术上的辉煌也被断送掉了！"

然而，哪能拦得住苏步青？他的一腔爱国之情，当时的许多中国人能明白，而这些人不太明白。

他对妻子米子说：

"中国现在很苦的，还有战乱，你不怕吗？"

米子坚定地说：

"我怕什么，中国是你的故乡，也就是我的第二故乡！是你的国家，当然也是我的国家，你爱她，我同样也爱她！"

苏步青很是感激，搂紧了妻子禁不住亲了又亲。

回到中国

1931年初秋的一天，苏步青带着妻儿登上了归家的轮船，这艘轮船的名字叫"上海丸"。

望着波涛汹涌的海面，苏步青胸中也洋溢着激情，禁不住吟诗一首：

渡口云烟海鸟飞，江边春色认依稀。

十年海上君休笑，赢得鬓丝和布衣。

苏步青自幼喜爱古诗，他13岁开始学习写诗，往山上放牛的时候，他就总是骑在牛身上诵读《千家诗》等一些诗书，自吟出：

"清溪堪作带，修竹好当鞭。

牵着卧牛走，去耕天下田。"

他不但是数学的天才，文科成绩也很优秀，这对他钻研数学起到了很好的帮助作用，因此他总是说：

"深厚的文学、历史基础是给我登上数学殿堂插上的翅膀；文学、历史知识帮助我开拓了思路，加深我对数学的理解……"

一听说日本东北帝国大学的苏步青博士要回国的消息，国内许多优秀的大学都充满了期待，都希望苏步青能到他们的大学里去任教，于是像燕京大学、厦门大学等都纷纷寄去了聘用书，并言明要给予高薪。燕京大学说："请到我们学校里担任教授职务，月薪是240元。"多么好的待遇啊，然而，苏步青却一心想的是回故乡，出来十来年了，他真是想家啊。于是他便选择了浙江大学，虽然浙江大学在当时条件并不好，然而那是他的故乡。

回到自己的祖国，心里踏实下来，一天苏步青夫妇在西湖边散步，正醉心于家乡的美景之时，突然听到收音机里播出"九·一八"事变的新闻。他们两个的心一下子抽紧了，好长时间都默无声息，还是米子打破了沉默，说：

"我们回来得真是时候！"

苏步青看着自己心爱的夫人，说：

"是呀，真是时候，不然就回不来了！"

苏步青说：

"苍天有眼，让我们回来，这是我的故乡，我的故国，我的家，我要与她共患难！"

不用说，浙江大学和日本的东北帝国大学在条件上是没有办法相比的。浙江大学的生活很清苦，教学条件也非常不好。整个数学系包括苏步青在内，也只有3位副教授和2位助教，要说教师够少了，但是比着学生的数量，却并不少，因为只有14名学生。苏步青担任这14名学生的4门

功课，一周上14节，有时候还要亲自为他们改作业。那时候，整个数学系也仅有数百册书，期刊和资料更是少得可怜……

苏步青满腔热情，一回国就投入到紧张的教学工作中去，想以科学来救国，培养出更多的数学人才来。

苏步青与陈建功各开设4门课程，苏步青本人担任的是二年级的坐标几何、三年级的综合几何、四年级的微分几何与数学研究甲、数学研究乙等课程，另外还有辅导、批改作业、编教材、搞科研等工作。有一天，苏步青到学校图书馆里查阅资料，看见学校里的图书实在少得可怜，心想，这怎么能行呢？问起来，回答说是政府拨的办学经费太有限了。苏步青想了一下，便自告奋勇，利用暑假的时间东渡日本去抄写资料，只一个假期便抄回了20多万字最新的文献。这些资料使浙大差不多享用了20年，不但充实了教学内容，还为科学研究开拓了思路，苏步青说：

"这是穷办法出效益。"

然而，腐败的国民政府却不重视这个。政府官员花天酒地，而浙大教师的工资都经常发不出来，有时候一拖便是三四个月，如此让人家怎么生活呢？怎么安心教育工作？在这样的情况下，苏步青有时求助于哥哥，然而，哥哥手头也不宽裕，给他的总是有限。一家人生活不下去，米子小姐就劝他说：

"要不，我们回日本去吧。"

苏步青说：

"绝不能再回去，我们可以换个学校去教书，比如厦门大学、燕京大学。"

米子小姐赞同丈夫的看法。

此时，浙大的代理校长邵裴子刚从南京追讨经费回来，一听说苏步青要走，他就急了，心想，如此一位大学问家怎么能走呢？于是他不顾劳

累,连忙赶往苏步青安在学校的家。他一敲开门,就问苏步青道:

"听说你要离开浙大?"

苏步青为难地说:

"是呀,在这里我们一家无法生活下去。"

邵裴子也深有感触,他拍着苏步青的肩膀说:

"委屈你们一家了,让你们回国受罪……"

但是邵裴子紧接着说:

"你们不能走,我们不让你们走,告诉你个好消息,我此去南京追讨回来一些工资和教师薪水,能让我们坚持下云,另外的,我们自己共同想办法,我们先艰苦一段时间,相信一定能渡过难关的。你和陈建功教师都是我们浙大的宝贝,我们绝不能放你们走!"

苏步青见校长如此说,他自己本人也是对浙大极有感情的,当然也不愿轻易离去,这毕竟是自己家乡的大学啊。他就说:

"好,我们不走了,就在这里!我们共建浙大!"

那时候正是深夜一点钟。

陈建功和苏步青

陈建功和苏步青同是浙江人,比苏步青在日本东北帝国大学提前两年毕业,早在陈建功学成归国之时,两人就约好,要回去把他们家乡的浙江大学的数学系建成一流的数学系,为国家培养更多的数学人才。

如今他们要共同实现这个心愿了。

说起陈建功,也是一位很了不起的人物。1921年他是东北帝国大学大三的学生,然而他的一篇数学论文在日本《东北数学杂志》上发表了,标志着中国现代数学的兴起。大学毕业后回国,1926年再度到日本东北帝国大学读研究生。他只用了两年半的时间便写出了十多篇正交函数论的著作,在东北帝国大学他的成就是非常突出的,也是我们中国数学界的骄傲。研究生读了三年他获得了东北帝国大学的理学博士学位,也是我们中国最先获得东北帝国大学博士学位的一个。他在日本还出版了《三角级数论》。

苏步青回国的第二年,浙大让他接替陈建功教授当数学系的主任。这一年,他和陈建功教授共同创办了微分几何与函数论两个讨论班。只要是参加的人都应当定期上报自己的研究成果,阅读且报告外国最新的数学文献,在讨论班内需相互作出提问和答辩。此种形式极能锻炼学生们做学问之能力,测验出学生们的真实水平。这样的讨论班在中国也是首创。他们还规定,学生四年毕业的时候,即使成绩再好,如果讨论班不能通过,也是不能毕业的。

陈建功和苏步青一样,不单是非常优秀的数学家,还是一位非常了不起的教育家。为了给国家培养数学人才,也真可谓是呕心沥血,并且极有方法。陈建功一直认为教学一定要和科学研究结合起来。若只搞科学不教学,那便要绝后了。不搞科学研究仅仅是教学,便无法把教学水平提高上去。教学应当和科学研究相辅相成。他和苏步青一样都很重视学习外文,英、法、德、日文都非常地精通,后来根据需要又学了其他国家的语言。然而,于教学方面,他又和那些国外留学回来的教授是不一样的。他始终是用汉语来编写讲义的,使用汉语给学生上课。

陈建功教授上课非常注意深入浅出,把深奥的东西讲得很浅显。苏步青也很注意学习别人的长处，尤其像陈建功这样优秀的人物。苏步青很是敬佩陈建功。陈建功教授对苏步青说：

"教师给学生上一节课，和军人在战场上打一场仗差不多。"

陈建功老师上课总是不拿讲义，也不看书本，一支粉笔，一讲到底。他和学生讲好，上课不可以迟到，也不可以早退，更不可以在老师讲课的时候向老师提问。他说，如此会打断老师的讲课思路。陈建功教授上课不带讲义，并非没有准备讲义，而是准备得很细致，都记在他的大脑中。他每年都要新编讲义，与时俱进，他上一小时的课，就要备一个小时的课。这是对国家负责，对学生负责。苏步青和他交情很深，苏步青说：

"陈教授是一个爱国主义者，他的行为，给了我很深的影响。"

他们两个的感情是真挚的，苏步青每次谈到他，都由衷地佩服，激情满怀。

苏步青当上系主任是陈建功教授让给他的，陈建功教授说：

"能把苏步青请来当教授是我最为高兴的事，有什么不可以的呢？"

他们两个相处融洽，交情非常地好，对外苏步青是系主任，对内陈建功是幕后策划，两人同心协力定要把浙大数学系建成一流的数学系不可。陈建功曾笑着对苏步青说：

"你要是死在我前面，我一定会为你作传、写碑文。"

说完，两人哈哈大笑。

苏步青于教学方面有一个特点，那便是严格，假使学生不做作业，学习偷懒，根本就躲不过去。有个后来成为物理学家的女生，一开始很不习惯浙大的苦日子，学习也很紧张，因此，开学没多少时日，便跑回家去了。回家后整日地疯玩，就是不想学习，父母很是担忧，就对她说：

"你上大学呢，不去上学，整日在家里疯玩儿会行？早晚你会后悔的！你必须得回去上课！"

再玩下去就显得不孝顺的这名女生，只好听从父母的话回到了浙大。苏步青看到这名逃学的学生就很不高兴，心想怎么能这么随便逃学呢，你已不是小孩子。于是，在上课的时候，便故意提问她，让她到黑板前演算试题。那学生回去玩了那么长时间，哪里演算得出？苏步青教授严厉地对她说：

"演算不出来，就不要下去！"

整得那女学生下不去讲台，整整在讲台上熬了一个小时，也还是演算不出来。苏步青说：

"现在我们国家这么困难，我们在这里学习容易吗？我们国家需要科学呀，需要富强啊！"

这件事她永远也忘不了，自此后发奋努力，将全部的心思用到了学习上……

在教学方面苏步青非常地严谨，也和治学是一样的，他的备课是一丝不苟的，和陈建功一样每教一课，都要认真地备课，仔细地编写和修改讲义。

方德植和陈景润

苏步青与陈建功教授各主持微分几何与函数论两个讨论班。他们的讨论班一般是每星期开一次，让参加的人轮着做报告，做报告的人一定要在报告之前先好好地对文献资料进行阅读，认真进行推敲，报告时把自己的看法说出来。

苏步青有个学生名叫方德植，他是浙江瑞安人，在苏步青的细心指导下，他在自己刚毕业一年左右的时间内，就写出和发表了让国内和国外的同行专家们所注目的科学论文——《定挠曲线的一个特征》。此篇论文最突出的成就是对法国鼎鼎有名的数学家达布的一个公式做出了重要改进。此后，世界上许多的数学家都将他的这个研究成果引入教学课本。当时，科学界有一种论调特别地盛行，说什么"不出洋，科学人才便出不来"。这样的话让中国人听了泄气和气愤，说明我们中国的教育不行。苏步青看到方德植的这篇论文之后，兴奋地说道：

"哪个说我们中国培养不出真正的人才？瞧瞧，我们这不是培养出来了吗？"

这无疑是对中国学子的很大鼓舞，让他们自力更生，发愤图强。方德植的成就非常重要的一部分就得益于浙大讨论班。他通过讨论班阅读了大量的数学书籍，又和教授互相提问，大大开阔了他的视野。

苏步青的讨论班首先就是要求学生学风必须要严谨，要求他们一定要阅读大量的书籍和最新的文献资料。如果在阅读中发现问题，必须要研究到底。其次，要求他们一定要具备独立思考的习惯，在讨论班上作报告的人所阐述的内容必须是自己的看法，而非别人的看法。这大大提高了学生们分析和思考问题的能力，通过讨论又提高了他们解决问题的能力。同时创新能力也是这个时候培养的。最后，老师在讨论班上要针对作报告的学生显露出来的具体情况做个别的具体指导。如此，通过讨论、答辩、研究，他们写出来的论文就达到了较高的水平，其间的成效是非常显著的。

之后，方德植又于日本《东北数学杂志》、意大利《数学年刊》与中国数学会主编的外文数学刊物上发表了不少论著。他的有关平面曲线和空间曲线的摄影微分几何的一些研究成果，是当时世界上最新的研究成果，

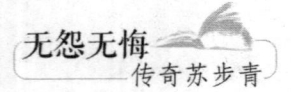

之后被美国、德国、日本等国的摄影微分几何教科书广泛采用。

这里顺便介绍一下中国数学会。中国数学会是当时中国最有影响的数学组织，成立于1935年7月。刚创建的时候，组织机构设有董事会、理事会和评议会，主要成员都是国内顶尖的数学家，有胡敦复、周美权、傅种孙、钱宝琮、冯祖荀等。次年，他们又创办了《中国数学会学报》学术杂志和数学普及杂志《数学杂志》。苏步青为《中国数学会学报》总编，熊庆来、孙口、朱言钧、曾铖益、江泽涵、刘俊贤为编委。

方德植牢记着他的老师苏步青说过的一句话：

"只要自己肯努力，不一定非要出国。"

所以，他放弃了三次公派出国留学的机会，从浙大一毕业，他就留校当了苏步青的助教，并且那几年还住在苏步青家里，两个人抵足而眠。他们睡在一张床上，想着数学上的问题，想着想着就睡着了。要是哪个突然想出了答案或者是解题的方法，就用脚把对方弄醒，然后都起来共同探讨，不管是多晚，他们都会如此。他们一边讨论，一边记笔记。方德植的许多数学论文都是这个时期写出来的。

此后，方德植又有了很大的发展，1952年，方德植在厦门大学当教授，担任厦门大学数学系的主任。方德植用他深厚的学识和丰富的经验，为他们数学系制定出了先进的教学计划与相当合理的规章制度，并且把大量的心血都投注在了图书馆的建设上，因为他知道图书资料的重要性，这也是他的老师苏步青教给他的。他用老师教给他的经验去教育下一代。他和老师苏步青一样对师资的培养极为重视。他也学老师的样子在他们厦门大学组织了讨论班，并使这个讨论班制度化，注意引导老师和学生开展科学研究……就是如此，厦门大学的数学系取得了让世界瞩目的教学成就，大数学家陈景润就是方德植培养出来的第一届学生。

在厦大理工科迁到龙岩的时候，系主任方德植亲自给学生上微积分、几何等基础课，还教给他们自己做学问的经验。他说：

"学数学，一定要多做题、勤做题，但是有两条规律一定要掌握住。首先，就是要加深对书本里基本概念与定理的理解，其次是必须要把握运算方法与逻辑推理。不然的话，数学也是很不好学的。"

陈景润是方德植的得意弟子，他严格按照老师的要求去做，进步很快。

一次，进行微积分测验，方德植在批改试卷时候，发现陈景润的卷子做得有些混乱，便马上命人把陈景润叫到了自己的办公室，严厉地问他道：

"这题你会做吗？"

陈景润不安地回答说：

"会的，教授。"

方德植说：

"那你的试卷为什么做得如此混乱？"

陈景润嗫嚅说：

"教授……"

方德植说：

"你就在这里给我重新做一遍！"

陈景润恭敬地说：

"是，教授！"

陈景润当场又给方德植教授做了一遍，果然题目他都会做，也做得很对，然而，还是受到了老师的批评，说道：

"字都写不清楚怎么能行呢？写字是要给人家看的，如果你将来出了研究成果，字却写不清楚，如何传达给世人呢？不是白研究了吗？"

陈景润觉得老师说得很对，便虚心地接受，说道：

"是，教授，以后我一定把字写清楚！"

方德植这才满意，说道：

"好，你回去吧，牢牢记住今天说的话！"

此后，陈景润的字总是写得工工整整，清清楚楚，明明白白……

数十年后，陈景润和苏步青同时参加中国科学院学部委员会议，两个人见了面。陈景润恭恭敬敬地给这位老资格的老数学家行礼，真诚地说道：

"您是我的老师的老师，我要感谢您，永远感谢您！"

苏步青极为爱惜人才，他每次见到陈景润就打心眼里高兴，陈景润给他行鞠躬礼，他也给陈景润回以鞠躬礼。

我国的科学奖是科技基础理论方面极为重要的奖项，有一次经过反复评审，一等奖是以陈景润为主研究出来的关于"Goldbh 问题 1+2"的成果。为了更加郑重，又增加了一道更高级别的重审。在这次重审会议上，有人说道：

"陈景润研究出 1+2，就给他一等奖，如果再研究出 1+1 呢，将如何？"

不等他把话完全说尽，苏步青就坚决地说道：

"那就给他特等，特特等！"

革命的浙大

第五章 不忘初衷，毅然回国

回过头来再说那所苏步青所在的浙江大学，它本是一所有着光荣革命传统的大学。自1931年"九·一八"事变至1935年"一二·九"伟大的学生抗日救亡运动，这所大学都有着很了不起的表现。

国民党当局在革命浪潮冲击下，心中很是害怕，转而残酷地捕杀共产党员、镇压学生运动。他们把一些国民党党棍调入学校去当领导，对学生进行严密的监视和控制，他们动辄就会将学生开除学籍，以此来镇服学生。然而，这样的行动并没有吓倒学生，反而更激起了学生的反抗情绪，这时候的学生组织性特别地强，浙大学生对反动校长郭某进行猛烈地回击，强烈地弹劾他，要把他赶出浙大去。他们集体讨论，写出了《驱郭宣言》，语句和措辞都非常地激烈，还联合全校的学生进行大罢课。

国民党当局见学生们如此，立即召开会议，教育部长说道：

"对待此类事情，我们绝不能容忍，绝不能姑息，不然的话，我们的国家将亡矣！对于闹事学生的带头人物，坚决开除！"

于是他们开除了浙大学生会主席施尔宜（施平）与副主席杨国华。可是开除学生并不起一点作用，学生依然闹，还是不上课，并且学潮又起。

那一日，在体育课上，体育课老师和学生卢庆骏两人发生冲突，体育老师用英语骂卢庆骏：

"you are such a pig and a mob!"

这句话是说卢庆骏是蠢猪、暴徒,卢庆骏听了大怒,便指责他说:

"你是洋奴,用英语骂人!"

学生一还口,老师更是受不了了,跳起脚来道:

"你这个没教养的学生,竟敢当面辱骂老师!"

卢庆骏说道:

"是你先骂我的,还用英语!学生没有教养也是老师教育的结果!"

体育教师说:

"我不要你这坏学生,一定要到校长那里告你,开除你!你这个暴徒,闹学潮闹到我这里来了!"

于是当即就去了代理校长郭某的办公室。郭某是当局派来的,主要抓的就是这样的事,于是马上派人对卢庆骏进行暗访。派去的人回来报告说:

"校长,这个卢庆骏一向是学生中的头儿,心眼儿最多,学潮的时候他鼓动得也很是起劲儿,总是宣传不安分的思想……"

郭某听了,说道:

"难怪!这样的学生我们学校不要,立即开除,省得一粒老鼠屎坏了一锅汤!"

这个卢庆骏本身是一名很优秀的学生,学习成绩也一向很好的,苏步青听说学校要将他开除,就坐不住了,当下就去找校长,说道:

"这是一个很好的学生,成绩也一向很好,这是有人想借体育课上的事兴风作浪,我不同意将他的学籍开除,何况,只剩一个月他就毕业了,不能随便毁学生的前途!"

郭某仗着自己是当局派来的,面对苏步青也丝毫不让步,强硬地说道:

"学生违反了纪律,便要开除,以儆效尤,此也是我做校长的权力,这事和您苏教授没有关系，您还是回去给学生好好上课吧！"

然而，气愤之下的苏步青也毫不示弱，说道：

"我的学生我知道，我能担保他是没有问题的，一定不可以将他开除！"

郭某强压说：

"已经做出决定了，实在难以更改！"

这时候，有不少教授也都去郭某那里给卢庆骏求情，也是给苏步青教授助威。然而那个郭某还是不肯吐口。苏步青很是气愤，回家伏案疾书，写就了《辞职书》呈给郭某。

《辞职书》中这样写道：

郭校长：

鉴于校方在决定开除我的学生卢庆骏学籍一事上处理偏颇，又无视教授们的正当要求，我无法忍受。今愿再次提出担保，以让卢庆骏继续学习。如果校方仍执意不改决定，我即辞职。

特此告之

苏步青

民国二十五年三月五日。

这件事在学校里引起很大的轰动，都在关注着事情的发展，学生们的心都提到嗓子眼了，纷纷说道：

"校方处理不公，苏教授就要辞职了，我们还能安心读书吗？"

"就是，我们也罢课，不上课了！"

"让郭某从我们学校滚出去！"

然而，郭某还是坚持要将卢庆骏开除出云，最后又做出让步，承诺补助卢庆骏一年，每个月给他20块钱，但是要他迟缓一年毕业。

学潮越闹越大，引发全校罢课。

此事闹得不可收拾，那郭某也找不来台阶下。到了3月末，直到郭某无奈撤出学校，调走为止。学生就此开始上课，之后，竺可桢教授当上了浙大的校长。

再说那卢庆骏，1936年8月份在浙大数学系毕业后，便留校当了讲师，后来升任为副教授。

第六章 苦难里有"剑桥"

西迁，西迁

正当浙大的前景有所好转的时候，1937年，爆发了抗日战争。国民党政府慌忙将中央迁至重庆。他们临走的时候，将教育部直属的几所大学，像中央大学等都迁置到了安全的地方，而对于那些在他们心目中不重要的大学就无暇顾及，这些大学便像没了娘的小孩儿一样，到处乱逃。1937年10月24日，日军攻陷了杭州，浙大全校700多人跑到了建德，想着是暂避一时，然而，短时间内却回不去了。

当时浙大的校长竺可桢为了师生的安全，也为了浙大的学生们能够在苦难中继续学习，为了将来着想，便动员师生们举校继续向西迁移。考虑不能跑得距离学校太远，经和学校其他领导商议，决定到江西去。

也就在这个时候，日本东北帝国大学又给苏步青寄来了特急电报，他们一直惦记着苏步青的情况，知道中日战争爆发，他的境况一定是不很好的，便再次聘请他回去担任数学系教授。并且各种条件和待遇都是帝国学校里最好的。然而，苏步青这个时候考虑的不是个人，他要和国人共赴国难，他听从校长的话准备西迁。还对米子说：

"我们赶紧收拾，准备向西转移！"

有同事悄声对苏步青道：

"您的夫人原是日本人，日本人来了不会对你们有所伤害吧？我觉得你们用不着忙着西迁的。"

苏步青一听这话，心里很不高兴，说道：

"你想让我们做汉奸吗？"

真是事情急上加急，这个时候，又从日本发来一份特急电报，说松本教授病危了，要苏步青夫妻赶紧回到日本去。苏步青拿着电报手直哆嗦，不知怎么办好。半天后，才把电报交给米子说：

"爸爸病危，可是现在我不能离开，你回去吧。"

米子很理解丈夫的处境，她说道：

"日本——中国，现在我也不能回去了，如果我回去，战局一旦恶化，我们就永远天人永隔了。——我跟着你！"

然而，苏步青家中孩子又太多太小，米子又刚刚生完孩子，行动不便，更不能跟着学校颠沛流离。苏步青想来想去，便和米子商量将米子送到乡下老家暂避，自己跟着学校西迁了。

竺可桢校长很是关心苏步青的情况，他对苏步青说道：

"你的夫人是日本人，在路上必然会有人进行盘问和检查，弄不好还会危及到生命安全。我已经向省主席朱家骅替你讨来了一张特别的通行证，一路上不管是什么人都不得盘查。"

在浙大领导的关照下，苏步青在把妻儿送往老家平阳的路上，都很是顺利，每遇军警要盘查，他一出示那张通行证，对方就对他们非常地客气，说：

"哟，不知道苏教授从此经过，无须盘查，请，请！"

在丽水汽车站，站长过来检查，他一眼看出米子是日本人，就说道：

"如果我没有看错的话，你的夫人是日本人，我们必须要检查！"

苏步青拿出了中国第三战区交通电讯管理局局长、浙大校友赵曾钰的介绍信，然而人家理都不理，依旧说：

"这是战时，我们一定要检查的，不看介绍信！"

苏步青只好拿出了省主席的特别通行证，站长一看，口气便马上变了，笑着说道：

"多有得罪，那就不用检查了！"

苏步青跟着学校西迁，每到一地，都要先检查一下图书资料丢失了没有。刚检查完毕，可是忽然又听到动身的命令，就又马上和身边的老师们将这些图书和资料捆扎好装进箱子里开路。在苏步青的细心照料下，他们行了那么远的路程，没有丢失一本图书、一件资料。

在这次西迁的过程中，竺可桢的情况也不太好，他本人是校长，责任最重，当学校离开浙江的时候，他本就有病的夫人张侠魂因为条件太差，缺医少药而去世。悲痛的竺可桢顾不得许多，还负担着学校的大小事务，全校师生们的生命安全都系于他一人。全校师生到了赣江上游的泰和之后，才安全了一些，日机的轰炸明显减少了。之后，他们在这里忙着开学、上课和招收学生等工作，努力进行教学工作。

竺可桢听说赣江总是发洪水，对当地老百姓造成灾害，就让浙大的老师和学生们去协助当地人建造一条防洪长堤。长堤建成之后，当地的老百姓为了感念浙大全体师生，就把这个长堤叫作"浙大长堤"。

浙大在泰和暂留授课的时候，著名的马一浮和梅光迪等都在浙大当教授，在教学方面也出现了"泰和盛时"。那时候，马一浮教授还写过一首诗：

"居人先鸟起，寒日到林时……"

那时候，浙大的师生们早晨都比树上的鸟起得要早些，但是，每天要工作到很晚，一直到太阳落山之后。不过在那个非常时期，校风却异常地好，后来成为数学名家的张素诚、周茂清和方淑姝都是在这个时候毕业的。苏步青说：

"这说明在困难的条件下，也照样可以培养出优秀的人才来。"

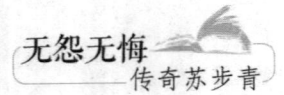

然而,南昌又被日军攻陷,泰和又不安宁了,于是,浙大师生又只好继续往西迁移。他们于1938年来到广西的宜山。就在这年的暑假,苏步青回到老家平阳看望家人,再回宜山学校的时候,由于路上很不方便,到学校已经是开学两个月后了。就在这两个月当中,日本的飞机误把浙大学校当成了中国军营,天天派飞机来此轰炸,最多的时候,竟丢下108颗炸弹。所幸的是,学校的安全措施做得很不错,无一伤亡,图书、仪器、设备也都没有被损毁,苏步青来到学校,听说这件事后,十分感慨,说道:

"真是天佑我校也!"

然而,战事越来越吃紧,南宁也保不住了。南宁既然保不住了,浙大在宜山这个地方自然也呆不下去的,竺可桢和众人商议说:

"战事如此,干脆西迁得远一些,到遵义算了。"

众人一致通过。

西迁走过了5200多里的艰难不平路,到1940年才走到贵州的遵义,先后于遵义和湄潭建立了临时学校,恢复学校的日常教学事务。

后来证明,这次学校决定从宜山直接西迁到遵义是多么的正确,否则,在黔南战争中,浙大非全军覆没不可。于是师生都感叹说:

"好悬!"

遵 义

　　湄潭处于贵州省的北部，隶属于遵义专区，境内十分清幽，很适合读书学习。湄潭县城地处湄江平原的南边，依山傍水，自然环境非常地好。当地人勤苦耐劳，十分朴实，也非常地好，知道浙大师生是逃难而来，又都是学问人，于是对他们十分地友善和尊敬，相处得很是融洽。

　　在这里，浙大的学生最喜欢点灯用的柏油，还有板栗、核桃、柿子、金盖梨、猕猴桃和白果等，主要是这些东西实用又便宜，花不了几个钱就能买回来用。茶楼酒馆和日杂小店铺都在城内的十字街口处，诸类生意最好的是小酒馆，乡里的人来县城一般都是在这里用餐，浙大来了之后，师生们有时也来小聚。

　　他们在遵义的郊外，生活很是艰苦，然而，数学系的讨论班依旧开办。一日，日本的飞机来这里进行轰炸，熊全治、张素诚、白正国、吴祖基，后来都成了著名数学家的这四个学生被苏步青叫去弄来两个长凳子，进入附近的一个山洞内。这四个学生看着岩壁上的青苔与脚底下的石头发蒙，脑子里一片空白。苏步青对他们说道：

　　"虽然这山洞小，可是数学的洞天却广阔。从今天开始，这山洞就是我们的数学研究室了，你们要依照已经确定的研究方向努力攻读，定时来这个山洞里报告和讨论。"

　　他们讨论班极为严格，作为苏步青的学生，他们都觉得很有压力。

熊全治当时功课在班里并不是太出色，一日晚上，他忽然跑到苏步青的家里，苏步青问他道：

"这么晚了，你来找我有什么事吗？"

熊全治忐忑着说：

"明天的讨论班我做报告，可我害怕过不了关，所以现在想问问教授您……"

苏步青不高兴地说：

"你早些时干什么呢，为什么不来？临阵磨枪怎么能行呢？"

熊全治很是羞愧，只好回去，自己用心准备了一个晚上，次日总算是勉强过关。

这一年的暑假，苏步青返回自己老家的村里，把夫人和孩子们接了出来。他们家孩子多，行动很不方便，刚好那次有四个同乡的浙大学生和他们同路，帮忙照顾。他们一路上走了35天，在柳州停留了一个星期才买到公路的车票。回到遵义后，校长一看就笑了，说：

"这下我就放心了！"

后来，他们一家人搬至湄潭，与鼎鼎大名的生物学家罗学宗共同住在湄潭贸易仓库附近一个名叫"朝贺寺"的破庙内。

生活上的艰难是可想而知的，然而浙江大学的数学和科研活动还是照样按部就班地进行着。苏步青不仅没有使自己的微分几何研究停顿下来，反而在这样的困境下更促使他出成果。在这期间，是他一生中论文写得最多的时候。人们常说：

"艰难困苦常常是砥砺人才锋芒的硎石。"

苏步青的《射影曲线概论》著作就是这个时候完成的。

而这个时候，中国的后方经济已经崩溃，物价飞涨，像苏步青这样的工薪阶层，家里的孩子又多，他一个人的薪水根本承受不了整个家庭的开支。因为经济上的困难，他的一个儿子生下来没有多长时间，便由于营养不良死去了。苏步青的夫人米子抱着孩子的尸体哭得死去活来，苏步青也伤心不已，只好把孩子埋在湄潭的山上。埋完了，心还是放不下，就又为孩子立了一块小小的石碑，上面刻上："苏婴之冢。"

苏步青自己的穿着此时也已经无法再讲究，不仅仅是朴素了，而是常常穿着一件补丁摞补丁的衣服给学生们上课。每当他在讲台上背对着学生们的时候，学生就对他的背上的补丁感慨万千。他们教授背上的补丁梯形的、三角形的、长方形的、各种形状的都有……下去之后都背地里议论苏教授太辛苦了，米子听到之后，心里很是不好受，感觉是自己没有尽到做妻子的责任，是自己的错，就把自己结婚时外婆送给她做纪念的玉坠子给当了出去，然后拿着这些钱给丈夫买回布，做了一件新衣服。苏步青看着自己的新衣服，说：

"你从哪里弄来的钱？咱们家哪还有钱？"

米子说：

"我看你的衣服太破，实在不能穿了，就……"

米子把自己当玉坠子的事给丈夫讲了，丈夫很是心疼，说：

"你怎么能把那么贵重的东西给当了呢？快赎回来，这衣服咱不要了！"

米子笑着说：

"算了，我不想让我的丈夫再穿那样破旧的衣服，受那样的委屈。"

苏步青说：

"你跟我来到中国，没有过上好日子，反受这么多的苦！"

……

米子在湄潭，人们都尊称她为"苏师母"。为了丈夫能把自己的事业做好，她将自己本来拥有的教授身份与事业也放弃了，一心扑在繁琐又沉重

的家庭事务中。她在照顾孩子的同时，还要抽时间帮丈夫整理一些文稿和讲义等，以此来减轻丈夫的压力。完全可以说，她是苏步青教授的贤内助，苏步青婚后所取得的各项成就都是有她的一份辛劳的。

米子为湄潭当地人留下了极为美好的印象。她为人和善，待人极为热情，还对长辈非常尊敬，对小的弱的非常爱护。条件虽然艰苦，然而，她总是把家里家外都收拾得利利索索干干净净，没有油漆过的桌椅板凳都擦抹得铮亮。她总是穿得极为干净，家里人也是如此，虽然破旧，然而，非常干净。人们总是见她端着水盆或者水桶到湄水的桥下洗衣服。他们家草房门前有个石墩，孩子们也经常趴在上面玩得很快乐。

后来"苏师母"的美好形象在湄潭传为佳话，人们提起她来无不伸大拇指，被不少家庭当作是活教材，动不动就说：

"看看人家苏师母……"

一日，竺可桢校长到他们家探望，看他们的日子也实在不好过，很是过意不去，他拍着苏步青的肩头说：

"那么杰出的数学家，我们国家的顶尖人才，过如此的苦日子，真是委屈你们了。"

苏步青说道：

"吃苦算什么，我心甘情愿！如今国难当头，不谈这个。"

苏步青见庙外头有半亩空地，空地上长满了荆棘和杂草，为了充饥，为了开源节流，他拿起了几乎从没有拿过的锄头和妻子米子一起把这片荒地开了出来，种上了蔬菜，以后每天下班他就忙着为这片土地施肥、浇水、灭虫，进行管理。这样也锻炼了身体，换换脑子，从而也开阔了他学术研究和教育上的思路。因为他管理得好，菜长得也自然好，绿油油地喜人。如此，也省却了上街买菜的开支，结束了经常吃地瓜蘸盐巴的日子。有时候，街上的市场蔬菜奇缺，还从他们家买去了一些，然后去卖。有一日傍晚，竺可桢校长下班散步来到苏步青住的庙前面，见苏步青正在挑水种菜，米子正背着最小的儿子忙着做饭，锅里都是些发霉的萝卜缨和一些发了霉的地瓜干，竺可桢十分震惊：

"这是怎么回事？你们平时都吃的是这些吗？"

苏步青难为情地说：

"我们家的孩子太多了，吃得也多，我的工资买米根本不够吃。我们已经吃地瓜干蘸盐巴三个月了。"

竺可桢颤着音说：

"那怎么能行呢？"

竺可桢说这话时，仿佛是自己的错似的。

苏步青说："那能吃什么？"

竺可桢黯然半晌，说道：

"你不是有两个孩子在我们学校附中上学吗？我叫学校给他们饭吃。"

苏步青的两个孩子苏德晶和苏德雄手里拿着竺可桢校长亲自批的条子去找附中的校长，附中的校长看了条子，说道：

"在这里吃饭可以，不过，你们必须按学校的规定到学校里来住。"

然而，两个孩子搬到学校里去住，他们家哪有那么多的被褥呢？在家里可以几个孩子住在一起，睡一个被窝，到了学校怎么能行呢？这很让苏步青一家为难。这事让竺可桢校长知道了，又亲自跑去对附中校长说：

"我特许苏教授的两个孩子可以住在自己家中。"

为了解决苏步青一家人的生活困难，也为了让这么有才有学问的苏教授更深入地投入到教育中去，次年，竺可桢校长将苏步青作为"部聘教授"报到了教育部，这也是苏步青应该得到的待遇，教育部也很快批准了。从此后，苏步青的薪水涨了一倍。

竺可桢校长是一位十分有学问、又十分爱才的学者，在他1936年刚

到浙大当校长的时候，苏步青因为他是国民党要员邵元冲和蒋作宾的连襟，便肯定他是靠着裙带关系才来当校长的，如此的校长来会有什么作为呢？因此，苏步青内心里很有些别扭，然而，竺可桢却以自己的行动使苏步青很快改变了对自己的看法。他明知苏步青嫌弃自己，还依然关心着苏步青。

竺可桢作为校长，只要是有真才实学的学者，他都会非常真诚地聘请人家来自己的学校任教。像谈家桢，1937年自美国留学回来，那时候也很年轻，才28岁，竺可桢得知他的情况后就马上向他发出了聘书。竺可桢还聘请来了章士钊的非常有学问的儿子章用。曾炯也是竺可桢聘请来的。新老师的欢迎会是在警报声中举行的，主要原因就是校长竺可桢对他们太看重了。在建德的时候，有学生问章用：

"章教授，警报都响了，老百姓全去躲飞机了，咱们还能上课吗？"

章用说：

"能，怎么能不上课呢？"

学生说：

"那黑板挂在哪里呢？"

章用说：

"可以挂在我的胸前！"

这些都是多么好的老师啊！也难怪浙大会如此振兴。浙大在遵义湄潭办学七年，是浙大历史当中最为了不起的七年，也是浙大办学历史当中最为重要的发展时期。有45位两院院士曾在这个时期在浙大工作和学习过，除了竺可桢、苏步青、陈建功、谈家桢，还有王淦昌、贝时璋、卢鹤绂等精英。他们都年富力强，一生中主要论文都是在这个时候完成的。可以说是，条件越艰苦，越能催人奋进。

第六章 苦难里有"剑桥"

熊全治

因为熊全治在苏步青学生中的位置，这里设专节介绍。

熊全治是江西省新建县雪舫，也就是现在的雪坊村人，3岁的时候，全家迁往南昌市定居。他的父亲是江西省立第一中学教师，在父亲的熏陶下，他从小也很爱读书。他16岁高中毕业，当时当局为了发展工业，便鼓动中学毕业生学习工程。熊全治受这些鼓动，也一心想学习工程。江西没有大学，他便去了湖北的武汉报考大学的土木工程系，然而，没有考中。他又到了上海报考，还是没有考中。但是，对于他一生有着最大影响的事情出现了，那就是在上海考试出榜之前，看见了浙大的第二次招生广告。他素来也是喜欢数学的，成绩也很好，对于浙大的苏步青和陈建功两位数学教授，他也一向是非常敬佩的，每次听到他们的事迹内心里都很激动。他考虑再三，就决定去杭州报考浙大的数学系，此事和他父亲商量，父亲说：

"苏步青和陈建功两位都是如今的大数学家，人品都非常好的，你想好了，就去考吧！"

也真是该他一辈子从事数学研究，这一次，他一考即中，并且考试的成绩也非常地好。

考入浙大之后，他便开始了跟随苏步青和陈建功两位他崇拜的偶像在数学迷宫里探索的过程。

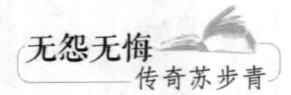

苏步青和陈建功他们两个都用的是浙江官话上课，别有风味。也很有磁力，尤其是苏步青更让他感兴趣。苏步青个子不高，面容清癯，前额光秃，两只眼睛炯炯有神，走路轻捷灵便，说话很是响亮，谈吐就如磁石一般吸引人。说出话的思想内容也非常震撼人心。这一切都让熊全治着迷。

苏步青和陈建功教学很有方法，他们对学生循循善诱，快慢速度把握得很是到位，很合适学生们记笔记。在他们举办的讨论班上，熊全治跟随苏步青和陈建功他们努力学习，学问飞速上长。到大学临毕业那一年，熊全志经过深思熟虑之后，坚定地选择了苏步青当自己的导师。苏步青也很是器重和欣赏这个学生，对他也全面悉心地给予教导，指定他对克莱因的《高等几何》进行细致的阅读。尽管这部德文版的书文学味道比较浓，过于文采化，对于专心搞数学研究的熊全治很不适应。然而，熊全治还是将它慢慢地阅读完，消化了下去。熊全治是个很听苏步青老师话的好学生。他读完、消化完这部书之后，感觉获益很大，学到了很多的东西。苏步青又适时地为他选了一篇美国数学会会报上发表的关于二次曲线的一个新射影特性的论文让他细心地研读。就在这年的 12 月份，他读完了这篇论文，然后又自己写了一篇《关于二次曲线》的论文，并于 1937 年用英文发表于浙大的《科学报告》中。

毕业之后，受苏步青的影响，他没有去外国留学而是留校当了一名助教，继续在浙大学习深造，跟着苏步青研究射影微分几何。他是数学系最早的一名专业从事研究人员。熊全治听苏步青的射影微分几何课，一面听，一面自己对文献进行阅读，不久便写就了一篇关于射影微分几何的论文，发表于 1940 年的《中国数学报》西文版上。

在日军占领上海危及杭州的时候，浙江大学向西一再迁徙，此时的熊全治心里也是乱糟糟的。他想，时局如此，也不知道妈妈和妹妹在南昌怎么样了，还有在武汉工作的父亲与二哥……他实在是放心不下，此时人心惶惶，在这样的情形之下，是无法再做研究了。他便想离开浙大向西迁徙的队伍，回到南昌的家人身边去，他要与家人共患难。

好在他回到南昌之后，妈妈和妹妹都是好好的，这才心里放下了一大半。然后又和妈妈、妹妹一起去武汉找爸爸和哥哥。找到爸爸和哥哥后，在那里住了五六个月，武汉又发生了危机，他们无法住下去了，又向重庆逃去。在武汉的时候，熊全治一天和妹妹两个人在街上忽然看见墙上贴有中英庚款董事会的启事，获悉因为时局的原因，政府已经暂时停止了留学英国的考试。暂时将中英庚款作为科学工作人员在国内研究的补助。这样逃难的生活，他是没有经济来源的，然而家人要生活啊，于是，便想到要申请这个补助款。他申请之后，又向编辑部投了两篇论文，希望获得一些稿费。

过了几个月，他的申请被批准了。而此时的浙江大学已经由泰和迁到了宜山，他自己和家人也在重庆了。重庆是国民党的陪都，自然是比较安全的，对于家人他是放心了，于是他很快接受了这个补助款子去到宜山跟浙大学校汇合，继续跟着苏步青研究数学。然而，当他到达宜山的时候，苏步青一家在平阳还没有回来，也没有见着苏步青。陈建功与陈冲两位老师都是没有携带家眷的人，共住一个大房间。而大门前面还有一个相当小的房间没有租出去，熊全治便住了进去。住进去之后，每天早上，他们三人就轮换着做饭。如此过了一些时日，苏步青也就赶了回来，因为没有空房，便和熊全治住在了一起。熊全治是非常喜欢和老师住在一块的，因为这样能更好地跟老师学习。虽然期间有过几次敌机轰炸骚扰，人们要忙着躲飞机，但是，和苏步青一起住了一年多，熊全治真是学到了很多的东西，长进非常迅速。在这里，熊全治一共完成了五篇论著。

中华文化基金会于1940年宣布，依旧对科学工作者去国外从事研究给予补助，只是不能去欧洲，仅可以去美国。战争让他们跟国外差不多彻

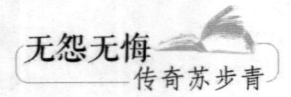

底断绝了关系，使他们很难再正常地研究。这时候的熊全治便想申请去芝加哥大学，跟着著名的射影微分几何的大家莱恩教授共同工作，进行学习。这也得到了老师苏步青的热情支持，还专门给莱恩教授写去了一封推荐函。但是，竺可桢校长却在重庆见到了著名数学家姜立夫，便对姜立夫说了熊全治的事情。姜立夫一听也很是兴奋，对此很感兴趣。他对竺可桢说道：

"我觉得去芝加哥大学不如去普林斯顿大学……"

他说出了一些理由。竺可桢听了就对他说道：

"我回去之后，看看苏教授和熊全治的意见如何。"

苏步青一听说去普林斯顿大学，就高兴地说：

"好啊，熊全治能去普林斯顿大学的话，那更好呀，更有利于他的成长。"

熊全治自己很是兴奋，摩拳擦掌，做着去普林斯顿大学的心理准备，对普林斯顿大学也充满了幻想。可是事情往往会出现变化，他们正自己高兴的时候，却又获悉，中华文化基金会不补助数学工作人员到美国从事研究。如此，也就去不成了。在浙大享受完中英庚款补助进行两年研究之后，熊全治被升任为浙大的讲师，两年后，升作副教授。此后不久，他的副教授职位被教育部正式核准通过。

政府规定，国难当头抗战时期，教授和副教授如无国外邀请，不得出国。然而，有一日，竺可桢却对苏步青说：

"如今我们已经跟印度建立起了文化交流关系，你看让熊全治去印度学习1~2年怎么样？"

苏步青说：

"问问熊全治再作决定，如何？"

竺可桢赞成：

"好的。"

然而，熊全治却不愿意去印度，他一心想去的是美国。他想如果去了印度再想去美国就更不容易了，因此便决定说：

"我不去印度。"

苏步青见自己喜欢的学生这样说，就马上给美国麻省理工学院的维纳教授去函，要请这位教授帮助熊全治。可是，维纳教授那里也实在是没有一点点希望。心里焦急的熊全治也给自己寻找机会，他给芝加哥大学的莱恩教授去信，又给密歇根州立大学的格罗夫教授寄发函件。没想到，这样竟然有了消息。原来熊全治曾在美国《数学评论》上发过文章，而这些文章的书评都是格罗夫教授所写。因此格罗夫对熊全治印象是相当深刻相当好的，收到熊全治的信后不久便给熊全治发去了回信，在信中他说给熊全治研究助教奖学金，工资每月是75美元，学杂费全部不用交。熊全治看到信之后，兴奋得不知怎么表达好了，那真是狂喜呀，急忙去找苏步青，告诉自己的老师这件大喜事。苏步青也很高兴。然后又告诉校长竺可桢教授。竺可桢也同样高兴。这时的熊全治是刚结婚不久的新郎官，妻子自然也想和丈夫一起去美国留学，熊全治便又给格罗夫教授发信希望他能够帮忙。为了熊全治这个数学人才，格罗夫很快在美国就办好手续，给他们寄过去了免学费奖学金证件。于是他们两口子抓紧时间办出国手续，然而他们虽心急，却好事多磨，那时候正在战时，政府暂时是不准教授去外国的，也相当不容易通融，坎坎坷坷用了一年多的时间才得到了护照与外汇，而此时，已经是1945年日本投降后了。

这样，熊全治便携妻子去了美国。

白正国

在遵义与湄潭的五六年的时间内,浙大数学系的教学与研究皆取得了非常大的进展,在苏步青的指导下,他们成立了以熊全治、张素成和白正国等为主要成员的微分几何小组,且取得了喜人的成果,学生们都在国内外的著名数学刊物上发表了一些有价值的研究论文。即便是苏步青本人也在微分几何学、射影曲线论两个方面取得不凡的成就。他在日本东京帝国大学留学时的同学布拉徐凯看到他发表的微分几何方面的一篇研究论文后,称他为"东方第一几何学家"。

随着浙大数学系一个一个成就的显现,他们的名气越来越大,国内的学子们中间都流传着这样一句话:

"要学数学,就去浙大。"

即便是印度著名的数学家高必善也把自己的研究生派到中国来跟着苏步青钻研微分几何。

后来成为著名数学家的白正国和苏步青一样是平阳人,当初他在温州中学上学的时候,听他们学校一位曾留学日本的数学教师对他说:

"你们平阳有两大数学家,一个是姜立夫,他1919年毕业于哈佛大学数学系,一个是苏步青,而苏步青现在浙大数学系任教……"

又说:

"苏步青与陈建功全都在日本留过学,留学的时候就已经很有名气了。

如今都回国在浙大当教授，很厉害的。你将来如果学数学，可以报考浙大，跟着苏步青和陈建功他们。"

听了老师这样的话，白正国就记在心上了，时刻想着上浙大的事。高中毕业的时候，他就只填报一个志愿，那就是浙大数学系。考完试之后，为了省些路上的花费，他便等在小旅店里看录取结果。

这时候的苏步青刚从福州讲学回来，一回来就看到哥哥寄来的一封信，说他们平阳有个学生非常喜欢数学，特别崇拜他，想当他的学生，于是，苏步青就马上查阅这个学生的资料，并找到了他所住的大同旅社。

白正国第一次见到苏步青很是激动，何况还是专门来看自己的，他更是不知道如何是好了。他很感激眼前的这位老师，真能做他的学生，真是一生中最大的幸运。苏步青对他说了一些关心的话，又说：

"现在成绩已经出来了，你已经被录取了。今后要好好努力。我建议你回去后最好读一本参考书，做好入学考试的准备。"

白正国也早就听说，浙大的入学考试不容易过关，并且分量还很重，这在许多大学当中是最不好应付的，于是，赶紧答应老师，说：

"好，我回去一定好好看，好好学！"

白正国经过努力，终于成了苏步青的学生。那时候的浙大已经有了些规模，于教学方面极为严格，每一门功课皆设有助教，这些助教不仅随班听课，对习题进行认真阅读，每一星期还要上辅导课。助教让一批学生去做练习题，吩咐他们：

"你们可一定要认真去做，明天是要照例交给我的。"

吩咐完，又把之前交上来的学生习题认真批改打分后一一发给他们。学生们每日除了上课，就是忙着做习题，就连周日也难以轻松。

"九·一八"事变发生之前，浙大理学院在杭州大学路杨明馆教授课程，教室的门上开着一个玻璃小窗户，这是用来点名的，旷课学生的名

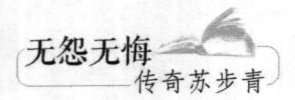

字次日就会被公布在校刊上面。这样的旷课如果超过一定次数,便会降低学分的。

苏步青教授课堂上的授课让学生就像是坐在春风中一样,简直是一种享受。他条理清晰,不快不慢,刚好使学生能够把他所讲的全部内容用笔记录下来。他写黑板的功夫也是经过千锤百炼的。在他刚开始走上讲台当老师的时候,他的课堂效果也不很理想,他便在家中弄了一块小黑板,开始进行艰苦的磨炼。他将自己置身于课堂情景中,认真地进行练习,不管是酷暑还是严寒,都毫不懈怠,直至炉火纯青的境地,他每画一个图,什么地方画哪一笔,应多大,何时画上去,都与他所讲的话恰到好处地配合,十分地完美。学生在记笔记的时候,不用看黑板,便能从他讲的话中知道他在黑板上画的是什么。

自1931年至1946年,苏步青年年都给学生讲《微分几何》。刚开始教授这门课,他虽然课前下了不少功夫,然而,效果还是不好,从学生的眼光中,他可以感觉到他们听不懂。他便开始私下里进行思考,他想着如何能将抽象的内容讲得通俗易懂,形象生动些。

旅游假日,苏步青和陈建功也会与学生共同去游山玩水,什么南高峰、北高峰、玉皇山、黄龙洞,杭州附近的旮旮旯旯的旅游景点他们都曾去过。于酒会上,陈建功也会放开喉咙吼一段家乡的绍兴戏;苏步青也会高歌一首《马赛曲》。学生们也会根据自己的特长,站出来秀一把,师生情谊融融,无以言说。

白正国上大二的时候,他的父亲不幸去世了。这样,他的上学也就成了问题,怎么办呢?学生如此的情绪让老师捕捉到了,于是,苏步青教授就找到了他,问明情况后,很是同情地对他说道:

"人生老病死,谁也难预料,不要过于悲伤。以后我会适当地接济你一些,希望你能坚持把书读下去。"

白正国对苏教授很是感激，把师生之情，上升为父子之情。苏步青又说：

"过去我上学的时候也是和你一样，因为家里经济困窘，几度上不下去，都是我的老师接济我把书读了下来……"

此后，苏步青便每月从自己工资当中抽出50元给白正国作为学费和生活费，一直到白正国大学毕业。

数学系的学生在大四的时候都要选定一个专业方向，苏步青见白正国选的是微分几何，就当即指定给他一本德文微分几何专著。然而，白正国的德语程度并不好，他仅仅学过两年的德语，这本书对于他而言，那真是不好读的，他用了一个暑假的工夫，结合词典，也只阅读了刚开始的两个章节。

苏步青对自己的学生是非常关心的，他的学生每前进一步都离不开他的精心指导。

白正国大学毕业之后，学校留他做了助教，那时候，浙大数学系已经开办了数学研究所，白正国便成了它的第一届研究生。抗战爆发，浙大西迁，苏步青把带去的图书放在遵义桃源山的一所民房内，这所民房便成了一个简易的图书资料室。对于怎么进修，白正国摸不到方向感，掌握不住技巧。他最爱看的是很厚的数学书籍，认为这样能够增强自己基础方面的知识。那一天，苏步青又见他手捧一本很厚的书在看，那部书是法文版的数学分析书籍，一套总共有三大本，而他看的正是第一本。苏步青就对他说道：

"你如此看下去，要看到何年何月？"

白正国怔了一下，忽然明白了老师的意思，是要他有选择性地进行阅读。于是他便整理自己的思路，选择跟自己的研究方向有关的内容认真地阅读。他选定的是射影微分几何，于是就把主要精力放在阅读有关

射影曲面论的内容上，同时想着从中寻找问题写论文。碰上哪一方面基础知识不足的时候，再按照需要，随时学习补充。于如此的实践当中，他也最终悟出了他的老师苏步青治学的一条很重要的经验，也即：拥有一定的基础知识以后，便应选择一个专攻的方向，在攻的同时，寻找问题，并想办法解决问题，如此不断积累，不断改进，碰上哪些基础不足的地方，再进行补充。

于苏步青的指导下，学生们在科研方面不断突破，于世界上很重要的刊物上发表了不少很有价值的数学论著。

当然，苏步青对于教育的无私奉献，学生也是不会忘记的。后来白正国总结自己所走过的科研道路时，他说的最多的就是他的苏步青老师。他说他之所以能取得成就，除了跟那时候不错的研究条件和浓厚的研究氛围有难以分解的关系之外，还有最为重要的一条就是苏教授的帮助。那时候白正国英文写作能力不强，表达力不够好，为了让国外的人能看得懂他所要表达的内容，几乎每一篇英文论著稿子都要经过苏步青的认真修改和校对。

1942年，白正国写了一篇论文，这篇研究论文解决了世界上很有名气的圭多·富比尼提出的几个问题，苏步青把这个论文转交给圭多·富比尼。圭多·富比尼看后很高兴地回了信，对白正国大加称赞，并且说论文发表一般需一年多的时间，他专门向杂志社的编辑建议说应当提前给予发表。如此，这篇论文只用了3个月的时间，就顺利地发表了出来。

杨忠道

美籍数学家杨忠道先生也是苏步青的学生,他于1942年毕业于温州中学,后考入浙大数学系。在他的印象中,苏步青在做事上是最为严肃认真的。

他和苏步青是抗日战争时期一次郊游活动中认识的。那时,他听自己的同学说他们全体师生要在周日上午去风景秀丽的桃花江郊游,这个地方距离学校比较远,杨忠道还没有去过。当时去过的同学对他说:

"这个地方真是太美了,如果不去看看的话,那真是太可惜了!"

说得没有去过的同学都心向往着。

然而,天公不作美,去的那一日早晨,小雨却不停地下。于是,杨忠道和一些刚进校门的同学们都说:

"这样的天,肯定不会去郊游了,我们都躺在床上睡觉吧!"

"就是,不会去了,正好睡个懒觉。"

"可惜桃花江美景了,去不成了!"

于是,同学们都蒙头大睡。但是,正睡着,就又被一个从外面冲进来的同学叫醒了:

"快醒醒,快醒醒!"

他们懵懂说:

"干吗?"

这位同学说：

"快起来，苏教授和其他老师们都打着雨伞在外面等你们呢，你们还不赶紧！"

这一下可吓坏了睡在被窝里的同学们，让老师在雨中等学生，作为大学生的他们如何承受得起？于是迅速地穿了衣服，脸也顾不得洗，披着衣服就去集合。到了那里后，果见苏步青教授和其他老师都撑着雨伞等在那里。苏步青教授见他们来后，也没有说什么，就此出发。

杨忠道和几个原来来晚的同学不安的心，慢慢放下。后来，才听别的同学说：

"你们不知道，苏教授他们都有一个习惯，只要是大家已经决定办的事情，不管是刮风下雨，都是要去的，除非是事先约定好了如果天气变化下雨了便不去。"

当时浙大数学系也根本不会有杂役人员，作为系主任的苏步青便总管系内的大小事情。他对学生像对自己的孩子一样，照顾得极为周到。在大学的四年当中，由于苏步青的精心教育，杨忠道无论是哪一学期，平均分数也都不在 90 分以下。这都在苏步青的把握之中。二年级的时候，理论力学杨忠道也学得很不错，这门课程是数学系学生的必修课，很难学的一门课程，一般是在大三或大四的时候去学这门课的，即使大三或大四这门课也难以学好，常常是不及格需要补考的多，这一点让人们对他们数学系颇有微词。苏步青见他考了 90 分，就很是高兴，笑着对他说：

"数学系多年的怨气，被你一下子出尽了。"

杨忠道上大三的时候，苏步青教授亲自教他们综合几何课，苏步青教授总是鼓励学生们阅读课外参考书，杨忠道便听老师的话读了一本德文版的射影几何，苏步青教授又分配他去管理数学系的图书。这对他阅读书籍更是方便了。凭着这些，在上四年级的时候，他自己找寻题目完成了一篇数学论文，1949年，发表在美国的《Duke J. ofMsrh》杂志上。

由于成绩优秀，杨忠道大学毕业之后，苏步青推荐他留校当了助教。在留校当助教的两年里，他自己找寻题目，自己写论文，除了在国内发表外，也有两篇分别发表在美国和阿根廷的数学杂志上。

为了开拓眼界，1947年，他又想去中央研究院数学研究所学习一些东西。苏步青听了他的想法，很是高兴，说：

"好呀，这样你的才力就会发展得更快些。"

他说道：

"学完后，我还回我们浙大来。"

杨忠道去了中央研究院数学研究所之后，跟着代所长著名的数学家陈省身学习代数拓扑……

东方剑桥里的诗人

"你们学校真是东方的剑桥，值得看的东西那真是太多了！"

1944年的11月，英国驻华科学考察团的团长、剑桥大学的教授李约瑟为参加中国科学社成立30周年科学讨论会，来到了遵义，并来到位于湄潭的浙大校区，对浙大的数学系与理学院进行了参观，他简直不相信自己的眼睛，连连赞叹。

回去之后，李约瑟教授禁不住心中的热情，又伏案写了一篇文章，专门介绍自己在浙大看到的一切，他说：

"在湄潭可以看到科学研究活动的一派繁忙紧张的情景……它是中国最好的4所大学之一。"

然而，在紧张的数学教学生活中，苏步青没有忘记他从小就爱好的诗歌创作，这也能让他紧张的神经，暂时得到放松，起到调理身心一张一弛的效果。他与著名数学家钱保琮等创办了湄潭吟社，他们在一起谈诗论词，切磋诗歌创作，尽管生活困难，可他们还是设法自费出版了《湄潭吟社诗存第一辑》，里面收录了社内成员写的100首诗词。那时候他以"游七七亭"为题写了一首诗道：

单衣攀路径，一杖过灯汀。
护路双双树，临江七七亭。
客因远游老，山是故乡青。
北望能无泪，中原战血腥。

此诗用物来寄托他当时对家乡的沦陷与国家遭逢侵略的愤慨，爱国忧世之情溢于诗外……

他的诗词创作，意境高远，语句清新，让人读来极为爽心。

抗战八年，苏步青寓居偏僻的遵义和湄潭，他忧国忧民，关心国事，令他写出了"画角声声催铁血，烽烟处处缺金瓯"的诗句，也写出了"万里家乡隔战尘，江南烟雨梦归频，永怀三户可亡秦"。

苏步青志不在诗，然而，他感情丰富，深厚的学识和文学功底，娴熟的表现技巧，却总是能让他流泻出最好的诗来，也使他成为一名真正优秀的诗人！

第七章　心正身正，意志坚定

心正必然身正

1945年，中国人民八年的抗日战争胜利了，浙大也从遵义和湄潭重新迁回到了杭州原来的学校里。

这一年，由于台湾回归祖国的怀抱，急需各类人才，苏步青急国家之所急，便和哥哥苏步皋都去了台湾。当时苏步青是和陈建功、蔡邦华奉教育部命去台湾接收台北大学的。苏步皋1925年从日本留学回国后，担任过杭州造纸厂的工程师、上海制药厂的技师、浙江省化工厂厂长等工作，去台湾后，他对当地的工业崛起与经济发展起到了很好的推动作用。

那时候，国民党国防部的陈仪跟苏步青比较熟，他说：

"台湾被日本人统治这么多年，现在从日本人手中接管台北大学，应当派一些在日本留过学的教授前去接管，如此会更加顺利一些。"

于是浙江大学便命苏步青、陈建功、蔡邦华三个人去接管。三位教授都是爱国人士，一听说要去为国家接受被日本人所统治多年的台北大学，就立刻同意了。

三位教授与同事、家人和朋友们告别之后，就前往台湾。一路上交通很是不方便，他们便自重庆渡三峡，顺长江而下，辗辗转转，好不容易走了18天，才到了上海。在上海，从全国各地派来的400多名接收大员都聚集在那里。待聚齐之后，他们便一起坐上了一艘轮船，向台湾的基隆港驶去。

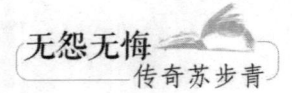

望着波涛滚滚的汪洋大海,苏步青心情也是难以平静的,台湾被荷兰和日本占领多年,终于回归祖国的怀抱了,他感觉自己此去接管台北大学,是十分光荣又责任重大且有深远意义的事情。

然而,轮船在波涛翻滚中行驶,颠簸得实在是太厉害了,以致他不住地呕吐,肠子都快吐出来了。

尽管如此,还是抑制不住他高兴和激动的心情。

第一次来台湾一切都是新鲜的,然而苏步青和其他来此的人们一样,忘不了自己的使命。他们来到日本人原来办的台北大学,那时候的台北大学仅是两个不大的院子,那就是理学院和农学院。仅有数名教师、数十名学生。苏步青他们的接收工作做得十分认真和细致。所有的账目与桌椅板凳等都一一清点签收完毕。

做完这些工作之后,便进入教学程序,苏步青被任命为理学院的代理院长。

至这年的年底,接收委员会又新调来了台湾籍的教授。他们一起从台北出发对台湾进行考察,工作进行得非常顺利。

接收工作真正完毕之后,苏步青无意长留于此,他时刻想念自己的家乡、自己的亲人们,还有浙大的一切,于是,又很快回到了浙大。陈建功也回来了。此间,苏步青写了不少的诗和词,像《台湾之行杂咏》《寄台湾大哥》等。

再说苏步青回到大陆后的状况。那时候,国民党当局的各项政策让国统区的教育极为困难,反饥饿、反内战的学生运动在全国各大城市兴起,浙大数学系也出现了许多先进人物,素来信奉科学救国、教育救国的数学系主任苏步青更是越来越深地卷进了政治斗争的漩涡里。

1947年的10月份,浙大学生会主席于子三被国民党杀害,激起了社会各界的愤怒。当时正在南京的苏步青一听到这个消息心都颤抖了,马上给学校发电报，以教授会主席的名义发动教师们罢教一日，以示对此事的强烈不满。他回校的时候，那些国民党特务们给他写恐吓信，他看了更是愤怒，也更是厌恶当局，意志也更为坚决。

1948年，浙大的学生运动频频发生，规模空前，学校原来的训导长顾某驾驭不住这个局面，校长竺可桢便请苏步青来担任这个职务。他说：

"以苏先生您在教育界的声望，不能担此大任，还会有谁呢？"

苏步青从来没有想过这个问题。因为训导长常常是政府派来镇压学生运动的工具，自己怎么能做这个呢？他一下子决定不下来，然而，学生会一听说校长要苏教授担任训导长一职，苏教授拿不定主意，就马上来找苏教授，说：

"苏教授，训导长这一职务，您就担当下来吧，您担当这一职务不但不会镇压我们，反会给我们许多便利……"

苏步青又和自己的妻子米子商量，米子不太同意丈夫担任此职，说道：

"步青，为了咱们这个家，你还是不要担任这个职务了，太不安全了，以前费巩教授曾出任训导长这个职务，就因为不愿意加入国民党，**掩护被迫害的学生**，就被当局特务坏蛋给绑架杀死了，并且还惨无人道地毁尸灭迹，死都不知道是怎么死的，我真害怕……"

苏步青看着自己心爱的妻子，说道：

"没事的，即便是有事也应担当，这是对学生、对我们国家有利的事情！"

妻子看着苏步青坚决的样子，只好理解地说：

"好吧，你认为有利，就做吧，无论你决定做什么，我都会支持你的。"

苏步青抓着妻子的手说：

"我们的优秀学生总是被无故开除学籍,甚至是被投进监狱被杀害,我们不能太惜命了!"

苏步青出任训导长之后,和学生会走得很近,那时候,共产党地下党员、学生会的主席谷超豪经常去苏步青的家里。谷超豪是学习成绩最为优秀的学生,也是苏步青教授特别喜欢的学生之一。他们共同商量事情。遇到事情需要解决,都会商量得尽可能地妥帖。学生被捕入狱,谷超豪便找苏步青商量营救的办法。谷超豪说:

"您是训导长,又在教育界这么有声望,当局不会不考虑的,您去营救最为合适!"

苏步青听了便义不容辞地说:

"好,我没有什么声望,但我可以去试一试!"

谷超豪站起来给老师鞠躬,说道:

"我代表学生们向您表示感谢!"

苏步青忙扶住他说:

"不用!"

苏步青运用自己的声望和关系,终于在1949年年初亲自去国民党省党部和警察局,在保释书上签了字,画了押,将那些被捕的学生带回了浙大。这些学生出狱之后成为解放全中国的有生力量,有的去参加了游击队,有的去了苏区。

虽然政治空气紧张,可是这期间,浙大数学系的研究空气依旧坚持不衰,学生们于参加斗争的同时,依旧随着系里的老师学习和进行研究,讨论班照样办得有条不紊。苏步青与陈建功他们两个看到了数学各个分支之间联系的必要,便认真地因材施教,使学习非常优秀的谷超豪与张鸣镛同时参加微分几何与函数论两个讨论班进行讨论。那个时候,浙大数学系还为建在上海的中央研究院数学研究所送去了几名最为优秀的学生,还有几名于学术方面已经有所建树的教师也被选送至外国进行学习，此为扩大对外交流、博采众长的一项不错的举措。

国民党在逃往台湾的前夕，又想诱骗一些著名人士跟他们一起去台湾，苏步青便是他们的首选人物，他们暗地里商量说：

"苏步青是当代很了不起的数学家、教育家，跟谁就会对谁有好处，要使苏步青不落入共产党之手，只有先把他的孩子弄到台湾去，他才会不得不去！"

国民党派人来说服苏步青，还把两张飞机票送给了苏步青，说先让孩子们去。苏步青呢，由于孩子太多，生活很不容易，也早想将自己的孩子给在台湾的哥哥送去。就在这个时候，国民党又故意制造骗人的谎话，说什么共产党不要知识分子，不要教授等，苏步青听到这样的话很是疑惑和犹豫，便去找老朋友陈建功说这事。陈建功说：

"都是造谣，千万不能让孩子们跟他们去，去了孩子就会落到他们的手里。"

苏步青觉得老朋友的话很对，于是，说什么也不让孩子们先去。

1949年的春天，地下党以"中共杭州市工委"的名义为苏步青送来了贺年卡，并且那卡上还有毛泽东主席的亲笔署名，谷超豪看着这张贺卡眼睛放亮，很是激动，说：

"这是毛主席的签名，毛主席惦记着你呢！"

苏步青心情也很激动，说：

"是吗？他都知道我，惦记着我？"

谷超豪说：

"嗯，毛主席最敬重的就是人才……"

从此后，苏步青对共产党和毛主席内心深处充满了向往。然而，苏步青还对共产党能不能领导经济建设，尤其是能不能领导教育、科学，疑多

于信,他便问身边的谷超豪,说:

"共产党来了会待我如何?能否一个月发给我3担米的薪水?"

谷超豪笑着说道:

"共产党需要知识分子,老师的收入一定不会只是3担米。"

就这样,解放大军入杭州城的时候,苏步青、陈建功和学生们一道走上街头,热烈欢迎人民子弟兵……

新中国成立之初

解放大军打进杭州城没有多长时间,中共浙江省军管会主席谭震林便命一名干部去看望苏步青,跟苏步青谈心,拉家常,以便让苏步青了解党的政策,顺便也看看苏步青的家庭情况,看他有什么困难,以示关心。随后,又专门派保卫人员把苏步青等5名科学工作者送抵京城参加全国的自然科学筹备会。

不久,周恩来副主席于中南海怀仁堂设宴招待这些科学工作者。周副主席举止儒雅,风度翩翩,令在座的著名人物无不折服。周副主席亲自给他们打开葡萄酒,给会议的代表们一一斟上。苏步青看到,这么大的一位副主席如此,他的心里便充满了温暖,心想,还是共产党好……

新中国成立之后,原浙江大学的校长竺可桢被任命为中国科学院的副院长,苏步青也参与了筹建数学所的事情。后来,他又被安排回浙大担任校务委员会的委员、教务长。他将浙大的"博学之,审问之,深思之,明辨之，笃行之"的学风接着发扬下去，又为国家培养出一批极为优秀的数学人才。

为了从苏联引入数学教材，原本便会日文、英文、法文、德文、意大利文的苏步青教授又开始研习俄文，还将俄文数学书籍《解析几何》《几何基础》等都译成了汉语，这样也为浙大和别的高校提供了数学教材。

1952年，全国高等院校进行大调整，苏步青被调到了复旦大学。之前，复旦大学的党委书记邹剑秋和周谷城、陈传璋一同来到浙江大学对浙江大学的党委书记进行拜访，然后前去看望苏步青、谈家桢和吴征铠等将要被调往复旦大学的一些教授们。对于这次院校教授们的调整，很多教授包括苏步青是不愿意离开奋战多年的学校的，而这些被调走的教授们大都是学术上造诣相当深厚的有名人物，要将他们调到北京、上海和南京等一些院校，浙江大学乃至浙江省也是如割肉般疼痛的。那时候浙江省文教厅的厅长是刘丹，他曾是浙江大学的校长，也是一位很早就参加了革命战争的老干部，是新中国成立不久后调入浙江大学任校长的，对浙江大学的教授们他很熟悉，他从大局出发，在这次调整中起到很好的作用，从中做了不少的工作。

虽然苏步青是一位一点就透的人，然而在临走之时，他站在浙大的校门口还是有点儿不忍离去，他在这里21年，投入了多少心血啊，自己在浙大的点点滴滴仿佛如昨……

妻子米子说：

"走吧，以后有空常回来就是！"

之后，每一年，苏步青都要回浙大看看，希望浙大有一个更好的发展。

建国之后，苏步青的家庭负担依旧是很重的，为了生活顺利，米子凡事都得精打细算，自己很少添置衣服。复旦大学是世界上最为著名的大学

之一,他们一家来到上海后,生活要比以前好一些,也比普通的教职工生活好一些,然而,还是过得紧紧巴巴的,一家人仍然是艰苦朴素。有一次,陈建功在苏步青家中做客,看着米子对苏步青说:

"苏夫人太辛苦,你该为夫人做件衣服了。"

米子笑着说:

"我们家孩子太多了,做大人的就要简朴些,何况我也有衣服穿。"

苏步青到了复旦后继续为国家的人才战略贡献力量,全身心地投入教育事业。这时候的苏步青已经是五十来岁的人了,深感人生时间太短,而科学又是探索不尽的,于是他便开始考虑着下一代接班人的问题。在这一时期,他于培养人才方面又有了一个全新的思路,那就是抓住最优秀的人才进行培养,提拔一个就会带动一大片,如此就能形成学科上的梯队。

在挑选人才方面,苏步青的眼光也是有他的独到之处的。他不光是看功课分数,更看重人才有什么样的治学态度,以及人才的独立思考能力是怎么样的。早于1946年谷超豪到浙大数学系读书时,他的才能很快就被眼光锐利的苏步青捕捉到了。一日,苏步青就将相当深奥复杂的数学论文拿给谷超豪,让他于一个月时间里读懂它。谷超豪先还好奇,急忙翻开来看,可是这一翻不打紧,他头上的冷汗顿时就冒出来了:天哪,这哪是什么论文啊,这简直就是没有文字说明的地图嘛!这个事情过后,苏步青对陈建功说:

"我这是看看他的治学态度与独立思考的能力,如果这方面不行,便不可以被选为重点培养对象。"

20世纪50年代,苏步青和谷超豪一起对李大潜进行选拔,也是像当初苏步青选谷超豪一样,看中的都是这一方面。

苏步青眼光远大,胸怀很是宽广,他总是鼓励他的学生们要勇于超过老师,他对自己的学生们说:

"我们的国家要富强，我们的科学人才就要一代比一代强，如今我们这些人年纪都大了，学问也要过时了，你们就要有勇气超过我们。其实，你们当中有的已经是超过我了。"

苏步青对谷超豪的用心培养自1946年便开始了，谷超豪在1953年以后的四年里在学术上的长进非常地大。他在对老师苏步青的学问进行学习的同时，还学习了不少其他新的东西。谷超豪和苏步青在年龄上相差二十来岁，那时的谷超豪是非常年轻的，然而，学术上某些地方已经超过了老师苏步青。这让苏步青感叹自己的衰老，同时也打心眼儿里喜欢，因此也最爱和这个学生在一起说说谈谈。他很支持谷超豪出国留学，说这样可以对世界上最新研究成果进行了解，以便为自己的研究开辟新的领域。果然，谷超豪留学回来就在微分几何与偏微分方程上取得了国际前沿的成果。此后，谷超豪又和有名的物理学家杨振宁一起于规范场的数学结构当中取得了一系列最新成就，赢得了科学界的好评。

顺便说一下，谷超豪的妻子也是苏步青的好学生，她的名字叫胡和生。苏步青曾让她学习德文版的《黎曼空间曲面论》，还让她一周向自己做一次汇报。然而，这个胡和生却有一周没有做汇报，苏步青很是生气，便来到女生宿舍，敲开她的门质问她：

"这一周你为什么不做汇报？"

胡和生看着苏步青严厉的目光，心里很是害怕，慌忙说道：

"对不起教授，我为了准备向您做汇报，昨晚整整一个晚上都没有睡觉，直到天将亮时才睡着，没想到这一睡就睡过了头……"

苏步青看看她桌上灯还亮着，书本和笔记还摊开摆在那里，知道她确实是熬了一整夜，便没有再说什么，但吩咐她一定要把报告完成。

后来，胡和生写出了论文《放射共轭联络的扩充》，苏步青帮她认真地进行修改。这篇论文一经发表，就在国内外产生了颇强的反响。

苏步青以谷超豪为典型,在学生当中到处宣传他超过了自己,以此来鼓励学生,并热情地对学生们提出的学术问题及时给予解答,他说:

"如果你有学问,然而无学生跟你学,你又不注意鼓励和培养学生超过自己,那么你的学问再多、再好,又有何用处呢?"

如此的师德,怎么会不让人敬重呢?

苏步青千方百计地寻求培养人才的路子,总是在不断地摸索。他招收研究生,举行数学竞赛,挑选一些非常优秀的学生进行专门的训练……

1960年,已经是复旦大学副校长的苏步青直接由应届高中生中选了一些人进入复旦。他将这些人专门编作一个班,名为数训班,且命一些能力较强的老师单独授课。当这批学生毕业的时候,已经达到了研究生一年级的程度。复旦学校从他们当中抽调了一些人进入数学研究所工作——复旦大学数学研究所是苏步青1958年创办,他亲自兼任所长——其余的人,后来也都走上了重要的工作岗位。

当见到毛主席的时候

1954年,苏步青见到了敬爱的毛泽东主席。

那一年,他被选为全国政协委员,于第二届全国政治协商会议上,他首次见到了毛泽东主席。

那时候,毛泽东主席一出现在会场,全场便响起了"毛主席万岁"的口号声,真是欢声雀跃,一片沸腾,多少人都是第一次见到这么伟大的人物！没多久，毛泽东主席那浑厚亲切的声音便从话筒里传了出来，毛泽东主席也高喊：

"同志们万岁！"

这时候的苏步青教授被这气氛感染着，也是激动无比，热血沸腾，他想：我这个在旧社会里教了这么多年书的教书匠，竟然能在今天大会上亲耳聆听到伟大领袖毛主席的讲话，真是不敢想象啊！

在会上，毛泽东主席说：

"党的统一战线是一个伟大的法宝，统战工作意义重大，一定要尽力做好……"

就是这次会议上，苏步青才开始了对统一战线的认识，而且牢记在内心深处。

苏步青第二次见到毛泽东主席是在1956年1月9日的晚上，那是毛泽东主席专门接见他们的。

1955年的12月份，苏步青作为代表团的团员参加了以副总理郭沫若为团长的科学代表团，对日本进行了访问。那时候，中国和日本还没有正式建立外交关系，访问活动进行得非常不容易，原来是计划坐飞机回国的，后来因故改坐了轮船辗转回沪。他们代表团一共是9个人，回到上海的时候已经是12月的最后一天了。除了冯德培和苏步青两个人之外，他们7人全到杭州去了，毛泽东主席在那里接见了他们。元月初毛泽东主席来沪，专门接见苏步青和冯德培。

这是元月9号的晚上，大概是7点半。苏步青接到了电话通知，要他赶至中苏友好大厦大厅，毛泽东主席要在那里接见他们。他怀着激动的心情到了那里，陈毅元帅正等在那里，然后就领着他去见毛泽东主席。毛泽东主席一见他就热情地伸出了手，苏步青有生以来第一次握住主席那大而厚实的手，内心里感动得无以言说。毛泽东主席热情地握着他的手说：

"我们欢迎数学，社会主义需要数学。"

苏步青亲身感受到主席对数学如此重视，对数学工作者是如此重视，禁不住周身热血沸腾。

之后，他们围圆桌而坐。那时候周谷城在苏步青和毛主席中间坐，因此距离毛主席近，他们两个便拉起了话。他们提起多年前一起在长沙游泳时候的事，毛主席问周谷城说：

"在长沙游泳时候的照片还有吗？"

这一晚上毛主席很高兴，说的话也多，讲了差不多快一个小时的话。他一边讲话，一边吸烟。苏步青暗地里数了一下，毛主席就这一会儿工夫抽了三四根烟，其烟瘾不比他苏步青差。著名医学教授黄家驷教授对毛主席说：

"主席，我看您的烟瘾太大了，这样对您身体不好，您还是少抽些烟才是。"

毛主席笑了，说：

"哈哈，黄教授不愧是学医的，一说话就离不了本行。"

于是，大家都笑。毛主席说：

"有没有八九十岁的老人还在抽烟的？"

服务员忙着过来上酒、上菜，这时候，苏步青才发现在座的还有罗瑞卿和陈伯达。不少同志都站起来为主席敬酒，主席喝酒很痛快，端着杯子一饮而尽，然后突然说：

"这分明是水嘛！"

原来，工作人员害怕主席酒喝得太多会伤身体，便暗中把酒换成了白开水。

此次见面，毛主席的一举一动，都给苏步青留下了很深刻的印象，他感觉到主席非常地亲切。那一晚上毛泽东主席跟大家一起有说有笑，一点也不拘束，就像是跟家人唠嗑一样，苏步青看在眼里，记在心里，感觉一位如此可亲可敬的国家领袖领导的国家、领导的党，也必然会兴旺发达的。接见的时间虽然有限，然而给苏步青的影响力却是极大的，使他明确了为党为人民服务的方向，也在各种风浪中起到了辨别是非，永远跟着党走的作用。

苏步青每每回忆起那次接见，就会想起一只厚实硕大的手紧紧地握住自己的手，让他觉得无比地温暖和踏实，使他永远有一股用不尽的力量。这之后的数年间，苏步青加快步伐，积极进取，向微分几何领域的深度与广度大踏步地前进。他的《一般空间微分几何学》《现代微分几何概论》《射影曲面概论》专著一本接着一本地问世。

1956年，苏步青又参加了周恩来总理主持召开的十二年科学规划会议。通过这次会议，让苏步青由自己的经历里领悟到：没有共产党便不会有新中国，唯有社会主义方能发展中国。在党组织的帮助教育下，苏步青对党的认识一步一步地加深，很快便向党组织递交了入党申请。1959年的3月份，苏步青被吸收为正式的中国共产党党员。他决心要为共产主义奋斗终身。

毛泽东主席第三次接见苏步青是1961年五一节之前，还是在上海。这次没有那么多的人，只是周谷城、谈家桢、周信芳和苏步青等人。毛泽东主席一看见谈家桢便问他道：

"你还搞摩尔根遗传学吗？"

谈家桢回答说：

"不搞了。"

主席认真道：

"搞嘛，为啥子不搞了呢？"

原来，在"双百"方针制定前，我国遗传学界认识不一，因受苏联影

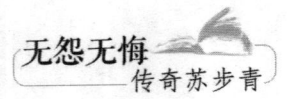

响将自西方发展起来的现代遗传学错误地说成是"资产阶级遗传学",将"基因学"说成是"资产阶级唯心主义捏造",是"反动的",而把苏联人李森科的遗传学理论,奉为"无产阶级遗传学",说成是"社会主义的",从而压制与禁止了摩尔根学说的遗传学。有一段时间,大学内根本没有办法再开设遗传学的课程。到了后来,毛泽东主席亲自制定了"百花齐放,百家争鸣"的"双百"方针,正确地解决了这一问题。于1957年3月份的一次接见当中,对遗传学工作当中的障碍更进一步做了清理。

在此次接见苏步青他们之前,上海市委的一位负责科教工作的领导就向毛泽东主席作了汇报,说:

"复旦大力支持谈家桢教授在上海发展遗传学,还提出了一些具体的措施。"

毛泽东主席听了非常喜欢,不住地点头说:

"这样才好呀,应大胆地把遗传学搞上去。"

毛泽东的支持对复旦遗传学研究的发展,起到了极大的作用。

此次接见,令苏步青更深入地了解到毛泽东主席胸怀宽广,善于说出自己的见解,尤其是将学术研究与政治问题分开来对待,这便有力地支持了学术讨论的开展。

在上海受到毛泽东主席的两次接见,使苏步青受益匪浅,感觉受教育很大。苏步青对《毛泽东选集》认真地阅读和研究,开始对毛泽东思想有了较为系统的认识。

也正是因为有了马克思主义、毛泽东思想的指导,才使苏步青在后来的一些冲击中鼓足了勇气,无论如何也不屈服于"四人帮"。

坚强的意志

1969年的春天，苏步青被安排在"理科大批判组"翻译数学资料。当时有一名青年教师叫许永华，也是教数学的，跟苏步青是一组。许永华一向非常仰慕和敬重苏步青，一天，他悄悄地对苏步青说：

"苏教授，我正在私下里研究近世代数，就是害怕我写的论文没有地方会发表。"

苏步青暗中鼓励他说：

"你研究你的，别管他们怎么反对，有时间到我家去，我可能会对你有点帮助。"

许永华听了很是高兴，说道：

"好的，谢谢苏教授！"

此后，许永华便将自己撰写的一些论文悄悄交给苏步青审阅，以求指导。不用说，苏步青在育人上是非常认真一丝不苟的，即使在"文革"这样的气氛下，也不改初衷。另外他也很喜欢这个在困境中坚持不懈好学上进的青年教师，没过几日，他就看完了那些论文。这一天夜里，天很黑，没有月亮，好像也没有星星，是个阴沉的天气。苏步青手里拿着手电筒，到了许永华的家里，许永华开门后一看是苏步青教授站在门外，内心里一阵激动，如此黑的天，苏老那么大年纪了，竟然跑到了这里，他赶忙请苏老进门，说：

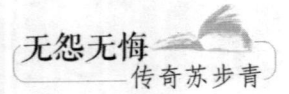

"苏老来肯定有重要事情吧?"

苏步青从袋子里掏出了他的论文。许永华更是激动了,原来苏老是给自己送论文的,苏老真是太好了!

许永华急忙打开来看,只见论文上面不少地方都是苏老工整的字,修改得很是细致,就连一些漏掉的"的、地、得"也给补上了,甚至一个小标点,错误的地方都给修改了过来。

此后,又经过苏步青的热心推荐,许永华的论文处女作刊发在了《数学学报》上。并且在刊登之后,很快引起了外国数学家的关注,他们称这篇论文里面的两个定理为"许·托曼那加定理"。

再后来,许永华便成了复旦教授。

1971年冬,苏步青的女婿,也就是苏素丽的丈夫从温州回安徽路过上海,去看望苏步青。船到上海的时候已经是半夜两点了,然而,苏步青还是在孤灯下静静地等候着女婿的到来。苏步青见到他后,就说:

"到这个时候,已经饿得不行了吧?你坐着,我给你做饭去。"

女婿连忙说:

"不饿,您这么大年纪了,您就歇会儿吧。"

可是苏步青执意说:

"坐船到这个时候哪能不饿?我的身体很好,没事的。"

说着就亲自去厨房做蛋炒饭。女婿说:

"我已经买了返程的火车票,不能在这里呆得时间太长。"

苏步青一听,便说:

"那你吃完饭就赶紧走吧,还是少在这里停留为好。你工作那么忙,这家里也很是狭窄。"

看着女婿吃完饭要走了,苏步青非要亲自提着行李把女婿送到火车站,女婿不让,说:

"您老这么大年纪了,今天已经太晚了,您就别送了,我一个人能去的,您放心!"

然而,苏步青坚决不从,一定要送。苏步青提着行李冒着冬夜的风寒,将女婿送至火车站,又送到列车上,嘱咐完了方回。女婿看着在站台上站立着的瘦小然而又那么坚强的老岳父,心中一阵难过,泪水很快奔涌了出来。

里面臭外面香

1972年,苏步青由两名数学系的青年教师——他的学生忻元龙和华宣积——陪同着去了上海的江南造船厂,进行船体数学放样研究工作。

这个厂已经是百年老厂了,其实,复旦数学系跟这个厂船体车间协作搞数学放样有年头儿了,曾经取得过许多成果,不过,也碰到过许多挫折。这次苏步青是被派出的第三批人员。

到了江南造船厂,人们对他们一行都很热情,尊敬地称苏步青为"教授",这对苏步青来说是一个好久不用了的称呼……

苏步青来到江南造船厂给船厂船体数学放样小组很大信心。他们三人在这年的9月份,每星期都要去一次造船厂,重点是参观与熟悉环境。第一次,船厂船体数学放样小组的顾灵通陪同他们去放样楼。

他们几位见几名放样工正蹲在地板上用木条画曲线,还时不时地跑动,拿眼睛对这些曲线认真地进行观察。在放样楼内,需将初步设计停当

的船体表面横剖线、水线与纵剖线画到地板上面，进行光顺处理。要制造多大的船便要有多大的楼，需数月方能将船体的三向剖线光顺停当。此种人工放样不但速度慢，而且效果也不好，也让工人耗费很大的体力，显得非常地费劲。苏步青看后感叹说：

"我们应当用先进的科学技术给他们减轻劳动强度，提高工作效率。"

他们第二次去造船厂，参观了计算机控制切割板的过程，把放样停当的曲线数据输进计算机中，它便能控制切割机自动地将钢板切割成所需要的样子。

他们第三次去参观了船体外板在自动切割成型以后的"火攻法"。一片凸曲面中间有个凹的地方，用火烧一下子，然后用水一泼，让凹的地方鼓起来。在船厂数学放样小组办公室内，顾灵通向他们仔细介绍了原来使用的数学放样法子，包括这个小组的和国内国外的各样法子。苏步青很认真地听着，有时也问一些话，很是细致。以前的数学放样法有些已经得到了应用，然而针对大船，尤其是船首或船尾颇为复杂的船型，便难以适应了，这应有更多的人工来参与，这便需要想出更好的数学放样办法来。

那时候苏步青的生活和工作并没有恢复到原来的轨道上，此时的苏步青身体也不好，得了颈椎肥大压迫神经的毛病，手总是麻木。

就在此种逆境中，苏步青明白科学技术对于生产是多么的重要，感受到理论与实践联系的迫切性，他马不停蹄……从此后，苏步青就和工人们一样来江南船厂上班了。江南船厂数学放样小组给他们三人买好了6块钱一张的公交月票，他们就每日挤公交车上下班。

一个下雨天，华宣积早晨5点去苏步青家，喊他一起去上班，这时候的他已经准备好了，米子夫人为他找到高筒套鞋与长柄黑布伞，将他从二楼送下来，待他至门口的时候，米子弯腰鞠躬，两手顺着膝盖向下，给丈夫行了个大礼，丈夫说：

"都什么年代了，还要这样！你自己身体也不好，快上去吧！"

看着老师与夫人恩爱如此，使得华宣积既羡慕，又尊敬。

他们坐上3路有轨电车至虹口公园下车，再坐18路无轨电车至造船厂的大门口，下车后在厂外面的食堂里用了早饭，然后进了厂门，沿着一条和江边平行的路自东往西走了一刻钟，方走到船厂数学放样小组办公室。这一段路对于一位七十多岁的老人来说真是不容易走的，路的两边堆的都是钢板与钢筋，还有不少的吊车，从这里经过时必须要时刻慎防碰到吊车的悬臂，因为它正钩起重物在转动着。道路上还有不少废钢和废铁及尚没有被拆除的铁轨，还有来往的卡车与自行车……

下班时公交人多，他们好不容易挤上车，但哪还有座位？

全国船体数学放样会议于1973年年初在上海浦江饭店举行，苏步青和大连工学院的钱令希教授参加了此次会议。他们两个都是学部委员，因此格外引人注目。钱令希作的报告是《数学放样的数值松弛法》，苏步青在会上讲了船体数学放样的积极性还有一些别的看法。在这个会上，苏步青看到他教过的一个学生也在搞船体数学放样，心里很高兴。会议开完，苏步青和钱令希手拉着手走出了会场。钱令希当时有小车接送，得知苏步青要挤公交回去的时候，就一定要先送苏步青回去，当时在陪同苏步青的华宣积就悄悄地问钱令希道：

"钱教授，您各种待遇都已经恢复了吗？"

钱令希笑了，说：

"我们这些人都是里面臭外面香的。"

苏步青听了，和他一起笑了，当然这笑中，各种滋味都有。

苏步青在逆境中毫不屈服，在事业上努力奋斗，全身心地投入到课题研究中去，没有过多少时间，他便寻找到了攻取的路径。他让忻元龙跟顾

灵通一道接着对曲线光顺的方法进行研究，不过需用参数曲线；让华宣积跟蒋峰飚着手对曲面光顺的方法进行研究；他自己呢，则用全部精力对外国的文献进行研究，自理论方面提出指导性的建议。

对于中国当时的造船技术，苏步青内心里非常地担忧，尤其是应用计算机的水平跟世界上那些先进国家的差距。他坚定地认为在外国的杂志上一定能找到可借鉴的理论文章。

周三是江南造船厂的休息天，苏步青便每到周三的时候就回到学校认真地翻阅那些外国的杂志。在翻找中，他找到了4篇最新的关于参数曲线与双三次曲面拟合的论文，现代计算机辅助设计系统中流行的B样条的德布尔·考克斯算法也在内。苏步青下功夫把它们一个一个全翻译了出来，然后用复旦数学系与江南造船厂船体车间的名义编辑印刷出了一本《样条拟合译文选》。这部书的前言显著地这样写着：

这些文章全部是由苏步青教授翻译的，苏先生的这一工作，不仅直接指导了我们的工作，还在全国的数学放样工作中，起到了引导作用。

苏步青以仿射不变量的思想深入地对三次参数曲线给予研究，得到了有关拐点跟奇点存在的定理与消除办法，这对于曲线光顺方法有着直接的指导意义。之后，苏步青又在《应用数学学报》《复旦学报》上发表了不少文章，给计算机辅助几何设计在中国的发展做出了应有的贡献。在苏步青的指导下，数学放样小组完成了线型光顺课题，当中应用于船舶的一种光顺方法——平行圆面法的名字也是苏步青起的。

如此，就有很多人知道了苏步青在江南造船厂放样小组；中午休息的时候，便有船厂的许多工人和技术人员来找苏步青请教问题。苏步青一向平易近人，对他们也都非常热情，给他们讲解外语和数学知识。苏步青一时成了船厂工人和技术人员手里捧着的一枝花。

"文革"结束之后,复旦数学系的"船体数学放样"等项目获得了全国科学大会奖,苏步青功不可没。

春天的到来

1976年,"文革"结束,次年刚进入8月,主持中央工作的邓小平便邀请全国30位最有名的老科学家和教育家来北京一叙。

"座谈会计划是开5天,由小平同志亲自主持,到时请您发言。"苏步青坐在从首都机场至民族饭店的汽车内,教育部的一名负责同志对他说。

苏步青听了心里很高兴,此时的他正有一肚子话要说呢!他说:

"很好,如果小平同志亲自抓科技和教育,那么这两个重灾区就有翻身的希望了。"

经过十年浩劫,中国百废待兴,苏步青一直处在亢奋当中,他即使躺在民族饭店五楼的卧室内,也辗转反侧,睡不好觉。

8月4日,这一天天气非常好,阳光亮堂堂地照着。中共中央的科学教育工作座谈会在人民大会堂台湾厅召开,穿着白衬衣、绿军装,脚蹬黑布鞋神采奕奕的邓小平和来参加座谈会的那30名著名的科学家和教育家坐在两排红丝绒沙发上。邓小平亲切地说:

"我们这个国家要赶上先进国家的水平,应当从哪里着手做起呢?不用问,当然是从科学与教育着手了。我刚刚恢复工作,自告奋勇管科技和

教育工作。我是外行管内行,不学习是不行的,这两条战线如何,还要请大家发表意见。"

苏步青正憋着一肚子话要说呢,于是首先说道:

"小平同志,我先说两句。"

小平看了他一眼,微笑着说:

"您请说!"

苏步青说:

"我觉得必须要先推翻'两个估计',应当实事求是地对教育战线的成绩与知识分子的现状给予估计。"

小平同志说:

"对全国教育战线 17 年的工作如何估计?依我看,主导方面是红线。"

苏步青说:

"应当恢复与重建被林彪和江青反革命集团破坏的科研、教学队伍,让离队的科研与教学骨干们重新回到队伍中来,发挥他们的作用。把停顿这么多年的科研与教学活动快速地开展起来。"

小平同志和众位专家都微笑点头,他说:

"一定得这么做,请继续说出您的建议!"

苏步青说:

"我们进行四化建设,需要大量的人才队伍,没有人才不行,必须马上把大学招生制度恢复起来。"

小平同志点头说:

"行!"

苏步青接着又提出建议,要对学术刊物的印刷出版工作进行改进,让科研人员的研究论文能够及时地发表,广泛地进行交流,以此促进科研水平的快速提高。

这些建议都非常好，小平同志都让工作人员一一记下来。并说：

"学术刊物要办起来。要解决一下科研、教育方面的出版印刷问题，并把它列入国家计划。"

"有价值的学术论文、刊物必须要保证印刷出版。现在有的著作依照目前的出版情况，要许多年才能印出来，这样便将自己给困死了。"

在苏步青说到有60多名喜欢数学的年轻人给自己寄论文，他从中看到有14人在数学上非常有潜力，应当作为研究生进修培养的时候，小平同志马上就对教育部门的领导说道：

"你通知这14名年轻人，让他们到苏步青同志那里去考研，来回的路费由国家承担。"

教育部门领导说：

"是！"

在苏步青说复旦数学所被称为"十八罗汉"的科研骨干到现在还没能归队的时候，小平同志又吩咐教育部门的领导说：

"让他们都一个不剩地归队！"

教育部门的领导又答应道：

"是！"

苏步青又说到自己学校有个名叫许永华的中年教师研究抽象代数，提出了一个定理被国际数学界称作"许·托曼那加定理"，并且已经写出了20多万字的数学论文，然而依照今天的出版和印刷速度，就是到1990年也发表不尽的时候，小平同志又指示说：

"我们一定下功夫解决科学和教育方面的出版与印刷问题。"

座谈会召开了4天，邓小平同志每天上午8点30准时到会，中午仅稍微休息休息，就又开始了。会一直开到晚上掌灯的时候方散。

在认真倾听了座谈会专家教授的意见之后，邓小平同志在8月8日作

了《关于科学和教育工作的几点意见》的讲话，也就是非常有名的"八八"讲话。

在此次讲话中，他主要讲了6个主要的方面，指出中华人民共和国成立之后的17年教育战线和科研战线的主导方面是红线，绝大部分知识分子都是自觉自愿地为社会主义服务的，将林彪与江青他们肆意鼓吹的"文艺黑线专政论"与"教育黑线专政论"给予了否定，号召人们要尊重脑力劳动和重视人才。

会后，邓小平同志又讲道：

"我在八八讲话中所说的，都是很大胆的，当然也照顾了一点现实，对于我的这个讲话，有人反对，不过，并不要紧。一个方针政策，总会有人反对与不同意见的，只要他们谁把理由讲出来，大家可以一起进行讨论。"

这件事过了没有多长时间，苏步青向小平同志所提出的各项建议都很快得到了落实。

自北京参加完座谈会回来之后，他便马上开始了重建数学研究所的工作。数学所原来的"十八罗汉"大部分人也都很快回来了，他推荐的那批青年中也有12个人成为"文革"之后的首批研究生，有两个人后来还获得了博士学位。

1976年，美国组织数学代表团访华，当这些美国的数学家和苏步青等见面会话的时候，谈起三四十年代的浙大，他们总结说：

"是你们曾在浙大建立了以苏步青为首的中国微分几何学派。"

说得在场人员都爽朗地哈哈大笑。

1977年的10月份，苏步青以上海民盟市委副主任委员的身份主持上海民盟工作。

1978年3月，苏步青当选为第五届全国人大代表、常委。同年的4月份，被任命为复旦大学的校长。

工作是繁重而忙碌的，然而，他也从没有忘记过给研究生们上课。

是年暑假的一天，被停了十多年后的复旦大学科学研讨班正式恢复活动。然而，那几天连着下大雨、暴雨，大学校园内积满了水，水位和膝盖一样高，人们看着这样大的雨，心里还担忧，说道：

"这样的雨天，苏老那么大的年纪了，肯定不会再来了。"

"是呀，雨太大了！"

然而，就在这时，苏步青却裤管高挽，撑着一把雨伞来到了会场，他抹了下脸上的雨水，坐在椅子上稍事休息，然后抬腕看了下手表，用商量的口气对大家说：

"现在开始吧？"

而此时的时间，正是八点钟，刚好是开会的时间，不晚一秒钟。苏步青做事向来是十分守时的，何况是这样的大事！

自从1977年在北京开座谈会回来之后，苏步青便将星期日给取消了，变成了星期七，将所有的节假日都变成了工作日。他意欲将"文革"中失去的时间都给补回来。这年夏天，其他同志都去庐山、青岛和北戴河避暑去了，而他却冒着酷暑去了浙江杭州讲学。讲完回到上海又把讲稿给整理成了一本书——《微分几何五讲》。这部书出版后立即在国内外数学界引起了很大反响，新加坡世界科学出版社在极短的时间内便将它译成英语给出版了。

这一年，《解放日报》的"解放论坛"评论专栏开展一个关于学历问题的大讨论，邀请苏步青写出总结性的文字，他提出了一个对中国深有影响的观点，那就是"要讲学历，不唯学历，重在能力"。

次年的夏天，组织上考虑到他日夜劳累，年岁又那么大了，担心他的身体健康，就请他去莫干山休假。他服从组织安排，去了莫干山，然而到

山上休假一个月,他竟然就将一部《仿射微分几何学》的书稿写了出来。人们都感叹不已,说:

"请您去山上休息呢,可您还是日夜不停地工作!"

他笑了,说:

"我都这个岁数了,能做的事已经很有限了,没有'整匹布',必须要挤时间,我挤时间的办法就是充分利用'零头布',将一分钟、两分钟的时间全利用起来。这样,'零头布'能派上大用场。"

苏步青是非常忙碌的,不但担任复旦大学的校长,同时还担负着许多重任,身兼数职。许多会议需要他去出席,许多活动需要他去参加。然而,他又是一个认真细致的人,他平均每天要收到十来封信,一般全是向他请教数学方面的问题的,他都要一一作复。他的时间就是这样一点一滴挤出来的。

有一次苏步青的外孙从平阳来上海出差,想看看自己的姥爷,但是,姥爷太忙了,总是让他见不着,他便专等星期天去见他的姥爷,然而,还是不见姥爷的影子。

每当劳累的时候,苏步青就会想起一首唐诗:

两个黄鹂鸣翠柳,一行白鹭上青天。
窗含西岭千秋雪,门泊东吴万里船。

第八章 焕发青春,身扑教育

计算几何学的创立

计算机于1946年在世界上出现之后,美国麻省理工学院于1962年所发明的全球首台图形显示器成为计算机应用中的一个重要里程碑。从这以后,图形便能够通过计算机显示器直接地输入和输出,还能在显示屏上面通过光标的移动直接对图形进行修改。这样就大大方便了世界上的工程技术人员们,不用在纸上搞那些密密麻麻的数字间接地表达工程图形了。

20世纪60年代,世界上CAD(计算机辅助设计)又发展到了一定的程度。汽车、飞机、造船工业领域率先进入应用。汽车、飞机、造船工业因为产品的外校曲面非常复杂,有着非常严密的要求,所以,最先进入应用领域。

60年代末至70年代初那几年,我们国家的不少大学、国家科学院跟相关的工厂合作,开始对CAD进行研究,大概有十来个高校数学系跟船厂合作对船体数学放样进行研究,复旦大学那时候也是其中之一,苏步青有4篇最新的重要论文都是在那期间翻译出来的。

专门研究"几何图形信息(曲面与三维实体)的计算机表示、分析、修改与综合"的计算几何这门新兴的学科也就是在这个时候发展起来的。

1974年3月18日,CAGD首次国际会议在美国犹他大学举行,标志着计算几何学科的形成,大会对贝齐尔(法国)、孔斯(美国)在CAGD方面起的基本作用给予了肯定。

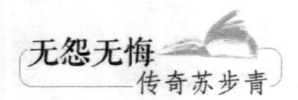

对于计算几何与CAGD事业，苏步青的贡献是很大的。1979年刚过完年没多久，上海科技出版社数学编辑徐福生就找到了苏步青，对他说：

"苏老，经研究，我们社想请您为我们主持编写一本不但有理论而且还要有应用的计算几何领域的书，以此来满足从事几何与CAGD研究，以及应用开发的大专院校师生、研究所与工厂科技人员的需要，不知您有时间没有。"

苏步青听了，很是高兴，肚里正有这方面的东西要往外倒呢，就说：

"可以呀，很好的事情，这件事就交给我来做吧！"

如此，苏步青就接下了这个写作任务。然而，这个任务又是艰巨的，需要付出大量的劳动。

这一年，他将自己的学生刘鼎元约来商谈这部书稿的大纲与目录，书名定为《计算几何》。为了写作这部书稿，他们搜集了大量的材料，集中世界上数百篇文献。第一章的绪论和最后一章仿射不变量理论，由苏步青亲自执笔写就；中间的6章初稿由刘鼎元来写。初稿出来后再看，大开稿纸摞在那里好高，都快600页了。苏步青又对这些稿子逐页逐字进行细致地修改，先是把内容理顺，然后是文句。他是不愿意把粗糙的书稿交给出版社出版的，他觉得那样是害读者。

这部书的正式出版时间是1981年的1月份。它的出版标志着我国第一部《计算几何》的诞生，就是在整个国际上，也是很少见的。国际上仅于1979年出版了一本福斯与帕蒂合作写成的《计算几何设计与制造》。这两部书的定位是不同的，《计算几何设计与制造》读者对象是设计与制造业的工程师，所述内容是比较浅显和通俗的。而苏步青他们的《计算几何》却是综合1980年以前世界上关于计算几何内的理论、方法与应用，苏步青与自己的学生的研究成果也纳入其中。读者对象定位于数学系的老师和学生、科技人员及工程师。不但能当研究生和大学高年级学生的教材，还能当 CAD 应用开发工程师的参考书。

《计算几何》出版后，反响极为强烈，因为正是计算几何 CAD 迅速发展的时期，市场上非常需要这样的书，只短短几个月这本书就销售一空。

此后，中国做计算机辅助设计的研究人员没有不重视和研读这本著作的！

次年，《计算几何》一书于首次全国图书评选中荣获"全国优秀科技图书奖"。之后的数年间，苏步青带领的复旦研究小组在计算几何理论与应用两个方面的研究成果在国际学术交流中，慢慢被世界同行所了解。德国 CAGD 杂志主编、CAGD 国际会议主席贝姆教授看到这部书后，非常兴奋地说道：

"中国的复旦、中国的苏步青真是太伟大、太了不起了！"

在贝姆教授的有力推荐下，《计算几何》的英译本于 1989 年出版，出版后受到世界同行一致赞誉：

"嗯，这本书真不错！"

"How true is too good!"

为了在计算几何方面赶超世界先进水平，全国计算几何协作组在苏步青的带领下宣告成立，该成员有复旦大学、浙江大学、山东大学、中科院数学所和中国科技大学等，定期举行协作会议和举办计算几何讲习班。首期讲习班由苏步青主持，有来自全国各地的 80 多名学员参加培训。

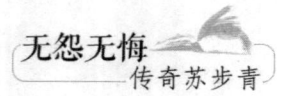

与中小学教师们谈话

　　去莫干山,学校特批米子跟丈夫一起去,以便照顾丈夫,并且还专门派了一名大夫跟着随时进行护理。苏步青带的除了一件换洗的衣服之外,便全是准备读的书籍和厚墩墩的稿纸,你看他是去专门休养的吗？他的兴趣根本不在休养上,在他的意识里,只是换一种环境进行工作而已。

　　而就在苏步青休养于莫干山之时,也有别的人到此游览观光,其中就有上海市农场局的38位中小学老师们。他们到了这里之后,听说苏步青也在此,就非常兴奋地说：

　　"真是荣幸,没想到苏老也在这里,他是教学上的大家,要趁着这个机会,让他教教我们如何把数学教好,那该多好啊！"

　　有人说：

　　"听说,苏老是被学校专门安排来休养的,我们这样做会不会打扰他老人家？"

　　这样一说,大家就一时有些犹豫,如何是好呢？又有人提议说：

　　"我们可以派一个人去沟通沟通,说不定也能行,万一不行,咱也不打扰他老人家休养。"

　　计议已定,便派人去进行联系。

　　苏步青来到莫干山,也游了一些地方,比如剑池等地方,他还作了一首诗道：

重访莫干今老翁，杖藜犹幸未龙钟。
瀑声千级迂回路，篁影万杆高下丛。
日暖山秋怀往事，河清人寿庆新容。
吾生难得闲如是，拟看朝阳攀顶峰。

那38位中小学老师派来的人见到苏步青后说明了来意，没想到，执着于教育的苏步青一听就很开心，说：

"行呀，大家可以见见面，说说话。"

苏步青一向是关心中小学教育的，因为，他认为，中小学教育的好坏，直接关系着大学的教育。每次出差，他都会留意当地的中小学教育情况。

于是，苏步青就与那些老师们见面并进行了一次长时间的座谈。苏步青所谈都是围绕他们关心的如何能做一名好老师、把课上好等问题。他结合自己的亲身体会，从教这么多年的经验与他们进行座谈，他说：

"国家需要人才，人才靠教育，我们既然当了老师，就要当好老师，否则怎么才能把老师这个事情做好呢，这需靠我们教师自己不断地探索、积累与认真地总结经验。我们做教师的，主要任务便是培养人才，教学生。我教微分几何这一门课教了一十六年，全是我自己编讲义，第十六年的讲义要比最初一年的讲义内容多一倍，然而，书的厚度却没有增加多少，原因是我经常进行删改，总是将旧的内容删去，补充进新的内容。最初的一年，我讲的课学生听得迷迷糊糊，理解得不是十分清楚。而最后一年，再讲，学生们的反应就不一样了，反映说听了就能马上理解。这个跟教材有很大的关系，这就要求我们做教师的必须要认真地对教材好好地琢磨，增强创造性才能行。"

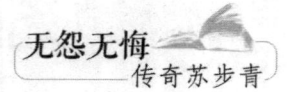

有个青年教师说：

"有的学生特别调皮，很难教育。"

苏步青说：

"这也确实是一个问题，提得很好。我小时候，也非常调皮，不服老师管教，也常常被老师罚站，不喜欢哪个老师，他讲课的时候就故意不听，扭脸望着窗外。然而，我现在不也成了数学家，成了教授了嘛！"

这些青年老师们听着，一下子和苏步青拉近了距离，突然都憋不住笑了，好奇地说：

"是吗？您小时候也很调皮？那是怎么一回事？您讲讲？"

于是，苏步青就讲了他小时候的一些事。又说：

"不要小看那些调皮的学生，那些调皮的学生一般都是人才，对待这些人不但要求要严格，还要尽可能地把握住他们的心理和爱好，尽可能地发挥他们的优点，以此来提高他们学习的积极性。"

在谈话即将结束的时候，苏步青鼓励他们利用空闲的时间努力自学，提高自身的素质和业务能力。老师们说：

"苏老的鼓励，我们都记在心里了，我们一定会努力的，只是我们学校的条件过差了一些。"

苏步青听他们的话，看他们的神情面貌，也知道他们那里的确是条件差一些，就说：

"生活是靠我们自己去美化的，去丰富的，条件不好可以去创造。如果害怕艰苦，那生活就永远是艰苦的。"

"嗯，苏老说得很对，我们努力去创造！"老师们都很有信心地说。

语文是基础

苏步青在复旦当校长的时候，非常重视自己国家的母语——汉语。那时候他曾从其他省份招收来了一批数学成绩非常好的学生进行专门的培养。然而，他们来后不久，就显出了明显的不足，逐渐落后了，分析的结果就是他们的语文知识太差了，中学时只是数学单科成绩突出，到了大学后，就表现得阅读理解能力与表达能力普遍地跟不上。此后，苏步青便将语文列为自主考试的必考科目之一，还强调说：

"如果允许复旦大学单独招生，别的科目可以不考，然而语文必须要考！考完就判卷子，不合格的，下一门功课就不要考了。语文你都不行，别的也学不出什么出息。"

他又说：

"假如你连母语都学不好，怎么能够说你自己是中国人呢？我们学外语是为了更好地跟外国人进行交流，以此来学习他们先进的东西，发展与壮大我们自己。我们学数学是来发展科学技术，增强我们国家的综合国力，以便早一些跻身世界强国之列的；可同时，我们又不能忘本，把自己国家的文化都丢掉，这便要我们好好地学习语文，要于世人面前展现我们国家悠久的历史与博大精深的文化，使那些外国人对我们更加敬佩。假如说数学是科学王冠上最为璀璨的明珠，那我认为文学便应当是王冠之底座。文学是数学的基础，因此我们要重视学习语文，对中国

文化进行挽救。"

他还根据自己的心得,专门写了一篇怎样学好语文的文章,以此激励和指导学生。现将那篇文章录于下面:

苏步青谈学好语文

学好语文很重要。语文是表达思想感情的工具,没有一定的语文基础,就不能很好地表达思想感情。1976年天安门出现了那么多动人的好诗,表达了对周总理的深切哀悼和对"四人帮"的愤怒控诉。你没有相当的语文表达能力,就写不出来;即使写了,也表现不出那样的怒火,那样的激情。

作为中国人,总要先学好中国的语文。中国的语文有特别好的地方。譬如诗歌吧,"绿水"对"青山","大漠孤烟直"对"长河落日圆",对得多么好!外国的诗虽然也讲究押韵,但没有像中国诗歌这样工整的对偶和平仄的韵律。一个国家总有自己的语言文字,作为中国人,怎能不爱好并学好本国的语文呢?

有人认为只要学好数、理、化就可以了,语文学不好没关系。这个看法不对。数、理、化当然重要,但语文却是各门学科的最基本的工具。语文学得好,有较高的阅读写作水平,就有助于学好其他学科,有助于知识的增长和思想的开展。反之,如果语文学得不好,数、理、化等其他学科也就学不好,常常是一知半解。就是其他学科学得很好,你要写实验报告,写科研论文,没有一定的语文表达能力也不行。一些文章能够长期传下来,不仅因为它的内容有用,而且它的文字也是比较好的。

我出生在浙江平阳的山区,穷乡僻壤。家前屋后都是山。父亲是种田的,很穷,没念过书。但他常在富裕人家门口听人读书,识了一些字,还能记账。父亲很知道读书识字的好处,他对我们教育很严。我九岁那年,有一次，一个"足"字我不会解释。母亲生怕父亲回来打我，就站在村口找人问字，可是站到天黑问了许多人，还是没人能解释这个字。幸而这天晚上我没挨打，也没挨骂。我们村里没有学校，十来个孩子请了个没考上秀才的先生教书。他教我们读《论语》，读《左传》。

12岁那年，父亲送我到100多里外平阳县城里的高等小学念书。我不但学习勤勉，而且养成良好习惯。不论在少年时代还是在日本留学期间，我总是每晚11时睡觉，早上5时起床，严寒季节也是这样。

1915年，我进了当时温州唯一的一所中学。那时，我立志要学文学、历史。我会背《左传》，《史记》中不少文章我也会背。《项羽本纪》那样的长文，我也背得烂熟。我还喜欢读《昭明文选》。"暮春三月，江南草长，杂树生花，群莺乱飞。"（丘迟《与陈伯之书》）我喜欢极了。还有《资治通鉴》，共有200多卷，我打算在中学四年里全部读完；第一年末，我已念完20来卷。后来，学校来了两位从日本学习回来的教师教我们几何，我很感兴趣，从此，我就放弃了学文学和历史的志愿而致力于攻读数学。但我还是喜欢写文章。四年级的时候，校长贪污，学生闹风潮，我带头写了反对校长的文章。

后来，我成了数学专家，但仍然爱好语文。我经常吟诵唐宋诗词，也喜欢毛主席的诗词。现在，每晚睡觉前，我总要花二三十分钟时间念念诗词，真是乐在其中也。一个人一天到晚捧着数学或其他专业书，太紧张了，思想要僵化的。适当的调节很重要，可以帮助你更好地学习专业。我写的诗也不少，但不是为了发表，大多是自娱之作。有时也写政治性的诗，这也是一种战斗嘛。我那篇《夜读<聊斋>偶成》"幼爱聊斋听说书，长经世故渐生疏。老来尝尽风霜味，始信人间有鬼狐。"（见1978年11月3日《解放日报》）是批判"四人帮"的。

从小打好了语文基础，这对我学习其他学科提供了很大的方便。我还

觉得学好语文对训练一个人的思维很有帮助,可以使思想更有条理。这些对我后来学好数学都有很大好处。当然,不一定都要读《论语》,其实即使是《论语》,其中也有不少可学的。"学而时习之,不亦悦乎",不是很好吗?"每事问",不要不懂装懂,这也对。《古文观止》220篇不一定要全部读,但《前赤壁赋》《前出师表》等几篇一定要读。有些文章虽然是宣扬忠君爱国思想的,但辞章很好,可以学学它的文笔。此外,《唐诗三百首》《宋词选》中都有很多好作品,值得一读。

读书,第一遍可以先读个大概;第二遍、第三遍逐步加深体会。我小时候读《红楼梦》《西游记》《三国演义》,都是这样。《聊斋》我最喜欢,不知读了多少遍。起初,有些地方不懂,又无处查,我就读下去再说;以后再读,就逐步加深了理解。读数学书也是这样,要把一部书一下子全部读懂不容易。我一般是边读、边想、边做习题;到读最末一遍,题目也全部做完。读书不必太多,要读得精。要读到你知道这本书的优点、缺点和错误了,这才算读好、读精了。一部书也不是一定要完全读通、读熟;即使全部读通了,读熟了,以后不用也会忘记的。但这样做可以训练读书的方法,尤其是学会精读的方法,也可以从中学习并掌握一本本书的思想方法和艺术性。

人的生命是短暂的,不过几十岁,但充分利用起来,这个价值是不可低估的。细水长流,积少成多;锲而不舍,金石可镂;坚持到底,就是胜利。学习语文也是这样。我对数学系的青年同志要求一直很严,一般要学4门外语,当然,首先是中文的基础要好。我还要他们挑选一本自己喜欢的文学书,经常看看、读读,当作休息。

苏步青把学数学和学诗歌结合了起来,数与诗进行交融,互相促进,共同进步。在研究数学和教学之余,他写作了五六百首诗。他觉得,数与诗有共性，这种共性就是想象力，如果这个共性体现在一个人身上，那便会有它独特的感受。他对人讲：

"搞数学的人不能总是在数学中转圈儿，我爱在休息之时读些诗词，以此来对大脑进行调节，起着听音乐的作用。再说了，数学是讲究逻辑推理的，诗歌也不可无逻辑性。别的不说，就是押韵与平仄吧，便非常有规律。如果不讲究规律，诗的味道便差远了。还有，读书和写诗只是我的业余爱好，并不占用我研究数学的时间。"

他还形象地做了一个这样的比喻，他说：

"过去有个围棋高手跟人下棋，在关键的时刻不知道如何走了，心中很是烦闷，就向窗外望去，他看见一群大雁从远处飞来，看着看着，他心中的棋步便有了，于是回过头来走了非常漂亮的一步棋，此后，很快战胜了对手。而写诗呢，就跟这个名棋手看窗外的大雁差不多。"

复旦大学中文系有一位酷爱写诗的青年老师，名叫周斌武，他是著名的汉语文字语言专家吴文祺教授培养出来的学生，有一天晚上有闲，便去吴文祺教授家看望老师。那一天晚上刚好苏步青也在吴文祺家，晚辈见长辈自然是尊敬有加。周斌武平时就知道苏步青诗写得非常好，非常地钦佩，总是想找苏步青请教诗歌上的问题，可总是没有机会，这个晚上总算给他逮着机会了，于是对苏步青说：

"早就知道苏校长诗写得好，我也喜欢写诗，就是写不好，不得要领，正好今晚向您请教，希望能拜您为师，专门学习诗歌的写作。"

苏步青看看他，又转脸看看吴文祺，笑道：

"你们都是行家，怎么还向我学习？"

周斌武说：

"学生对古人的这几句话很是信服。"

苏步青说：

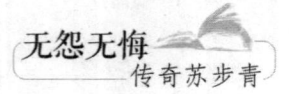

"哪几句话？"

周斌武说：

"'诗有别才，诗有别趣。'学诗'入门须正'，对老师的著作应该认认真真地学习，就像乘着马车顺着大道旅游，根本不可能误入歧途。"

苏步青和吴文祺听了都哈哈大笑。吴文祺说：

"小周说得极是。"

苏步青说：

"好吧，以后我们共同学习。"

然后他很诚恳地把自己在20世纪40年代写的诗稿本，都借给了周斌武，还说，自己的诗词写得不好，如果发现问题，大家可以坐下来讨论，共同进步。

周斌武接过那些诗词稿件，像是得到了无价之宝似的，激动地说：

"苏老师过谦了。真是太谢谢了！"

周斌武拿走了苏步青的诗词稿件认真地进行研读，仔细琢磨品味，从中学到了很多……他觉得苏步青文学修养很深，功力很老到，每一首诗词，都是渗透着苏步青的智慧和才华。他说：

"古人曾讲；'诗之工在于才，意之达在于识。才识相互为用，则诗道备矣！'话里的意思也就是说诗人无才，则诗难工；无识，则意难达。然而，诗人的才识表现在诗里非常地含蓄，看不出有任何彰显的意思。苏老在写诗上是非常有才华的，然而，苏步青写诗向来不矜才恃气，用古人的话来说，也就是'不以才学为诗'。苏老身为数学家，写诗却很重视形象思维，并且运用得很好，'不涉理路'，不以议论说理为诗。苏步青写出的诗非常地雅正，因为真体内充，所以风格相当豪放，意简句子却很有力度，语言看似很直，然而意思剀切。这些因素让苏老的诗拥有非常深厚的味道，意彻气贯，气胜而不怒张……"

苏步青非常感慨地说：

"深厚的文学、历史基础是辅助我登上数学殿堂的翅膀，文学、历史知识帮助我开拓思路，加深对数学的理解。以后几十年，我能吟诗填词，出口成章，很大程度上得力于初中时文理兼治的学习方法。读书的兴趣应广泛，各种书籍穿插着阅读，不能只看专业书。"

苏步青总是说自己不会修辞，然而他在长期的写作当中，却深感修辞的重要。他认为，熟练了修辞学的基础知识，不但可以使语言的应用具有规范性与艺术性，而且在文体、风格、技法上还能反映出自己的特点，从而把自己的文章写得更好。

经验告诉他，想要熟练修辞技巧，需先要从阅读文献名著开始。很早的时候，他便熟读和背诵《左传》《史记》。认真地揣摩其中修辞的奥秘，"暮春三月，江南草长，杂花生树，群莺乱飞"，这种修辞的境界，让他神往……

真挚的情感

苏步青是一个至情至性的人，他忘不了过去与自己密切相关的人和物，常常是流连忘返。

早在1931年，苏步青在日本获得博士学位回乡探亲那时候，在他们家乡那个穷山沟里那真是十分地轰动，小山沟里出一个留洋的大博士是多么稀奇荣光的事情呀。好多人都来问候，都来看。苏步青突然看到人

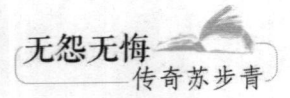

群中一位头发花白的老人,一眼便认出是自己的恩师陈玉峰,那真是心中一阵激动,急忙过去叫恩师,给老师施礼,请恩师上座。陈玉峰有些不自在,说:

"我教过你,你是我的学生,可哪能称得上'恩'呀!"

苏步青真诚地说:

"没有恩师当年的教诲,学生怎么也不会有今日!"

陈玉峰听了非常高兴,笑着说:

"有这样的学生,也不枉度此生!"

宴请之后,苏步青雇了一顶轿子,让陈玉峰坐上去,自己步行跟在后面,将老师亲自送回家。

苏步青和陈建功是同乡,又一起在国外一个学校里读书,后又作为同事共同奋斗数十年,可谓情谊深重,然而,在1971年,陈建功被四人帮在杭州折磨而死。作为他最好的朋友苏步青是多么地悲痛呀,当时杭州大学为陈建功教授召开了追悼大会,有150人怀着悲痛的心情参加,当时陈建功教授在西湖断桥居住,距离苏步青居住的地方不远,苏步青一腔悲愤,挥笔一口气就为老朋友写下了7首诗。这里录两首如下:

其一

武林旧事鸟空啼,故侣凋零忆酒旗。
我欲东风种桃李,于无言下自成蹊。

其二

清歌一曲出高楼,求是桥边忆旧游。
世上何人同此调,梦随烟雨落杭州。

苏步青一回国便在家乡的浙大工作，投入了很大的精力，可谓呕心沥血，培育出了多少英才，直至创造了"东方剑桥"，因此他对于浙大也是极有感情的。即使调往了复旦，当了复旦的校长，也还是每年要回来看看，雷打不动。

这一年，苏步青参加浙大建校85周年校庆的时候，在大会上，他极其热情地说：

"我热爱杭州，更热爱自己工作过多年的高等学府，也就是这所浙江大学。浙江大学的学风艰苦朴素；浙江大学的学生聪明勤勉；浙江大学的教师诚恳踏实，这些全是造就接班人不可缺少的条件。我为自己能在浙江大学工作过而感到光荣！"

可见他对浙大的真实感情。

他对浙大感情深，然而，他在浙大培养出来的学生也不会忘记他。这一年，他的得意弟子熊全治就从美国回来看望他了。这时候的熊全治已经是美国里海大学的教授了。他一直记得，他在浙大学习的时候，因为他当时讨论班准备得不好而被他的老师苏步青训斥的事，依旧是记忆犹新，仿佛如昨呀，他感激地对老师苏步青说道：

"幸亏40年前苏先生把我痛骂了一顿，把我给骂醒了，不然的话，肯定不会有今天的我了。"

"文革"之后，家里的条件越来越好，然而米子因为长期过多操劳，加上年龄也大了，身体健康状况是一天不如一天，终于患上了多发性骨髓瘤病倒在床，起不来了。苏步青对自己妻子的感情是无比真挚的，他懂得妻子的辛劳，米子来到中国身在异乡，并且于1953年加入了中国国籍，成为建国后第一批加入中国国籍的外国人，这是多么不容易的事啊。她热爱自己丈夫的国家，就像是热爱自己的国家一样。建国后她陪着丈夫一起奋斗，"文革"中和丈夫共同受辱，你说，她要不是深爱着苏步青，这一

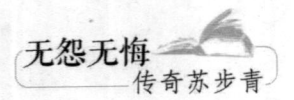

切苦难又和她有什么关系呢?

苏步青一向对自己的妻子非常尊重,自从两个人共同生活以来,就把每月的工资尽数交于妻子,让妻子来当这个家,掌管家里的一切。她一心相夫教子,也等于把自己的一切都交给了丈夫和孩子。家中困难的时候,自己从没有添加过一件新衣,缺吃的时候,总是把仅有的一点食物紧着自己的孩子和丈夫吃,她自己心甘情愿地挨饿。她支持自己丈夫的数学和教育事业,也疼爱自己的孩子,对待孩子,她从来都是温柔和慈祥的,更没有打骂过。后来家里有了保姆,保姆染病住院,她在医院整整护理了一个星期。

她自从1931年跟着丈夫来到中国这个陌生的国家,虽然心中常常想念自己的家乡、自己的父母亲人,然而仅在1936年回乡一次外,此后几十年都从没有回去过。直到1979年,才在丈夫苏步青的陪伴下回到自己的国家,与自己的兄弟亲人们相聚,然而,只住了三个月就又回到了中国。苏步青工作一直非常地忙碌,从来没有携妻子出外走走看看,心里很是过意不去。然而,复旦每周周末晚上都要放一次电影,他就挤时间每次周末晚上陪妻子看看电影,这也都成了习惯,因此,每次人们都自动为他们留下位子。

苏步青说:

"我的成就中有一半属于我的夫人米子。"

此时妻子卧病不起,住在长海医院,苏步青每日下午四点半准时赶到长海医院,在病床边伺候妻子,看护妻子,端屎倒尿、穿衣喂食,可真是细致周到。而此时的苏步青也已经是80岁的老人了。

苏步青给妻子带去她平时喜欢看的画报或者是孩子们给他们写的信,妻子也总是忍着病痛对苏步青进行安慰,有时候用听日本民歌的办法来消解病痛。

1985年的5月份，米子辞世，享年81载。

米子在弥留之际，最大的愿望，便是希望苏步青不要太过伤心，要好好地活下去。

然而，苏步青如何能不悲伤呢？米子死后，他不管去哪里，都总是将米子的照片带在身边，让妻子永远和自己在一起。他怀着无限的追思说：

"我深深地体味着'活在心中'这句话，就像我的妻子还活着时候一样，跟我一起在庭院里散步，一起在讲台上讲课，一起出席会议……"

1945年抗日战争胜利的时候，苏步青的哥哥苏步皋去了台湾没能回来，这便使兄弟两人相隔海峡，不能见面，彼此思念不已，他期盼着祖国的统一。苏步青主编的《数学年刊》于1981年9月下旬在厦门召开编委会会议，厦门距离台湾是很近的，只是隔海相望，这让苏步青对哥哥更为思念。

那天上午，苏步青专门来到前沿阵地进行参观。他们登上瞭望台，穿过辽阔的海域，便能看见影影绰绰的金门岛。他想念对岸的亲人，瞭望对岸……

他的哥哥苏步皋在读书学习方面从小就非常优秀，成为苏步青学习的好榜样，也可以说苏步青之所以如此优秀也是和哥哥在前面的引导分不开的。哥哥一向那么优秀，弟弟自然加油。苏步皋少年时代除了在调皮上和苏步青不同之外，其他的，和苏步青差不多，他先后以第一名的成绩毕业于平阳县立第一高等小学与浙江省立第十中学。然后去了日本的工业大学留学。在大学期间，他的成绩也非常好，曾获得了他们学校创立的25周年纪念奖。毕业之后留在日本的纸厂实习，那时候对苏步青在经济方面给予了很大的支持。这也是苏步青一生不能忘怀的。

然而，他们兄弟分别34年却无法联系，更不能见面，只能是隔海相望，直到1980年，才有了点联系。

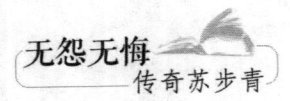

苏步青把对哥哥的思念化为一腔诗情,挥笔写道:

鹭鸟南来秋正浓,危台东望思无穷。
为何衣袋眼前水,如隔蓬山一万重。
远祖逃荒后裔回,乡音不改鬓毛衰。
何当更泛鹭江艇,去探台湾旧迹来。

人生关键处需指点

国家走入正确轨道,苏步青的心是热的,虽然他忙碌得不可开交,然而,他还是非常关心青少年的成长问题。他认为,青少年是祖国的未来、祖国的希望,自己有责任与义务为他们的成长做一些力所能及的事情。

一日,一个青少年的家长给他写信,信中讲了他们家孩子对一道数学题的看法。这道题非常简单,是这样说的,8个队,每个队是5人,共有多少人?家长来信说,孩子以8×5的算式来算,然而老师却说不正确,应当颠倒一下,用5×8这样的算式。对于非用这样的算式,他们家长不理解,于是专门请教大数学家,看到底是怎么回事。让一个这么大的数学家解决这么小的一个问题,真是用宰牛刀杀鸡了。然而,苏步青很是耐心,并且还写去了一封信,给他作了解释。这位家长收到信后,对苏步青很感激,说:"大人物不愧是大人物,首先是品德高尚。"这件事反映到《文汇报》,《文汇报》很重视,以相当大的篇幅给予了报道,在社会上引起很大的反响。

1979年初，一个名叫施展的12岁男孩抱着试试的心态给苏步青写信，说自己很喜欢数学，就是不知道怎样学好它。苏步青接到信后，便马上郑重其事地给他写了封回信，说"生也有涯，而学无涯"。鼓励他在老师的直接教育下，做个德智体全面发展的好学生。

说起这个小孩施展，也真是不简单，他本是宁波市北仑峙头一个很穷困的山村小孩，却聪慧过人，又非常地爱学习，仅用了4年的时间便自学完了小学的全部功课，这样优异的学生在当地立即引起很大的轰动，都赞：

"天才呀，真是天才！"

"不亚于当年的苏步青！"

当时施展还不知道苏步青是哪个，他好奇地说：

"苏步青是谁？"

"你不知道呀，他可是天才数学家呀，现在复旦大学的校长……"

施展听说了苏步青的故事后，对苏步青这个人很是敬佩，心想自己日后能比得上苏爷爷就好了。

施展很快被镇海中学高中部破格录取。就这样他没有上初中，便直接跳入了高中学校。说起这个镇海中学也是颇有历史辉煌的。因为著名作家柔石曾在这里当过老师。施展进入中学后，因为受苏步青的影响，也逐渐地非常喜欢数学。虽然各科老师都非常关照他，他各科成绩也非常地好，但他还是最喜欢数学，甚至有集中精力专攻数学的想法。他就是在这样的情况下给大数学家苏步青写信的。

苏步青从他信中读出他的才华，心中很是喜欢这个小孩，希望他全面发展，不要偏科。12岁的施展收到苏步青的回信之后，激动万分，想一个这么大的数学，复旦校长竟然给自己一个小孩儿回信了！苏爷爷真是好

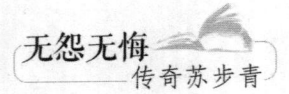

人，他决心不辜负苏爷爷的期望，努力学习，把各科成绩都学得非常优秀，做个德智体全面发展的好学生。

聪慧的孩子，只要努力，就会取得非常优良的成绩。施展虽然在学校里、班级里年龄最小，然而，在学习上可丝毫不含糊，考试成绩依然是班里最为优秀的。刚好那时候中国科技大学开少年班，到处选拔少年英才，由宁波市教育局推荐，中国科技大学很快注意上了施展。他们派人到镇海中学当面对他认真细致地进行考察，结果对这个少年非常中意，要免费录取他为少年班的学生。然而，施展不愿意再以这种方式升学了，他说：

"我进入镇海中学就是以这样的方式，如果再以这样方式，还有人认为以我的水平不一定就能考入大学，我这次要凭自己的学分、自己的成绩、自己的真实本事考进这所大学！"

对于这件事，不少人感到惋惜，说：

"这孩子，脑子真出了问题，那么聪明的一个人，怎么会办糊涂事呢？这么个好机会不抓住，要是你考不上不后悔死了？"

然而，施展根本不屑于听这些话，他笑着说：

"放心吧，我一定能考得上！即使考不上我也认了，说明我学的知识不扎实，明年再考！"

科技大学的老师很欣赏这个施展，对他说道：

"好，你就考吧，我们会一直关注你的。加油！"

施展充满了信心说：

"谢谢老师们的关注！"

数月后，施展便参加了这年的高考，功夫没有白下，也没有辜负所有关心他的人的期望，他考了465分，顺顺利利堂堂正正地考进了中国科技大学的数学系。这使好多人的眼睛都瞪大了：

"好家伙，这个孩子真行呀！居然考了这么高的分数！"

"天才不是徒有虚名！"

中国科技大学在安徽的合肥市，这是13岁的施展第一次远离家乡独自生活。虽然他学习上能力超强，然而，生活自理上和同龄的孩子却差不多，因此刚来的时候很是不适应，个子没人家大，力气没人家大，生活经验又比人家少。然而，在同学们和老师的照顾下，他还是克服了一个个生活上的问题，也并没有影响学习，成绩在学校里还是最为优秀的。大学四年毕业的时候，他想报考国家科学院研究所的公派留学生，和老师商量，老师很赞成他的这一想法，鼓励他说：

"你的想法很好，你年龄还这么小，应当继续学习深造，你的前途是非常光明的，努力吧！"

施展参加了考试，结果以第一名的好成绩被录取。刚刚进入青年时代的施展便放飞自己的理想，坐着大轮船去到了法国巴黎玛丽·居里大学数学系学习。此时，他在生活上当然能够完全自理了。在这个学校，他拿到了硕士和博士的学位证书。然而，年轻的施展并没有停下学习求知的脚步，他继续努力着，毕业后他又考取了英国的伦敦大学攻取博士后学位。他满怀着美好的愿望，在那里学习了两年，终于博士后毕业，然后，回到了法国的母校玛丽·居里大学当了一名大学的老师。这是一所以居里夫人的名字命名的大学，他想在这里效法居里夫人，努力为人类多做贡献。

进入居里大学任教，他一边教学，一边进行数学研究，撰写论文，一篇篇优秀的论文发表在世界专业的数学刊物上，成为一颗耀眼的新星，在30岁时，施展在法国取得了教授的资格，成为玛丽·居里大学的教授，继续在这里教学和进行数学上的研究。回想起自己曾走过的路，施展对当年苏步青给予的指点极为感激，他说：

"人的一生，关键的也就只有几步，我幸运的是碰上了真正的数学大

家苏步青教授，没有他当年关键性的一点，也就没有我的今天，我就走到了偏科的邪路上去了。"

苏步青不仅关心成绩好的青少年的成长，对成绩一般的、残疾的青少年，他也同样关心。

1983年年初，一个残疾的青少年给苏步青写了一封信，说他心中很苦闷。小时候因为得了小儿麻痹症，给他留下了右脚微跛的后遗症。他曾经参加过三次高考，前两次都考得不是太好，但他没有气馁，继续学习，第三次上了录取线，终于舒了一口气，以为自己这次可算是考上大学了，没想到却因为自己脚的问题，还是没有被大学录取。他说他真想大哭一场。难道就因为自己这个病，让自己一辈子废了吗？

他实在是不甘心，于是，下决心自己学下去，要让自己成为一个真正有学问的人，一个对社会有用的人。他想当一个作家，于是在文学上开始发奋。他写了将近10万字的电影文学剧本与小说，可是文学哪是一蹴而就的？他没有经过系统的学习，看看他写出的那些作品，他自己都捏鼻子。于是，他心灰，他自暴自弃。他把自己写过的稿子全填到火里烧成了灰烬。看着自己辛辛苦苦写成的稿子在火中翻卷，变黑，他又哭又笑。

然而，他还是不甘心，难道自己这辈子就毁了吗？他还想发奋努力，改变现状。看着和自己一起参加高考的同龄人过了分数线都高高兴兴上了大学，而自己过了分数线却被挡在校门外，他也对那些没有考上大学却自学成才的人，十分地钦佩，可是自己为什么竟这么无用呢？一天晚上，村中演电影，演的是《石榴花》，他看到电影里的陈湘两眼什么也看不见了，可是还能进了音乐学院学习，石榴花身残了也可以正常地进行工作，可想想眼下的自己，为啥自己却不能和他们一样呢？他渺茫，他痛苦……

信寄到苏步青那里后，苏步青很是同情这个残疾青年，也被他渴望学习的心所感动，对于学习上的苦难，苏步青是过来人也是深有体会的，何况一个身患残疾被大学拒之门外的青年孩子！苏步青怀着一颗安慰鼓励的心，很快给他写了一封回信。在回信中苏步青劝慰他不要太过灰心和悲伤，不要把上大学看成是唯一的人生出路，可以把自己所处的困境与想法，跟组织上说一下，同时也跟自己的父母亲人沟通商量商量，最好是能够得到他们的帮助，这样也可能会有好的解决法子。他在信中说道：

有志气有才华的青年人，被身体上的残疾所困扰，产生苦闷也是必然的。问题在于怎样正确地对待和处理这个苦闷。从你的信中可以看出，青年人在这方面就暴露出缺乏生活经验的弱点。你把上大学看作是自己唯一的出路，以致在未被录取后，一直影响着自学的情绪和信心，我认为这中间带有很大的盲目性。当个人的理想得不到实现的时候，就像脱缰之马那样任性乱闯，思想上陷入一个可怕的境地，这是很不好的。

我是一个老知识分子，生平遇到的困难不算少。积以往之经验，我总是鼓起勇气，树立信心，面对现实，解决苦难。我以为你当前应该用自己的双手，做些力所能及的工作，或者学习一两门手艺，以摆脱生活上的困难。其次还要靠自学打开新生活的大门。你已有较高的文化水平，又在农业第一线，要积极参加农村的科学技术试验，为发展农业生产做贡献……

苏步青对这个残疾青年的教诲可以说是中肯的，这使这位残疾青年重新又鼓起了生活的勇气，重新给自己定位，找到了自己方向，扬起了生活的风帆。

一个应届高考落榜生在1992年的时候给苏步青写信，他在信中说自己是"一位生活中的迷途者"。他对苏步青说，老师要他再复习一年继续参加考高，争取考出好成绩来。他则认为，复习是浪费宝贵的时间，也给家里当农民的父母增加了负担。他说他的理想是要当一位苏步青式的科学

家，做大事，为国家做大的贡献。可是，眼下境况却使他迷失了方向，不知道路怎么走，想请苏步青给他指点。苏步青读到他的来信之后，马上给他回了信，在人生关口上给予他指点。苏步青在信中说道：

据说你在本届高考中未被录取，闻言之下，深衷同情。当前摆在你面前的路只有两条：要么复习一年，考出好成绩来；要么去做工作……来信提到什么复习一年'即意味着浪费我们青年人黄金时代高贵的一年'，这是不正确的说法，复习也是很重要的学习，弥补过去学习的缺陷，即使明年再不录取，巩固你过去学习的知识，对将来参加工作也有帮助。青年人要有理想，而知识是通向理想的阶梯……

引导学生爱自己的国家

在解答中小学生提出的各种问题之时，苏步青总是不忘爱国教育。像自己一样，学知识就是为国家服务的。自从他退休之后，每次到外地出差，遇到学校请他去给他们的学生搞讲座，他差不多是每次都欣然应允。每次去给学生们讲座，都是对他们说要又红又专，要他们爱国，爱党，努力学习知识。他总是结合自己的亲身经历，去给学生们讲，使他的讲座十分生动，感染力非常地强。那一次浙江大学请他去做报告，一场下来，学生们鼓掌30多次，太精彩了，他们都说：

"真好，讲得实在是太好了！"

他也兴奋地说：

"不知怎么回事，人越老越爱跟青年人在一起。跟他们在一起，好像自己又年轻了似的。"

有一次，华东师范大学一附中高一年级的杨蓓与其他九名同学给苏步青写信，他们向苏步青问了一个令他们十分困惑的问题，他们在信中说：

"父母要我成名，可是我们不明白为什么要成名，成名之后又干什么呢？"

"名誉，名誉对您而言，意味着什么呢？"

苏步青针对这些幼稚可笑的问题，迅速给予了回答，他明白这些成长中的孩子已经开始对社会、对人生进行思考了。若不及时正确地加以引导，他们便有可能误入歧途。他对他们说道：

"名誉是党和人民对我的鼓励和鞭策，名誉只代表过去。我已有很高的职位，但我不愿意在家享清福，不做点儿工作心里就感到不安。我之所以有今天，可以说是一辈子艰苦奋斗得来的。不付出血汗，只希望成绩会从天而降，那是幻想。能够成名并非坏事，关键在于要为祖国、为人民服务。"

这些孩子们读到自己敬爱的苏爷爷的信后，非常地兴奋，心里感到非常地温暖，也很快给苏步青回了信，说：

我们平时总是一说起以后要成名成家，感觉那"名"和"家"就像是手到擒来的水果似的，容易得很，没想到会那么不容易，会付出很多很多。从您的经历上我们知道人生的道路是不平坦的，应当凭借自己长时间的艰苦努力，才能成为对社会有用的人，为社会做出贡献。

在此后的两年中，他们又经过数次信件来往，进行思想上的沟通，使

这些孩子们学到很多东西，受益匪浅，两年后他们向苏步青汇报了各自取得的成绩。那个名叫曹嘉康的孩子成绩最好，在一次赴美比赛当中，还获得了一等奖。

那时候，在大学中流行一种出国热，当然在复旦的大学生中也是如此，有不少学生面对出国还是不出国的问题六神无主，不知道应当如何正确地走自己的路。这个时候，他们便想到了老校长苏步青。用各种方式和苏步青进行沟通，希望找到自己的答案。苏步青对他们说：

"同学们想要出国留学深造，也非坏事，去之后，将外面的有用的知识带回来，洋为中用，是很不错的一件事情。但是，如果有些学生受了社会上不好的影响，抱着想发大财的思想去外国，或者出国是为了躲避眼下中国国内还不富裕的困境，待以后再回来……这些想法无疑是错误的。我们应当学习钱学森和路甬祥等教授，他们学成后就回到了自己的祖国，为国家服务，作贡献。"

苏步青关心中小学生们的成长，也对他们的书本学习直接给予指导。有一次，他收到一个名叫任东伟的高一年级的学生给他写的一封信，信封上显示他所在的学校是广东台山县第一中学，他给苏步青寄来了一篇数学小论文。小论文写得还不错，苏步青看后很是高兴，禁不住说道：

"一个小小的高中生就能对数论中的一道难题做这样好的试探，真是值得表扬，这样的学生以后会有出息的。"

于是，苏步青便给他们学校校长写去了一封信，说要把任东伟的这篇小论文给《数学通报》推荐。那个学校的副校长刘发荣接到苏步青的信后，又惊又喜，自然是非常地重视，对他们学校的师生们说道：

"咱们学校出了一个小天才，竟然惊动了苏步青这位大数学家、大教育家！哈哈！"

人们得知了这一消息，也都很是兴奋。都夸任东伟，又说：

"这说明咱们学校的教育质量也不差！不然的话……"

"哈哈，以后我们都得提些劲儿。"

"对，提些劲儿！"

那副校长也迅速给苏步青写了封回信。信中说：

我是广东省台山县第一中学副校长，大教拜阅，极为兴奋。为教师者，最大安慰，莫过于看到学生的长进，苏校长亲笔介绍任东伟同学论文给《数学通报》，给我校教师，特别是数学教师莫大鼓舞。在此，我代表本校全体师生，向苏校长致以最衷心的感谢。

我校自从大力开展科技活动以来，每学期均举行一次学生小论文展览，深感学生的思维能力不错，少数学生颇有创见，但苦于没有更好的方式给予表彰，今得苏校长之助，使无名小辈，能登上全国权威性刊物大雅之堂，这不仅是对任东伟同学的最大奖赏，亦是对全国青少年的一种激励……

而苏步青还没有收到这位副校长的回信之前，由于心里兴奋，就禁不住热情，又给那个任东伟亲自写去了一封信。说他的论文写得很不错，鼓励他沿着这条道路继续努力，并以他的办法将论题演算了一次。苏步青在信中对他说：

以上是我临时想到而且动笔写成的，可能有不对的地方，希望你到你高中班的数学老师那里去请教请教，如有问题，请来信告诉我好吗？

我明天将去北京开会，月底一定回上海，那时希望能看到你的回信。

作为一代大数学家、教育家，却和一个素不相识的孩子这么平等真诚

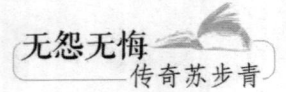

地谈话,可见苏步青的为人。后来,经过苏步青的推荐,任东伟的那篇小论文在编辑做了精简修改之后,终于在《数学通报》上刊登了出来。

举办中学教师讲习班

1983年2月,年逾八旬的苏步青从复旦大学校长的职位上退休后,由国务院任命为名誉校长,校长一职由谢希德来接替。一向"只有星期七,没有星期天"紧张工作的苏步青,虽然也还有不少工作要做,但相对而言,要比往常轻松了一些。苏步青对这种轻松感到十分不安,他说:

"人民给了我这么多,我为人民做了什么?我苏步青剩下的时间都应该是人民的。"

于是,他人虽然是退了,心还是不老,每天他还是要去学校上班,写论文、搞科研……一心惦记着教育。

早在他临退居二线的1982年,还依旧从事着数学的教学与研究,很是繁忙,那时候他就发现一个问题,中学教师的知识水平不足,连学生提出的问题,教师都会回答错误。对这个问题,苏步青很是上心,心想,如此怎么能行呢?必须得提高中学老师的素质,于是,他便想到为中学教师专门办讲习班进行专门强化培训。讲习班以高中与初中的数学老师为对象,每期讲授一个或两个数学专题,主要对数学的思想方法进行介绍,以此来提高中学数学教师们的论证能力与数学水平。

经过深思熟虑,一天上午他对上海市数学会的同志、上海市教育局的领导谈了自己的打算和请求，他说：

"我现在腰和脚依然还健壮有力，想为中学数学教师举办讲习班，指导他们用高等数学的观点来看待初等数学，以提高教学水平。从基础讲起，每周半天，你们看如何？"

经过教育局、科协、数学会的积极筹备，这个没有先例的讲习班由此诞生了。

上海市教育局考虑到苏步青年岁大了，怕他身体吃不住，建议他每次和他的助手刘鼎元副教授分别上一个小时的课。然而，他两个小时全讲了下来。

为了开这个讲习班，早在半年前，他就开始准备教材写讲义了。并且还提前拿出一部分在复旦数学系一些高级班里试讲，通过对这些学生反应的观察，再对讲义进行认真的修改。为了使课讲得更为形象生动，他还制作了一些示教图，上课的时候通过投影仪，一边放映，一边讲。

刘鼎元副教授说：

"苏老，让我帮您画一会儿吧？"

苏步青是自己能做的事，绝不麻烦别人的，他说：

"没事，我还能画，很快便能画完。"

正式上课的时间是9点整，在那座法式小楼上，苏步青站在讲台上，挺着身子，神采依旧，挥洒自如，整个教室都响彻着他宏亮的声音。在来的路上，他就完全想好了教学程序……

他说：

"各位同志能来到这里学习，进修，都是很不容易的，既然来就要好好学，真正学好它。我在这里先给大家约法三章，那就是不迟到、不早退、不旷课。如果是迟到了，就别进教室了！有人认为，只要是名师就会出高徒，错了，其实，名师不一定就能出高徒，严师才会出高徒！"

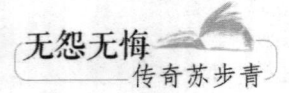

数月之前，中学教师们获悉苏步青教授要举办中学教师讲习班的消息时，都兴奋坏了，争着报名，想要亲耳聆听苏步青的教诲，有些教师在学校教了20多年的课，从来没有系统进修过，便想要抓住此次机会，好么，一下子报了上千名教师。这么多的中学教师，哪能都上讲习班，也实在是照顾不过来，最后只录取了63名。当然了，这63名教师都感觉自己是幸运的，更加想要抓紧此次机会，好好跟名师学习学习。

数学上有许多问题属于初等数学范畴，而论证这些问题一般是非常不容易的，既涉及不少高等数学里的内容，又需做开拓性的研究。这些问题有平面等周问题、空间等表面问题、任意角三等分的尺规作图无法实现欧拉公式等，于中学教材内都没有关于它们论证的反映，高等数学里也没有这些内容。如此，这些问题便总是解决不了，于课堂之上，教师只好就事论事，学生们当然也难以抓住要领。

那几年，因为有的杂志与中学教师宣传任意角三等分问题属于还没有解决的问题，不少学生为此问题费了许多劲儿，苏步青收到过300多封反映这个问题的信件，苏步青给一个青年回信时说，对任意角的三等分可能或不可能的理解，看来是有问题的。所谓"初等几何作图法"指的是下面条件下使用圆规和直尺的作图方法：第一，圆规仅可以用于画图，不能用作分度计或者是量长度；第二，直尺仅可以用做连接两点直线。若无这两个条件，任意角的三等分自然是可能的。苏步青说，三等分的方法有数十种，有了这两个条件，任意角的三等分是不可能的。苏步青投身教育这么多年，一心执着于数学研究和教育，因此也很容易站在教师的角度去分析和考虑问题。他给中学教师们总结经验说，教师只有很好地掌握住所教内容的来源和方法，方能在讲课的时候做到深入浅出。他自己为了给这些教师们讲得深入浅出，也下了很大的功夫。他单是编写讲义就用了一年的时间，编完之后，又在复旦给学生们试讲，——何其认真！

请看他在教师讲习班上讲得是多么的精彩：

他手拿一课本，然而，眼睛却不看课本，也不看下边的学生们，他看的是后面无人的座位，就这样侃侃而谈：

"我首先要讲的专题是等周问题，这个问题是古希措数学家阿基米德研究过的一个问题，也是一个古老的整体几何问题……"

苏步青于论证平面等周问题时，尽可能地运用三角、复数与行列式等初级数学知识，对中学数学的基础知识和基础方法的重要性给予强调，为教师能找到高等数学之内在联系，了解高等数学之源加以引导。在讲课的中间，苏步青还总是穿插一些数学史上有趣的、经典的小故事，来吸引下面的教师们和活跃课堂气氛。这些小故事都是他平时非常喜爱的，可以说随手拈来，得心应手。这让下面的教师们听完一节课，还想着他的下一节课会怎么讲。那些受培训的教师们说：

"听苏老讲课，总是觉得他的教学方法非常地精彩到位，上课时所运用的语言是那么的生动形象，这些都令人钦佩。"

"苏老讲的课很是明白，然而，每次讲完，他还要问我们了解不了解所讲的内容，有困难没有。这样认真负责的好教授真是太难得了，不愧是教育名家！"

教师讲习班，苏步青共举办了三期，每期是三个月的时间。每一期苏步青都从始至终要求得非常严格，"约法三章"，他自己对自己要求也很严格。不管他事情是多么的繁忙，他也总是在上课前 30 分钟就来到讲习班的教室内。来后，他自己亲自动手擦黑板、挂示教图，准备投影仪等。即便是自己的妻子有病住院期间，他也是如此，从来没有影响过讲课。中间有两次全国人大会需要他去参加，他也是将教学工作完全安排好了，才去开会。这也让那些受训的教师们亲身体会到好教师的做事风范。

教师讲习班第一期结束的夏季，苏步青多年没有发作过的痛风病突然

发作了,并且是到了不住院不行的程度。他一般病痛总是毫不在意,也从来不住院的,没有想到,这次……

这是他第一次住院,感觉哪里都不适应。他当时住在一个不大的房间里,外面树上夏虫鸣唱,使他感觉很是烦躁,屋里有台老式的电扇扇着风,然而还是很闷热,使他无所适从。感觉医院里没太多的事情,他便让人弄来了一些参考资料,开始了下期教师讲习班讲义的写作。教师讲习班第一期与第二期之间相隔半年的时间,什么事都应早做准备为好,以便准备得更充分一些。除了要配合医生护士检查和治疗外,其余的时间里,他几乎全用在备课上了。他总是每天给自己规定一个任务,而且每天都超额完成。

第二期教师讲习班与第三期教师讲习班中间是隔了一年零十个月的时间。第三期由上海市教育局、上海市数学会、赏识教育学院联合举办。在这一期中学数学讲习班里,苏步青讲的是《高等几何学五讲》。

这一年是1987年,苏步青已经是85岁高龄的老人了,即使再坚强的人,身体也难以吃得住。在首节课上,苏步青先亲自讲了一个小时,之后,便由他的学生、副教授华宣积开讲第一讲。他对下面的中学教师们说:

"咱们这期讲习班,除了我外出开会之外,之后的每次课我只讲15分钟,剩下的时间由华宣积副教授来讲。我年纪大了,希望今后有更多的比我年轻的大学教师来关心中学教学。"

苏步青总共办了三期中学讲习班,每次都是十分成功的。同时也获得了社会各界的一致赞誉。

后来,苏步青这些讲课的教材,编成了《圆和球》《拓扑学初步》和《高等几何讲义》3本书,公开出版发行。

对下属的体恤和关心

苏步青对待自己身边的工作人员很关心，他的秘书王增藩体质不是太好，加之劳累，突然患了胆结石，住院治疗。苏步青获悉这一情况后，内心里很焦急，他希望人人都健健康康的。

那时，正是非常炎热的夏季，毒日头在天上炙烤着大地，然而，苏步青顾不得这些，还是拖着八十多岁的衰老身体前去医院亲自看望病人。

病房里病友及家属们看到一位八十多岁的老人、老专家冒着酷暑来看望自己的秘书，都很是感动，禁不住说：

"苏老真是一位好领导！"

"小王在您身边当秘书那真是幸福！"

也感动得小王热泪滚滚，心里热乎乎的。

1983年的一天，苏步青接待完外宾之后，在回家的车上，听自己的学生王增藩说：

"我想和小杨去杭州旅行结婚，又害怕到那里后找不到住的地方。"

那个时候，到外地住宿总是不太容易的。

王增藩只是随便说说，根本没有想着要求苏步青什么，然而，苏步青是个有心人，他便记下了这件事。他给自己在杭州的学生梁友栋发信讲了这件事，老师所言，学生哪敢怠慢？于是，很快作书，请王增藩到杭州的时候住在自己家里。

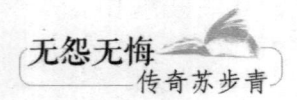

王增藩心里很感激，觉得苏老真是太贴心太细致了。自己怎能在他身边不好好工作呢？

苏步青也很关心身边工作人员的前途问题，他总是对秘书王增藩说：

"当了我数学家的秘书，也不能把中文专业的学习丢掉，应当学一点理论知识，教教书，不然的话如何评职称呢？"

王增藩也很体会苏老的良苦用心，在苏老的督促下，不断地努力学习上进，最终也成为了很有名的大学教授。

王建敏也是苏步青身边的工作人员之一。1984年，他的儿子来到这个世界上，第一次当父亲的王建敏看着襁褓中可爱的儿子，不知道该给儿子起个什么漂亮的名字，他嘴里说：

"给我儿子起个什么名字好呢？"

他觉得起名字是个大事，名字会影响一个人的一生呢！可是要起个什么样的名字才好呢？想了好长时间也想不出应该叫什么才好。然而，总是要为儿子报户口的，报了户口才能领到奶制品的票去买奶粉，没有名字如何能报户口呢？急得王建敏抓耳挠腮，吃不香，睡不好。想来想去，他没有想到合适的名字，却想到了苏步青。他想，苏老可是大学问家，他要是能为儿子起个名字，肯定能为儿子镀一层金，儿子一生有荣光。然而，他又有点儿踌躇，苏老那么忙，能给自己儿子起名吗？这也和他的工作毫无关系啊！

不过，作为父亲的他还是鼓着勇气找到了苏步青，那时候苏步青正在图书馆里查阅资料刚出来，他迎面赶上，嗫嚅地对苏步青说道：

"苏老，我想请您为我的儿子起个名字行吗？"

他说这话，真是毫无底气，还有点打扰了苏老的感觉。

没有想到的是，苏老居然爽快地说：

"行呀，没问题，不过这件事得容我好好想想。"

王建敏见苏步青答应了，很高兴，回去就对老婆小杨说：

"苏老答应给咱的儿子起个好名字了。"

小杨也非常地高兴：

"真的吗？真是太好了！"

然后，小两口儿抱着儿子亲了又亲：

"儿子哟，你真有福，苏老苏大学问家要给你起名字了……"

小杨高兴了一会，又说道：

"可是，苏老那么忙，有空给咱们的宝贝儿子起名吗？即使答应了，可会不会拖得时间太久……"

"就是呀！"

于是，他们又开始害怕苏老太忙，想的事情多，把这件事情搁在一边，如果拖得时间太长，也就耽误了他给孩子报户口买奶粉。于是，他们心中又增添了另一层急。老婆说：

"你对苏老说说咱们的儿子名字的紧迫性，请他抓紧时间给咱的儿子想想。"

王建敏有点为难，说：

"可是怎么给苏老说呢，今天刚求完他，他一向那么忙，怎么好意思总是打扰他，这又不是工作上的事。"

小杨也没辙，说：

"那有啥法子？"

没有想到正在他们抓耳挠腮想不出办法的时候，也就在第二天那个酷热难耐的中午，王建敏家对面那个管理公用电话的阿姨，在高声叫王建敏：

"小王，小王，电话，电话，你的电话，快接！"

王建敏心说，这是谁打来的电话呢，这么热的天！赶紧就跑了过去。

一拿起听筒,苏步青的声音就传了过来,他们不知道苏步青接了这个起名的任务后,也是不停地动脑想这个问题呢。他觉得给小孩起名是多么大的事呀,会影响到小孩儿的一生呢,人家既然信任自己,求到自己了,如何能懈怠?

苏步青说:

"小王呀,你儿子的名字,我想好长时间终于想好了。"

王建敏听说,很是激动,急忙问道:

"叫什么?"

苏步青说:

"就叫王子扬吧!"

"王子扬?"

苏步青说:

"怎么样?"

王建敏说:

"好,就叫王子扬。"

苏步青说:

"我还没有说完呢,王也就是三横一竖的王,子是儿子的子,扬是提手旁的扬,名字的意思就是小王的儿子小杨生,取其音,你看怎么样?假如觉得没有什么问题,就用这个名字报户口吧!"

王建敏听了苏步青的解释,心里欢喜,心想,儿子这个名字起得好,就叫"王子扬"!小王的儿子小杨生。

他跑回家里,就和家人商量,说:

"苏老给咱们的儿子起了个好名字,叫王子扬,小王的儿子小杨生。"

家人听了,也感觉好,况且还是大学问家苏步青起的,还能有错吗,于是都高兴地说:

"好，咱们家的小宝贝就叫王子扬，小王的儿子小杨生，真好！"

就这样，他们就以这个名字很快报了户口。对于这件事情，王建敏很是感激，心想，那么热的天，他还那么忙，怎么这么快就想出了这么好的名字呢？这使他突然想起苏步青曾经说过的一句话：

"人是要守信用的，答应的事情，就一定要做到，并且要做好！"

严格的做事态度

苏步青虽然对身边的工作人员生活上很照顾、很好，然而，在工作上要求也是非常严格的，因此在他身边工作稍微粗糙马虎一点都是很难通过的，这一点他的秘书王增藩体会得最深刻。

王增藩刚来苏步青身边工作的时候，有一天，《人民日报》的记者前来采访苏步青，想向国内外的读者们介绍一下苏步青的简况与成就。拍摄完照片之后，《人民日报》社的记者又要求学校写一篇文章配发上去，苏步青便对秘书王增藩说：

"小王，这个任务就交给你了。"

王增藩答应说：

"是，校长。"

这个时候，王增藩对于苏步青的情况还没有摸清，感觉就不知道从何处入手写才好。他作为秘书，以前习惯的是写公文和简报，而这样要求文采的画报文稿他还没有写过，一时还扭不过这个弯来。王增藩费了好大的劲儿，写了一篇交给苏步青看看不行，又写了一篇递上去交给苏步青看看不行，一连写了三次，递交了三次，然而，三次都让苏步青给退了回来。这时，苏步青看他着急，便说：

"不要着急，一般短文比长文还要难写，无需贪多求全，应舍得去掉枝叶，将文字弄得简练一些，再修改一次吧。"

王增藩听了苏步青的话，不得不按下心来从新整理思绪，然后对自己的文字进行了大的删改，仅剩了1000字，递交给了苏步青，才算是过关。

最后，这篇文章被配发在了1981年第2期的《人民画报》上。因为是中央级非常有影响力的刊物，因此秘书王增藩看到画报出来后非常地兴奋，觉得功夫的确没有白下，挺感激苏老的，若不是苏老严格的要求，他的文章也不会变成这个样子……他一下子买了5本画报，有中文版的，有英文版的，有俄文版的，还有法文版的，以作留念。苏步青笑着对他说：

"看你高兴的，工作上要求严格是有好处的。"

王增藩很服气地笑说：

"是，苏校长。"

苏步青本人知识渊博，写作能力很强，这是世人都知道的，他身边的工作人员们都感受很深，他们都感觉到要是真没有两把刷子在他身边真是待不长的，甚至几个月的时间都待不了。他的秘书王增藩说，平时跟苏老坐在一辆车上，心里最害怕的就是他问这问那，而他问的问题又总是让人心惊肉跳：

"路边的那棵树叫什么名字？"

"你看这首诗押韵可以吗？"

"你喜欢肖邦的曲子吗？"

"500英镑能折合人民币多少？"

王增藩和坐在他身边的工作人员们总是回答得含糊其辞，心里打着鼓，实在害怕苏老追问个不休，那自己如何能够回答得上来？答还不能胡诌，不懂装懂。你能糊弄住苏老吗？何况，那样也是对苏老的不尊重。如此，就督促他们更加努力地去学习，争取知道更多的知识，与苏老缩小距离。

王增藩给苏步青当了多年的秘书，他说体会最深的就是对文字的认识。文章都是白纸黑字，难以更改的，有时候一个关键性的文字就千金重似的。尤其是那些著名的专家和学者在整理文稿的时候更是谨慎。以苏步青的身份，不断地有记者来访和约稿，然而，苏步青每次都非常谨慎，真正接受约稿的次数并不多。他亲笔写的稿子都非常地认真负责，遇到问题就反复地进行琢磨和推敲，每一篇文章、一部书都要付出大量的时间和精力，不达到完全的满意，绝不发表出去。有一次，有个报社请他写一首诗，他写完后，还没有来得及修改得达到他的最高标准，报社的编辑就来信和打电话几次地催要。没有办法，他便将那首诗寄了出去。然而，寄发出去后，他的魂灵也仿佛跟着那首诗走了一样，还是一心想着那首诗。那天夜里睡觉的时候，他突然觉得那首诗的其中一句不是太妥，感觉非要修改不行，心中一直放不下，一整晚上都没有睡好觉。次日一大早，他就急急忙忙奔邮局，将修改后的诗稿重新给编辑部寄了出去，还要求编辑部的编辑把他原来寄出的诗歌重新再返寄回来。直到原来的诗稿返寄回来后，他才完全放下心来，笑了。他的秘书见他如此地认真，如此的态度，内心很受震动，从此后，在写作过程中，也处处向苏步青学习，精益求精，不来半点儿马虎。

苏步青是名人、大家，又担任着社会上许多重要的职务，因此，他身边的接待工作也是颇为繁重的。上门来访的记者不可能都接待，这就要求身边的工作人员十分地精明，懂得用慧眼去识别，看哪个需要接待，哪个

不需要接待,如何地应付,分别对待。工作人员都看着苏步青呢,看他如何对待,也跟着他学。一次,有两家杂志社的3名记者同一时间来采访苏步青。一个杂志社的记者说:

"苏老,请您谈谈如何进行诗歌创作吧?"

另一个杂志社的记者说:

"苏老,我们想请您对中小学教育改革发表一些看法。"

对于这些,苏步青是不愿轻易谈的,然而,记者完不成任务,感觉回去没有办法交差,就软磨硬泡地不肯走。没有办法,苏步青就对他们真诚地说道:

"我的事业是数学,对于其他都是业余爱好,也不是什么都非常地懂。就拿中小学改革来说吧,具体的情况我根本都不了解,我能谈出些什么来呢?在这个方面中小学教师是最有发言权的,你们应当去找他们谈,这样才能谈出真正的东西来。"

记者们见苏步青如此说,也感觉在理,认为这也算是访问的结果了,于是就高兴地离开,回去交差了。他们走后,苏步青对身边的工作人员们说:

"只要是以我的名义整理的文章,全都要经过我的亲自审阅,否则一定不可发出去,这是原则上的问题。"

工作人员们小心地答应说:

"是,苏老。"

从这之后,苏步青身边的工作人员对以他的名义发表的文稿都非常谨慎,整理之后无论多么紧迫也要先让他过目。苏步青也总是一定要看两三遍方才确定,觉得不妥的地方,还要大删大改一通,就连一个错别字、一个标点符号也不放过。

有些出版社邀请苏步青为他们要出版的书稿写序文,苏步青对这样的事情非常地慎重，没有亲自看过内容的书稿，绝对不答应作序。他说：

"给要出版的书稿作序，是一件非常慎重的事情，有的出版社就是拿名人来做广告，书稿的内容不行，甚至是很糟，却要人说它许多好话，还讲它是读者的良师益友，这不是在坑害读者吗？"

计算几何的发展

1982年的1月份，在复旦举行了一次同行邀请式的"计算几何研讨会"。

那时候，山东大学的汪嘉业教授和浙江大学的梁友栋教授在英国与美国访问了两年回来，分别都带有世界上最新的研究成果及研究动向。苏步青于此次会议上提议，决定由浙江大学、山东大学与复旦大学联合开办面向整个中国的更大规模的研讨会与学习班。

7月份，浙江大学、山东大学与复旦大学三所大学在青岛联合主办计算几何讨论会，国内的大学、科研单位与工业界68家单位参加，来此研讨的人数有130人。此次研讨会开办得非常成功，参会的人员反响极为强烈，感觉在此次讨论会中收获非常大，都纷纷说：

"这样的会真是太好了，至少两年要开办一次！"

"对我们的国家，对我们本人都非常有好处，很有意义，隔一年应当举办一次！"

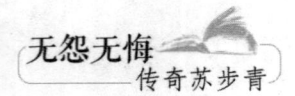

开过会之后,研讨会主办方委托浙大出版了一本此次研讨会的论文集子,集子的序文是苏步青写的,他在里面说道:

可以期望,随着计算机技术的不断推广与普及,CAGD 必将获得更多的养料和动力,将有更多更新的问题期待着人们去攻克,有志于此的同志们是可以大有作为的。

第二次举办计算几何研讨会是在烟台,这次是 1984 年的 7 月份,主办方还是他们三所大学。在会议之前,只是在专业媒体《计算机世界》报上发了一条消息,反响就很强烈,出席会议的代表多达 360 位。学习班也变成了大型的。在这次讨论会上,讲课的内容除计算几何之外,还专门添加了开发 CAD 技术所必需的计算机图形学、数据库与软件工程等功课。

之后,计算几何研讨会和学习班每隔两年如期举办一次,与会参加学习的人员都非常地多,在社会上起到了很好的影响作用。他们培养出来的学员大都在社会建设中发挥了巨大的作用,1986 年至 1990 年"七五"计划,这是国内 CAD 技术大发展时期,国家投入了一个亿的资金对内燃机、电机、机车、服装等 26 项重点行业 CAD 软件进行开发,在这个过程中起骨干力量的有许多都是苏步青他们在前两次研讨会和学习班中培养出来的人员。

早在 1980 年,浙大的教授金通洸曾就贝奇尔曲线磨光定理的凸性问题给苏步青写信进行讨教,苏先生先后亲笔给他回了两封信。在第二封信的开头苏步青写道:

你的论文中的论述使我完全了解了定理和证明,前次所提的疑问已消失无遗……你的磨光定理可以较简单地证明。现在把我的想法附在下面,供参考。

下面写着三页纸的证明过程,字迹极为工整。在信内,苏步青给了他一个新的证明,并且还亲手绘制了贝奇尔曲线图,图画得也十分地工整明白。金通洸教授看完苏步青的回信后,十分地感动,可见苏步青的为人和治学。

有一次,浙大承办计算几何写作会议,举行开幕式是在玉泉山。那一天,在北京开完会的苏步青坐着火车到了杭州的火车站,金通洸教授去火车站接苏步青,安排苏步青在浙大的招待所下榻。原计划是苏步青下车之后,先请他在下榻之处歇息一下的,可在车上的时候,金通洸教授向苏步青汇报会议的情况,金通洸说:

"咱们这次会议的开幕式在玉泉茶室举行。"

苏步青一听说玉泉茶室,便说:

"咱这车不是去玉泉茶室的吗?"

金通洸教授说:

"不是,您老刚下车,应当先去招待所休息一下才行。"

苏步青急了,说道:

"休息什么呀,不用休息了,直接去玉泉茶室!"

金通洸说:

"您老年纪都将近 80 了,不比年轻人,必须要休息一下。"

同行的人都劝。然而苏步青说:

"你们看我身体结实得很,走吧,工作要紧!"

同志们没有办法,只好听从苏步青的指挥,将车直接开往玉泉茶室——举行开幕式的地方。同志们无不为他这种干事精神所鼓舞。

苏步青他们举办的协作组,推进了几何学在我国的发展,使我国贝奇

尔曲线的凸性研究在几何连续性研究方面跻身于国际先进行列，让所应用的领域自刚开始的造船、航空与汽车工业扩展至服装、模具、机械、动画与机器人等。所有这些全离不开苏步青的关怀和投注的心血。

至 90 年代，中国国内的 CAD 技术已经进入普及与推广时期，大型和中型企业慢慢丢掉了旧式的制图板手工设计方法，步入到了用计算机进行设计与制造的阶段，逐渐跟国际差距缩小。1992 年 5 月 18 日，在杭州举行全国第七次计算几何协作组会议。然而，在即将临期时，为此项事业付出巨大心血的苏步青却因劳累过度，住进了华东医院。但是苏步青躺在医院里也是无论如何也躺不住的，这样躺不舒服，那样躺还是不舒服，心里焦急得直冒烟儿。一定要去参会不可，他还想要在开幕式上讲话呢，于是让自己身边的人为他去买火车票。一切准备就绪，18 日上午，他的学生华宣积和秘书等工作人员正准备陪他去火车站上车的时候，医院领导来了，坚决不同意苏步青去杭州参会，说：

"苏老，不是我们不让您去参加会议，现在的情况是您有病，您的病需要您留在医院里进行治疗！"

苏步青说：

"没事的，我去参加完会议就回来继续治疗。"

医院领导说：

"那怎么能行呢？这是病，病情的发展不会因为您去参会就停滞不前的，到那时候，后悔也就晚了。"

苏步青说：

"这……"

周围的人无不感觉人家医院领导说得就是在理，也拿不定主意了。反过来也劝苏步青道：

"苏老，这次会就别去了，还是听医生的话，留在医院进行治疗吧！"

苏步青说：

"可是……"

医院领导又说：

"以后日子长着呢，身体健健康康的，什么事做不了？我们的国家和人民都希望您健康，以便以后为国家多做贡献。何况您既然来我们医院治疗，我们也要对您负责呀，您这么大一个数学家、教育家，又担任着国家的许多重要职务，出了什么问题，我们医院也负不起这个责任呀！"

苏步青没有办法，只好屈服了，说道：

"好吧，你们是领导，我听你们的话，此行取消，不去了……"

"这就对了，安心养病。"

医院领导又劝慰几句，离开了。不过，苏步青虽然不去了，还是吩咐华宣积他们，把他自己写好的讲话稿子拿出来，在上面签好自己的名字，让他们带到会议上去，还反复地叮嘱说：

"需把经济建设当中的重大科研问题当成目标，以计算机为工具，科研成果应转化为生产力，真正体现科技是第一生产力。"

高远的眼光

苏步青向来思想开放，具有高瞻远瞩的眼光。

1986 年，为了加快推进上海改革开放的步子，上海市委市政府发起与制定了具有重要意义的上海文化发展战略，然后依照此战略又成立了一个

上海市对外文化交流协会,以这个协会为对外交流的窗口。这是上海市委市政府更进一步走向世界、建设国际文化中心城市的重要举措。然而,这个协会是需要一个会长的,市委市政府的领导们在充分地思考这个问题。他们当中有人说:

"新成立的这个交流协会会长必须由一位具有国际影响的同志来担当。"

那具体应该选谁呢?他们沉默着,认真思考着。这时候,便有领导说道:

"我觉得,让苏步青苏老来担任这个会长最为合适。"

大家对于苏步青,当然是很了解的,于是便围绕苏步青开始议论,有人说:

"我看成,他在国际上的影响是不用说的,同时他还是一位社会活动家,很合适担任这个会长职务。"

众人一致赞成,说:

"行!苏老可以。"

市领导们都认为苏步青任这个会长不错,最为合适,然而又说:

"不过,苏老年龄大了,已经85岁了,身体状况恐怕不一定允许他担任这个职务,这得先征求一下苏老的意见才能决定。"

于是去征求苏步青的意见,他们觉得以苏步青一贯的作风,是会答应这个事的。果然,苏步青听到这个事情后,很爽快地就答应了下来,说:

"能为上海做事,我心甚慰,完全服从组织上的安排。"

就这样,苏步青毅然挑起了这个对外交流的重担,担任了会长这个职位。

因为这个协会是刚成立的,好多人都不知道具体是干什么的,觉得不过是一个没什么用处的协会,摆摆架子罢了,让苏步青担任会长这个职务，也是个闲职务，不做什么事的。然而，苏步青可不把这个职务当成闲职务来看，他担任这个职务就是要做事的。他当会长之后在这个新的领域内干劲很足，一心思考着如何才能做好上海对外交流的工作。也因为这个协会是新成立的单位，一切还难以完善，就连办公的地方也是临时的，办公人员也是临时从别的部门调来或者是借调来的，他们来自各种不同的行业，五行八作，也真可以说是参差不齐。即便是办公的经费也还没到位。在此情形之下，苏步青只有从零做起。什么找人，找办公地方，都要他操心，都要他来办，做着这些的时候，还要找项目进行交流活动。

协会的工作人员们自然都是比苏步青年轻得多，看苏步青这么大年纪了，还不停地忙里忙外，来回操劳，很是感动，即使活儿干得多了，累了，也以苏步青为榜样，毫无怨言，而且干劲儿十足。一到自己手下的工作人员都累了的时候，苏步青就会给他们讲幽默小笑话，逗大家伙开心，使工作干着有滋有味，一点儿也不感觉沉闷。

在协会刚成立的时候，苏步青任会长，他充分运用自己过去在海外的关系，为自己的协会服务。他首先使自己所领导的协会与日本的一些文化组织建立起了联系，进行了中日民间文化交流活动，像《富士山摄影展》的一些活动。有不少团体，像美国和俄罗斯等一些非常有名的大型芭蕾舞团与音乐团体，以及一些世界明星、海外华人歌星、京城的艺人、中央乐团都是冲着苏步青的名气而来的。在苏步青的领导组织下，文协还顺利举办了一些大型社会科学、经济建设的国际研讨会。

为了更好地让协会开展工作，苏步青召开了内部人员工作会议，让大家畅谈自己的想法和路子。有个女同志说：

"可以把引进外国的文艺演出当成主要的来抓。"

有个男同志说：

"我们可以搞旅游，搞旅游能多交一些朋友。"

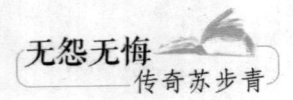

有名五十多岁的老同志说：

"我们国内的演艺圈人士要多联络。"

……

苏步青听了这些，心中也有一套想法，他说：

"应当用科学的思维来开展我们的文化交流，我有一个提法，那就是'大文化观点'。"

同志们都知道苏老心中必有韬略，一听苏步青如此说，顿时眼前一亮，说道：

"大文化观点？什么大文化观点？说来听听！"

苏步青说：

"我们协会作为上海市对外交流的窗口，不可仅仅局限于文学、艺术、体育等单个独立的门类。虽说群众也非常的喜欢这些类别的活动，很有反响，然而这些门类都有自己专门对外交流的机构，我们文协就不应当跟他们争这些项目，我们应当发挥我们的优势。"

同志们说：

"优势？我们的优势？"

苏步青说：

"我们的优势就是跨门类、跨领域、跨部门，我们应当把上海的对外交流做大、做强，应做人家不能做或者是人家暂时还不容易做到的事情。"

同志们说：

"哦？"

苏步青接着说：

"自科学本身的发展来看，它是于不断地分化和不断地融合当中进行发展的。我们的文协就应当像促进科学学科的发展似的有意识地做这种包容性大、接触层面广的对外交流。"

同志们明白了过来，都不住地点头说：

"对，应当这个样子，苏老就是苏老，讲得真好！"

苏步青说：

"如今国家制定的方针是以经济建设为中心，这就更需要我们借鉴海外现代化建设经验与管理知识。我们的文协需以此方针为依据，只要是对现代化建设有利的，只要是对我们跟海外增进友谊有利的，不管是文艺体育、科学技术、金融贸易、旅游服务、教育卫生，全可放手去做，不能被某个门类、某个领域限制住，那样也就画地为牢了，让我们不能放开手脚去做事情。"

苏步青的思路很振奋人心，同志们鼓掌叫好。

1987年的夏季，上海市对外文协紧抓机遇，召开了第一次大型国际学术交流活动——"太平洋地区经济发展与中国"国际研讨会。苏步青很重视这个研讨会，投注了不少时间和精力。对于一个刚成立不久的人民团体，举办如此一个国际盛会，那也是很不容易的，可以说是困难重重，况且此次研讨会有30多个国家的100多名代表参加，所讨论的问题又是相当敏感的经济体制和机制。这便让协会的一些人内心不自信，说道：

"如此大的盛会，我们能把握得住吗？所讨论的议题也太大太敏感了，我们能把握住这个精神吗？不会出什么问题吧？"

"我们的硬件跟得上吗？服务工作能做成功吗？要是出点什么乱子，就砸了，我们的协会可是刚刚成立的啊，立脚还没稳呢。"

然而，作为主帅的苏步青内心却是异常坚定的，他对同志们说：

"请同志们放心，这样的盛会能够使我们协会得到很好的锻炼，使我们协会的办事能力得到提高，协会的队伍得以培养。相信我们一定会成功的！"

为了确保研讨会举办成功，苏步青和文协的其他领导们认真地对每一

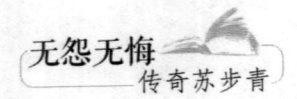

项工作进行研究。他还要时时地对属下进行鼓励，坚定他们的信念，对他们讲了许多功亏一篑的事例，使他们每办一件事情都极为认真细致。他对大家说：

"我们做事要自信，这是前提，但是也不能盲目大意，应将困难设想得更多一些，这样才能在真的遇到困难之时，不至于慌乱。"

如此，工作在有条不紊地进行着。那时候，市委市政府的领导们对文协举办的研讨会非常重视，江泽民平时就很是尊敬苏步青的，总是向他请教。有一次，江泽民看到关于模糊数学的论述，非常感兴趣，就给苏步青打电话请教一些概念上的问题，苏步青随即作出了回答。之后苏步青还专门给江泽民寄去了一本关于模糊数学与应用的书。江泽民很是感谢，也当即回信。当苏步青的爱妻米子夫人患病的时候，江泽民在百忙之中还赶到医院去看望。而这次研讨会，江泽民不单是参加了开幕式，还于会议期间多次专门听取会议的汇报，召集经济学家谈这个事情。令人欣喜的是，这次研讨会举办得极为成功，江泽民与其他市委领导们也非常地满意。

这次研讨会的成功，使上海对外文协赢得了不小的人气，有些海外组织慕名前来，就是想要跟上海对外文协再次合办此类大型的交流活动。

苏步青耄耋之年，为协会前后奔走，使他周围的人看着都不忍心，私下里都在担心着苏步青的身体，害怕有一天他会突然累垮。那一年的夏季，天气异常炎热，文协的其他领导们就偷偷派人去苏步青家想给他安装上一台空调，希望减轻他的疲劳，没想到正安装时，苏步青就从外面回来了，一见他们安装空调的人，便很是好奇，说道：

"你们这是在干什么？"

安装的人见瞒不住，就说：

"天太热了，协会领导们商议给您安装一台空调。"

苏步青一听，说：

"不行，赶紧停工，赶紧停工，我哪会那么娇气，就那么容易被累倒？不用那么奢侈，我们国家还不富裕，我们协会更是刚起步，一切都还很困难！"

这使安装空调的同志们很是犯难，怎么办呢？安是不安？回去请示领导吧！后经协会的领导来反复向苏步青解释做工作，磨破了嘴皮子，说，我们协会没有你不行，若是你真累倒了，我们协会可怎么办呢？等等……苏步青这才最终答应了下来。这让协会的领导们也终于舒了一口气，这工作做着也真是不容易！同时也感叹：

"苏老就是苏老，这么大年纪了，做事还是这么的严谨！"

第九章　老来也要发挥余热

深深的故乡情

1987年的9月份，85岁的苏步青回到了故乡。

苏步青常年在外，久离故乡，当然总是很想家的，年轻时家中有他的父母亲，后来还有他的正室夫人和几个孩子们，还有幼时的玩伴，那些乡亲们，家乡的一草一木都让他想念。以前也有几次回乡，比如抗日战争时候送米子回乡避难，然而那时他正在学校里担任教职，都是匆匆忙忙。早在1980年的时候，老家给他寄了一封信，说那里发生了很多变化，并且说他们腾蛟区成立了文化站，文化站下面还有文艺创作组，组织了一些文艺青年办了一个小杂志。苏步青看了信，心里非常地兴奋，他想，家乡的文化面貌真是提升不少呢。为了鼓励他们，为了给他们加油，他文思奔涌，马上涌出了一首诗来，然后找出自己的一幅近照，写在背面：

梦里家上几十春，寄将瘦影问乡亲。

何时共赏卧牛月，袖拂东西南北尘。

当时的他多么想马上飞回到家乡去啊，想和家乡的人一起欣赏家乡的风光、家乡的变化。然而因为工作，却是不能……

而此时他已经老了，身上卸去了许多重任，这次是真正的回去省亲，看望家乡。9月18日上午，他先是在平阳县中心小学看了母校的师生们，

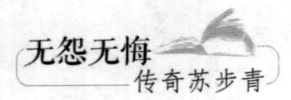

他给他们讲道：

"有了共产党，才有了我的现在，也因为有了共产党，才有了你们的现在。你们一定要珍惜今天所拥有的一切，好好努力，天天向上！争当四有新人！"

他对自己的母校平阳县中心小学感情是很深的。1984年的岁末，他激情来时，曾以72年前学生之名，给他们写了一首《卧牛山谣》。在这首山谣的引言里他写道：

余故家在卧牛山下，山高不过百余公尺，以状名牛首枕带溪后腿，东向有南宋爱国诗人林霁山之墓，庵早废俗仍称墓庵山。余离家时年仅十七今八十有二矣，感而赋此卧牛山谣，书为平阳县中心小学补壁。

山谣道：
卧牛山下农家子，牛背讴歌带溪水，
欲砍青阶竹作鞭，牵牛去耕天下田。
鹿城负笈遭人咄，不料鸡群能立鹤，
巧逢伯乐洪岷初，助渡东瀛去读书。
东京地震连天火，从此弃工改学数，
论文写就一篇篇，博士有名无有钱。
衰鬓布衣归祖国，同甘共苦为民仆，
寇掳何由兴鼓鼙，因穷八载甘如荠。
重返武林操旧业，留恋大陆不忍别，
雄鸡一唱天下明，年方半百见河清。
西越昆仑探欧国，东横沧海观日出。
巴黎铁塔印心房，三岛樱花映眼光。

> 八二年华当二八，随君战场去厮杀，
> 漫步劲履健如飞，牛棚长负十年悲。
> 老来尝尽风霜味，马枥空怀千里志。
> 梦里家山几十春，清风两袖无纤尘。
> 卧牛山畔年年月，似望游人圆复缺。
> 待得神州四化时，重上卧牛寿一卮。

苏步青写这首山谣的目的是让母校补壁用的，没有想到，母校得到苏步青写的这首山谣之后，极为重视，苏步青曾在这里上过学，这也是他们永远的骄傲，这首山谣抒写了苏步青奋斗的光辉一生，他们激动地说：

"苏老写的这首山谣对我们来说，真是宝贝呀！拿来补壁，实在太可惜了！"

有教师提议说：

"这样的山谣可以用来刻碑，以此来激励各届的学生们。"

"是呀，好东西，应当发挥好东西的作用！"

全校的老师们都赞成刻碑。此时上报县委，县委也非常地支持，于是给苏步青去信告知刻碑一事。苏步青没有想到会刻碑。他又给他们写信说自己原意只是补壁的，没有想到刻碑。学校的领导再次去信说刻碑之事已经决定。苏步青内心里很是惶恐和感激，一再对他们表示感谢，还嘱咐他们说，希望当地领导切勿花费国家经费，更不可对他个人进行宣扬。他说：

> 县委、学校领导如此隆重地为拙谣树碑立亭，使我这个老朽惭愧到不知道怎样表示感激才好。只有把余生之年献给党，献给人民，鞠躬尽瘁，死而后已。

时间再回到1987年9月18日。这日的下午,苏步青由县、区里的干部陪同着急切地回到了生养自己的村里——腾蛟。他还惦念着他们家屋后一口老古井,他们走到屋后去看那口老古井。老古井依然深邃,里面的水向外面摇着亮光。他深情地说:

"我就是这口井里的水养大的。"

他对当地的领导们说:

"以后乡亲们发财了,有钱了,一定不能将钱用在封建迷信上,什么拜菩萨啦、婚丧嫁娶等事情上。应鼓励和引导乡亲们致力于教育,那才是真正的菩萨呢!"

苏步青对自己的故乡是有着特殊的感情的,不但他自己是在这里长大的,而且他和他的原配夫人马伯华生下的三个孩子也是在这里长大的。这些无一不牵挂着他的心。

1932年,他们大家庭分家,苏步青的母亲跟着儿媳妇马伯华和孙子苏尔馥一起过日子。当然那时候苏尔馥年龄还非常小,什么事都不懂,苏步青的母亲已经六七十岁的年纪,家里的重担便由马伯华挑了起来,凡是体力活几乎全是她一人的事,家里的4亩田地也由她一人来操持。那时候的女人都还裹脚,裹了小脚的女人走路行事很不方便,干活更是困难。然而,马伯华是一个很坚强很能干的女人,除了耕种和收割的时候请一些散工帮忙之外,其余时节全是她一人。

有一年夏天,为了照看秧田里的水,她在田里一直到深夜,那时天上也没有星星和月亮,一切都是黑乎乎的,在回家的途中,她很是害怕,可是越是害怕,越会出问题,她突然看见几个一蹿一蹿,还发出鬼叫声的黑影,吓得她的魂灵差点出窍再也归不来了,大叫着"妈呀,妈呀!"就往家跑。回到家中,就瘫软到了地上。

苏尔馥长到十一二岁的时候，虽然身体瘦弱，但还是能干些活儿了，懂事的他学校放暑假就到附近的手工卷烟厂里当童工给人家干活，以减轻母亲的负担。他一向是很心疼母亲的，母亲既善良又倔强，使他心中产生一种长大后要好好照顾母亲的强烈愿望。

后来，苏尔馥考入了温州中学，这便更加重了家里的负担。那时候，苏步青在学校里经济收入也很少，还要顾一大家子，很不容易的，然而才智往往都是从困境当中生出来的。马伯华便在自己父亲的指导下开起了酿酒和酿醋的小作坊，以后，又做布匹和棉纱的小生意来设法赚钱补贴家用。马伯华以自己的能干和勤俭的作风赢得了乡亲们的一致称赞。她不但把自己的家操持得很不错，同时，她看到别人，比如亲友和邻里有什么困难，她都会热情地伸出手来帮一把。她总是对婆婆说：

"步青在外当大学教授，干大事，我必须得让他对家里放心才是，不能给他拖后腿。"

而这时候的他们家已经又有了一男一女两个小孩，虽然经济上很紧张，然而，马伯华不管自己是如何的省吃俭用，在孩子们的教育上却从不吝啬，很舍得投入。苏步青也是同样，为了孩子们上学，他常常到中学去兼职。——这就是一个书香门第、知识分子家庭的显著特点吧。马伯华总是对读书上学的孩子们说：

"你们可一定要争气呀，要努力学习，你们看你们的爸爸和伯父都是留学生，你们的爸爸还是博士、大学教授，家里不管怎么穷，怎么困难，当妈的就是当衫当袄也会供应你们读书的，以后也像你们的爸爸那样考上大学，当个教授，成为有出息的人。"

孩子们听了母亲这样发自内心深处的话语，也知道话的分量，都把这些话牢牢地记在心里。苏尔馥后来考上了华东化工学院，女儿苏素丽则考上了安徽大学。因为苏步皋没有儿子，苏步青和马伯华生的另一个儿子过

继给了苏步皋，后来也成了大学教授。他们都成为了很有出息的人。

苏步青和马伯华所生的另一儿子的名字叫苏尔滋，他跟他大伯去了台湾，苏步青同样也关心着他。苏尔滋在台湾跟着大伯、大伯母长大，留学美国，获得纽约州立大学的博士学位，学成后回到台湾，任台湾大学物理系教授，改名为德润。

长期以来，苏步青不仅想他的大哥，还同样想自己的骨肉。然而，因为政治原因，台湾和大陆34年不能互通信息，苏步青到1980年才和台湾的亲人联系上，然而还是不能见面。他给台湾的亲人寄诗道：

　　　　平生未礼佛，老始访名山。
　　　　列岛屏千翠，怒涛响万滩。
　　　　瀛洲初日丽，野寺晚钟闲。
　　　　寄语台澎友，归来风一帆。

　　　　河淡星稀夜色幽，一年佳节又中秋。
　　　　共看明月思千里，欲御长风行九州。
　　　　丹桂无因栽玉宇，嫦娥何事在琼楼。
　　　　何当携手共团聚，消却年来两地愁。

　　　　　　　　……

他来到他们的村小学里，全体师生都出来欢迎他，在学校办公室里，学校里的老师告诉他学校办了一个校刊——《小溪》，他很高兴，说道："这个校刊办得好！"

然后，马上拿起大笔来为它题写了几句话：

> 小溪流水日潾潾,
> 万代千秋无限春。
> 不断跟踪勤学习,
> 他年"四化"做人才。

他希望他们村里的孩子们都能成才,为四化建设作出贡献。

苏步青虽然是退休了,然而还身兼着社会上重要的职务,他不可能忘记自己的责任,他这次回来还是显得很忙碌,日程排得依旧很满,视察、座谈、接见……当然,谈论最多的还是教育上的问题。四年后,他又一次回来省亲,也还是如此。

温州大学

温州大学在建校前期,苏步青就成了他们的名誉校长。他们刚开始建校的时候,非常地不容易,市政府只拨给他们 47.5 万元钱,给了占地 6 亩、校舍面积 3000 平方米的原行政干校作为办学基地,此外,就是一辆破的上海牌小轿车。那时候,人们都非常担心,说:

"咱们这样一个又小又穷的学校,要请苏步青这样大的名人担任名誉校长,人家会愿意吗?"

也有人说:

"也难说,苏步青是咱们温州人,他又是干教育的,能不关心咱们温

州的教育？"

又有人说：

"苏步青干的都是大事，咱们这个学校现在太穷太小了，初办学，能办成什么样子还不知道呢……"

然而，苏步青一听说要聘任自己为温州大学的名誉校长，当即就答应下来了，对他们说道：

"穷没有什么，最重要的是要有志气。咱们可以立一个理想，用30年时间，将温州大学办成国内第一流的大学。"

如此一来，就给了他们很大的支持，使他们增加了无比的信心。

建立温州大学，是在上海工作的温州籍专家学者座谈会上动议的，他们觉得温州作为进一步对外开放的14个沿海城市之一，在温州办一所大学对温州的对外开放和经济发展有好处，聘请苏步青担任名誉校长也是这个会上动议的。第二个月，这个事情便在浙江省的高教会议上决定了下来，省委很重视这件事。

学校建成后，第一届新生开学典礼，苏步青专门发去了贺电：

乘春华育禾苗遵三个面向，待秋实出英俊展四化宏谋。

苏步青是在自己接受聘书三年之后，首次去学校的，那是召开八七级新生的开学典礼大会之日——9月15日。在船上，他心潮澎湃，诗情满怀，一边想着往事，一边想着即将见到的温州大学，随之作出一首诗来：

申江北望思悠悠，身寄铁轮南下舟。
永夜涛声摇远梦，半窗月色报清秋。
良朋老伴今何在？锦瑟华年空自流。

未偿黉门几多债，遂忘懒拙向动瓯。

在这个会上，烈日当空，他却穿着他认为最漂亮的礼服，来表示自己对全校师生们的尊重，校长和周围的人们都关心地笑着对他说：

"这天太热了，您是不是不用穿这么整齐庄重？请宽下衣吧！"

他说什么也不肯：

"不行，那样太失礼了，等会儿我还要当演员呢。"

到他讲话的时候，他歉疚地对温州大学里的全体师生们说：

"我已经欠了温州大学3年的债了，如果再不来，就变成不名誉的校长了，那样也就实在不好了。"

广大师生们都感受到苏步青的真诚和幽默，全场气氛很活跃，他们都希望苏步青多给他们讲几句。

苏步青第二次到温州大学，是在差不多4年后，不过这期间他也没有忘记了这所自己担任名誉校长的大学。在复旦大学只要见到温州人，他都会问问人家温州大学如何了。温州大学所办的校刊，每期都寄给名誉校长苏步青一份，苏步青即使再忙，也要抽空阅看，而且是每期都看。他对自己身边的人说：

"既然当了人家的名誉校长，就不能简简单单地挂个名，而是应该肩负起名誉校长这个重任，如此也不负人家的对你的期望。"

因此，他始终坚持在其位谋其政。对于温州大学今后的发展，他提出了不少非常重要的指导性意见。苏步青指导温州大学说：

"我们温州大学刚开始办，一切都应当注意从实际出发。不要什么都和其他学校比，记好，一定不可求齐求全。"

温州大学接受苏步青的意见，在学校里首先实行"收费走读和不包分配"的路子。总结这一点就是："解放思想，实事求是。"

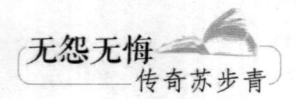

苏步青给温州大学指出了一个奋斗方向,那就是艰苦创业,争创名牌。他对他们说:

"咱们温州大学应有5年至10年的艰苦创业过程,应当是好日子作为穷日子过。我认为应当'双增双节',工作上需增效率,应当讲质量,开支方面须节省,须节约。应艰苦朴素,什么都要精打细算,钱要用在刀刃上,一定不可讲排场。要艰苦奋斗,艰苦创业,办出温州大学的特色来。"

在温州大学5周年校庆之前,苏步青给他们写去了一封信,对他们说出了此次校庆的意见:

"温州大学5周年校庆,届时举行庆祝活动,理所当然。但是鉴于今年全国经济情况比较严峻,以后,我们的庆祝活动应当严肃朴素,千万不可铺张。"

苏步青身为温州大学的名誉校长,对温州大学全面关注,在领导的任命、教师的选聘问题上,苏步青也对他们给予了指导。他对他们说:

"对于校长和副校长的任用方面,应当选实干派的人来担任。光有空名不行,名望不一定大,然而一定要实干。学校各系的系主任应选不仅能办事,还必须要有教书讲课的能力和事业心的人来担任。只有选有真才实学、能干的,方能以一当十,选这样的人不容易,像谷超豪就是。在教师的选聘上应当注意的是宁缺毋滥,不好的教师,绝对不能聘用。只有这样,才能保证教学质量。在任用人才方面,一定要严格,好的千方百计聘进来。每个方面都要聘用一名骨干,如果做不到,便派出人员进行专门的培养。凡是进来的人应当一一进行审查,通常情况下,优秀的教授原单位是不会心甘情愿地放的,走也是有原因的。对于调进来的人一定要了解清楚,看到底是怎么一回事。我们一定要挑选,一定要派去人进行了解。退休的也可以聘过来用,这样的人70岁不算老,如果有必要,就可以聘过来。当然,我们选聘教师还是尽量年轻一点的好,年轻人容易适应环境。"

对于培养人才方面，苏步青也对他们阐明了自己的观点，他说：

"一定要针对社会实际需要，培养急需的人才。我们温州大学是为建设温州才创办的，方向非常明确。如今温州的经济发展很快，很好，在人才方面特别地急需。在这方面我们应当做好，来帮助他们发展经济。其中有三个方面，当前主要是面向温州，适应温州经济发展需要，为对外开放服务。"

温州大学也是如此努力的，苏步青又进一步指出：

"我们培养的人才不但要红，爱党、爱国。而且要专，要培养德、智、体全面发展的人才。"

1991年，苏步青接受温州大学的邀请，前往温州大学。在出发之前，他便和邀请方——温州大学的党委书记、副校长约定好，自己去之后不住什么宾馆，就住在他们大学的宿舍里。不摆酒席宴请，不讲排场。校方也痛快地答应了。

然而，校方并没有遵守让他住学校宿舍的约定。他们也有他们的理由，苏步青这么大的数学家、名人，还担任着国家政协副主席的重要职务，怎能来了就让他住在自己学校的宿舍里呢？这断然不行！

对于此事，苏步青耿耿于怀，心里不痛快，说道：

"我一个山里人，学校的宿舍为何就不能住呢？非要住在宾馆里？"

温州经过几年的改革开放，气象真是日新月异，变化是非常大的。苏步青来到温州一看，心情那真是非常激动，这儿走走，那儿看看，真是看不够，哪儿都想看看。11月16日那天下午，温州市人大常委会主任卢声亮一行人陪同着他，去参观水心住宅区。这个卢声亮也是平阳人，和苏步青谈话很亲近，使苏步青更有一种回到家乡的感觉。在路上他们经过妙果寺的时候，卢声亮对苏步青说道：

"苏老，您不知道这寺中的住持也是我们平阳人呢。里面不少和尚师

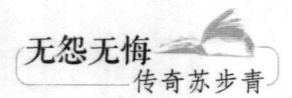

傅都是我们平阳人呢。"

苏步青一听,就笑了,说道:

"是吗,我们平阳人怎么都来这里出家了?"

他取下自己头上的鸭舌帽,以手摸着自己的光头说道:

"怪不得我也不长头发呢。"

说得人们都哈哈大笑。

来到寺内的迎宾阁,苏步青拉着住持的手,很是亲热,一口气问了许多的话:

"大师,听说你的俗家也是平阳的,是平阳哪里的?还天天念经吗?"

话谈到此时的妙果寺是旅法爱国侨胞黄忠英女士捐钱改建的时候,苏步青说:

"现在台胞与海外华侨来这里拜菩萨的多吗?"

住持回答说:

"阿弥陀佛,有许多呢。"

苏步青点头,说道:

"一定要注意把这个工作做好,咱们温州这个地方距离台湾很近,特别是咱们平阳县的语音跟台湾语音差不多,咱们温州在台湾的也有许多,回来探亲的自然也就不少,你们应当利用这个机会协助政府把统战工作做好,争取让两岸早日统一。"

卢声亮他们点头说道:

"苏老说得真好,统战工作必须要做好,也可以借助宗教。"

住持说:"阿弥陀佛,善哉!善哉!"

从妙果寺里出来后,苏步青去到工商银行,他们登上了工商银行大楼的17层,从窗户里往外看,温州全景尽收眼底,那真是令人心旷神怡啊。苏步青看着整个温州城,精神很振奋,高兴地说:

"变了，变了，房子高了，道路宽了，整个变样了，完全不是4年前的那个样子了。了不起，真是了不起！"

当地一个陪同干部对苏步青说：

"人民路到1993年就竣工了，到那时候，街道更加宽阔，景色更是不同。"

苏步青高兴地说：

"好，三年之后，我再来看看！"

卢声亮说：

"好，我们恭候苏老！也在这三年中加劲儿干！"

苏步青哈哈大笑道：

"走来走去，还是我们温州好，吃来吃去还是家乡的芋艿香！"

众人都笑：

"是呀，是呀！还是我们家乡好！"

去到温州大学后，此时的温州大学和四年前初建校时候自是不同，一派欣欣向荣。在全校师生大会上，他作报告说：

"此次我来，看到的温州大学面貌全变样了，很是高兴，感觉自己也变年轻了。这四年当中，我们温州大学发展是极为迅速的，已经为国家培养了一批急需的专门人才，并且有的从这里走出去的毕业生已经做出了成绩，这是很值得庆贺的！"

苏步青最重视的就是爱国教育，他又结合自己的亲身经历对他们讲道：

"我希望大家都要热爱我们的这个国家，应看到我们现在的生活是来之不易的。没有共产党就没有新中国，只有社会主义才能救中国，请同学们必须将这两句话通过自己的思考，通过自己的学习，通过向老师请教，深深地刻在自己的脑子里面，落实到行动上。"

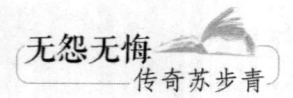

在老师座谈会上，苏步青针对如今的学生娇生惯养的问题，他说：

"应当提倡让学生'吃苦头'。除了学习，还应当让他们知道艰苦奋斗，应有刻苦耐劳、创新开拓的精神。我们大学可以搞奖学金，但不可以搞助学金，就是让他们艰苦奋斗，去除依赖心理。"

在温州大学，苏步青对自己要求非常地严格，他以身作则，不光是住，就是吃饭也要求简单，为温州大学的师生们留下了很好的印象。他两次来温州大学，不只关心温州大学，他每天工作安排得满当当的，家乡来的亲戚朋友，他也都安排接见了，和他们谈话很是融洽，就像是平时在家里一样。

他这次来温州，不仅看了温州大学，作为全国的政协副主席，数学家、教育家，他还去看了温州中学、温州八中、温州师范学院，在每所学校，他都不忘记爱国教育，让他们认清国情。他见有的学校的接待室装修得甚为漂亮，就直接向他们提意见说：

"接待室搞得那么漂亮干什么？如果把这些钱用到刀刃上去，比如师资培训等学校最重要的地方，那多好呀！以前办教育不容易，金嵘轩是我们温州已故的教育家，这是你们都知道的，他那时候为了筹措资金办学，把自己家里在平阳的田地都卖光了，他自己生活得很是艰苦。我并非是对学校接待室漂亮一些，看不惯，比方说，人穿得漂亮一些，自然是好的。然而，教师若总是讲究漂亮，那么就耽误了备课的时间，学生若总是讲究漂亮，也就耽误了学习，这并非是我老封建。"

这些也都是品德教育，苏步青向来是很重视品德教育的。此次温州之行，苏步青用这样的诗句来表达自己内心的感受：

铁鸟南飞云路悠，耄年来尝鹿城球。

胸中雁荡嵯峨在，眼底瓯江委曲流。

几处楼台初矗立,何时车辆恣奔游。

纵横黉舍弦歌声,待看群英耀九州。

怎能忘了湄潭

人老容易忆旧,苏步青也一样,他总是忘不了过去的时光,对于湄潭,他还时时想起。1985年的7月份,当湄潭的客人见到苏步青的时候,苏步青非常地兴奋,他说道:

"岁月就像是流水一样,过得这么快,转眼就是40多年了,当年,湄潭人民对我们的帮助怎能忘记?那里的一草一木直到现在,还在我的脑海里清晰如昨。现在年纪大了,如果有机会,我还是非常想回湄潭去看看的。如今湄潭变化一定很大,也不知道我曾住过的朝贺寺还在不在了!"

这些客人是湄潭县委的同志,他们请苏步青为他们题字,苏步青欣然提笔,为县委等4套班子题写了4张条幅。他祝愿湄潭:

"辟开解放康庄道,写下人间显耀篇。"

20世纪80年代中,在贵州省领导的支持下,湄潭县人民政府修复了湄潭文庙,也就是浙江大学原来在浙江避难而建校的地方,以此作为浙大西迁时候的陈列馆。还把原来曾跟浙江大学附属中学合并办学的湄潭中学改名"求实中学"。苏步青一开始就对陈列馆建馆和学校改名字这些事非常的关注,还亲自为他们题写了馆名和校名。后来,湄潭县创办报纸,苏步青又为他们题写了报名。

苏步青心系国家教育，别说是曾和自己关系密切的湄潭了，就是素来和他不曾有过关系的偏远中小学有事求到他，他也绝对不会推辞。1986年，闽南农村的一所中学校长给苏步青写信，希望苏步青为他们学校建校50周年题词。苏步青也是偏远农村出来的孩子，他怎么能有负人家的殷切期望呢，收到信后，马上就铺纸写好了那个题词：

"加强普通教育，提高民族素质，为祖国四化建设培养大量合格的毕业生而奋斗。"

这不仅是苏步青对他们一个学校的鞭策，也是对全国一切处在办学困境的中学的一个鞭策。

后来，苏步青还把自己亲笔题写名字的《苏步青文选》送予这个学校，以资鼓励。这个学校的校长接到这部《苏步青文选》之后，激动之情无以言表，说：

"这是目前为止，我们学校收到的祝贺校庆的最珍贵的礼物，我们将很好地珍藏它。"

受到苏步青鼓励的这所学校，为了不辜负苏步青，他们信心百倍，加紧努力，此后发展很快，取得了不凡的业绩。

就在苏步青为这所中学题词的这一年，在全国庆祝第二届教师节的大会上，中央决定成立中国中小学幼儿教师奖励基金会，苏步青被选为这个基金会的理事长。

苏步青对湄潭县委来的客人讲起过去的事情，很是高兴，他说：

"当年在湄潭的时候，我总是去七星桥那里散步游玩，七星桥风景非常的美，是我们浙江大学师生们常去之处。湄潭是个好地方，夏天不热，冬天也不冷，湄潭是我的第二个故乡，比我对我的家乡印象还要深刻。据说如今的湄潭变化很大，我真是高兴啊。我曾写过几首关于湄潭的诗，陕西师范大学出版社要出版，出版之后，可以给你们寄去一本。"

坐在那里的复旦大学校长办公室副主任蒋培玉对他们说：

"我们复旦要为苏校长拍一部专题片，准备7月份去你们湄潭拍摄外景呢。"

湄潭县委的洪星惊喜地说：

"真的？"

苏步青说：

"嗯，真的，今年我们会去一次湄潭，但是不能惊动贵州省的领导。他们也很忙，我们用不着打扰人家工作。"

洪星说：

"好，我们一定为苏老保密。苏老，您是全国政协副主席，是我们的直接领导，您到湄潭之后要视察一下我们县政协的工作呀。"

苏步青一听乐了，笑说：

"你是我的领导呢，我是副主席，你是主席。"

说得人们笑得前仰后合，都说道：

"苏老太幽默了，哈哈！"

湄潭县委的洪星一行走后没多长时间，苏步青就将"浙江大学西迁历史陈列馆"与"湄潭求实中学"两幅题字给写好了，然后很快给他们寄去。且附了一封信给他们言说自己感了风寒，身体不是太好，原来计划的自己去湄潭拍摄外景一事，实现不了了。苏步青去不成湄潭了，然而专题组拍摄外景推迟了两三个月的时间，于10月份前往湄潭。苏步青又专门写去一信，讲明缘由，希望他们给予专题组工作上的方便，还客气地说："不胜感盼之至。"

苏步青计划是要参加次年7月20日的"浙江大学西迁陈列馆"与"湄潭求是中学"揭幕仪式的。贵州省委和省政府也都做好了迎接苏步青的准备工作。然而，苏步青去往贵州的飞机票都买好了，却突然脚又有病

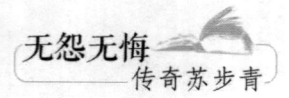

了，苏步青想带着脚病前往，可是医生阻止道：

"您的脚这个样子，如何能去贵州呢，这对你的康复很是不利，绝对不能去贵州！"

苏步青无奈之下，只好遗憾地作罢。然而，放弃不去参加揭幕仪式了，过去湄潭的点点滴滴还在他眼前晃动，挥之不去。是啊，没有湄潭怎么会有如今的浙大？没有湄潭，怎么会有他苏步青的今天？即便自己的两个儿子也在那里读书成长，饮水思源，让他如何不思念湄潭呢？情思之下，又写出一首《寄调望江南》来，给贵州的同志们寄去，诗说：

湄潭好，黉舍是邻居。不辍弦歌离乱里，常明灯火晚勤初，十室九图书。

中外事，万卷任翻舒。到处相逢雅语密，一城离僻俗尘疏，谁信在江湖。

这首诗和书信是托浙江大学老校长韩祯祥老教授带去的。

揭幕仪式过后，苏步青又给他们寄去一信，表示对仪式的关心，他信中说：

盛会谅已结束，我深以未能参加为憾，望在县委、政府、人大、政协领导下贵县日趋兴旺发达，可喜可贺！

在苏步青虚岁90大寿的时候，湄潭的县委书记华金河与洪星前去上海给苏步青祝寿，苏步青见到湄潭的客人给自己祝寿，很是激动和高兴，拉着二人的手不放，他对洪星说：

"我看到你比上次来的时候还要年轻，年轻真好啊！"

说完又转脸对县委书记华金河说道：

"能见到你这位县委书记，我非常地高兴。"

湄潭的县委书记华金河说：

"我早就想来拜望苏老，只是一直忙于公务，今天趁此机会，来打扰苏老。"

接着，华金河向苏步青讲了最近几年湄潭的经济发展情况，与县城的规划建设情况。苏步青笑着说：

"很好，发展形势大好。"

洪星又向苏步青讲了浙江大学西迁陈列馆建馆以后的事情。讲完这些政事之后，他们又郑重地献花说：

"我们代表湄潭全县人民向您90大寿表示衷心的祝贺！"

苏步青忙接过花，激动地说：

"谢谢，谢谢湄潭的父老乡亲们！谢谢湄潭人民对我的关怀！谢谢！实际上，我今年虚岁是90，到明年这个时候我才是90周岁呢。"

然后，苏步青又关心地问了他们许多关于湄潭的问题：

"今年夏天贵州雨水多，湄潭水灾重吗？"

他们回答说：

"是，发生了一些水灾，不过经过我们及时的防御和抢救，都过来了，多谢您老惦记。"

苏步青说：

"这就好，这就好。县城里的湄江饭店还在？我过去曾住过的朝贺寺没有被雨水冲毁吧？七星桥和万鸟林的沙星还好吗？"

他们都一一作了回答。苏步青说到湄潭，话就比较多，谈兴很浓，谈锋很健，他又说道：

"一说湄潭我就高兴，那里确实是个好去处，对于湄潭我印象是非常

深刻的。湄潭的酒好，主要是湄潭的水质好，空气好。湄潭那个地方我住了6年多，那里的气候就是好，物产也非常的丰富。在那里我种过白菜，去山上打过杨梅……"

湄潭的两位客人笑说：

"苏老对我们湄潭认识是非常深刻的，比我们一点也不差。"

苏步青笑着说：

"哈哈，这个倒不敢说，不过，我还要说的一点是，那里的人更好，那里的人很好客，客人到了，湄潭人对他们都很热情。那里是我的第二故乡。"

两位湄潭人也很高兴，说道：

"苏老说得好，湄潭是您的第二故乡，我们就是您第二故乡的人！"

众人开心地哈哈大笑。

次日，在复旦外国专家楼上，苏步青设寿宴，湄潭县委来的县委书记和洪星、复旦校办副主任蒋培玉、秘书王增藩以及苏步青的几位高足才子们，如华宣积等，在一起庆贺他90大寿。这天喝的酒是苏步青专门自家里拿来的山西汾酒。汾酒是山西名酒，产于杏花村，最是清香纯正，喝着还有点甜味，喝毕余香绵长。他对湄潭县委的华金河与洪星说：

"你们是从贵州酒乡来的，一定要多喝一些。在湄潭的时候，我把烟戒了，可是酒是好东西，每天喝一点还是有好处的，只要不过量就行。湄潭的酒是最好的了。"

喝着酒，苏步青又讲起了湄潭，他说：

"我们浙江大学当年在湄潭的时候，老师和学生很喜欢去七星桥玩，有的去散步，有的去游玩赏景，有的去谈恋爱……"

苏步青陷入深深的回忆中。

第二年上半年，苏步青又给湄潭县委的洪星去过两封信，信中表示两次去湄潭而未遂的遗憾，又说：

"但我还想抓机会偕往贵地……"

"久疏音候，时萦怀念，惠赠湄江名茶，深感深情厚谊，使我回忆起50年前在南部茶场品茶的韵事来，时间飞逝是无情的，而对旧游之地怀念的心情是永恒的……"

苏步青曾为洪星赠诗道：

初上教坛而立年，如今八十转流连。
慢夸桃李遍天下，更盼光风润大千。
居恐偷闲成敝屣，退思补过着新鞭。
平生最是难忘处，扬子湄潭浙水边。

这首诗表达了苏步青对湄潭的深深怀念之情，同时也在深深地怀念着当年他在浙大的那些日子。

浙江大学，我的母校

苏步青虽然在1952年的时候从浙江大学调到了复旦，然而，他身子在复旦，却时刻也没有忘记曾经工作奋斗过21年的浙大，希望浙大和他们复旦一起腾飞。他一遇机会就总要回浙大走走看看的。

苏步青于1988年3月被选为全国政协副主席，自此之后，按规定，

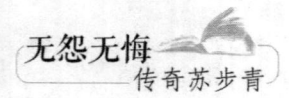

苏步青每次到杭州去,就一定要向上海及浙江省政府报告。然后由省政协和省政府办公厅给他安排住在西子宾馆或者是西湖国宾馆,然而,苏步青不愿这样享受安排,他总是坚持说:

"我到浙江也就是到家了,无须再让政府多花钱,住在家里是最方便的。"

省政协和省政府的人员拗不过他,只得让他住在浙大的招待所里。又按他的要求起居和饮食都非常地规范和简单。他总是吃得非常的清淡,主要是素食,高档菜不吃。若是身边的人请他多吃一些,他便会风趣地说道:

"老蝗虫到,吃光用光。"

说得周围的人都哈哈大笑。

苏步青平时的饮食习惯是中餐与晚餐全要喝一小杯酒,他说这样对身体有好处。就是出外也一样,他总是要随身带一瓶低度白酒的。

1992年春天的时候,浙大95周年校庆,校长路甬祥邀请苏步青回杭参加庆典。苏步青于浙大刚建成的体育馆内,又穿着整整齐齐的礼服作了一篇让全校师生掌声不断的讲演。他讲了浙大的光荣史,和自己的经历,当他讲至抗日战争英国学者李约瑟在中国把浙大称颂为"东方剑桥"的时候,他高声说道:

"我怀着这样一个希望,终有一天,我们浙大能否也有一位教授,像李约瑟博士一样,到英国剑桥大学去进行参观和访问,将他们的剑桥大学称颂为'西方的浙大'。"

这是一个全新的想法,也是一个大胆超前的想法,因此,全场又一次爆发出热烈的掌声。

多么振奋人心的话语啊!

第二年的5月份,浙大举办百年校庆,浙大的校长潘云鹤委托和苏步青关系非常好的朱宝禄专门前去邀请苏步青参加百年校庆,并请苏步青为此次庆典题写贺词。然而这个时候,苏步青因为身体有病,正躺在医院里治疗,根本去不成。病中的苏步青向来人提了许多条对浙大的建设和发展有益的建议,还坚决地说:

"此次庆典,是百年校庆,我一定会去的,怎么会不去呢?你们就不来请我,我也一定会去的!"

虽然,病中的他激情满怀,对浙大关心依旧,然而毕竟是在病中,当要求为浙大校庆题词的时候,却感觉很是茫然,不知道写什么好了。他兀然良久说:

"看来真是老了,没用了,还总是不服老,如今真是该服老的时候了,我现在的脑袋里空了,一点儿也想不起该写什么东西来。"

朱宝禄安慰他说:

"现在在病中,何况人都有一时写不出的时候,慢慢来,您主要是因为太想念浙大,心里太着急了。"

苏步青当场没有写出什么题词,然而,待朱宝禄走后,他一直还惦记着这件事,不住地思考着该如何写好。

朱宝禄回去不到半个月的时间,他便收到了苏步青让秘书王增藩写来的信,王增藩在信中说,关于苏老为浙大题词的事,已经进行了10多天,因为对联过长,苏老已经动手修改了3次,然而,到现在还是不太满意……

苏步青对这件事真是太重视了,那真是千斟酌,万斟酌,到最后敲定的题词终于出来了:

学府经百年树校风钟灵毓秀,
伟业传千秋展宏图桃李芬芳。

苏步青思念浙大之心可嘉，然而，由于身体原因，医院医生无论如何不同意他前往浙大参加百年庆典，他也终未去成。这件事弄得他内心里好不愉快，感觉遗憾，百年校庆啊！他的母校！

苏步青身为一名教育家，一门心思想的就是怎样把下一代教好。他回想起三年前他在母校浙大讲学时候。那时候也正是梅花盛开的时候，那天上午他在母校校园里，他们一行去灵峰看梅花，在那里，他们碰到了一些母校的学生，苏步青见到他们感觉很亲切，就过去与他们说话，他们一听说眼前的这位就是大名鼎鼎的苏步青，都高兴坏了，非缠着苏步青为他们签名不可。苏步青和蔼可亲地逐个全给他们签了名，然后，他笑着对这些学生说：

"我50年前在浙大教书，你们50年后在浙大读书，我们是相隔三代的校友，今天是老校友和新校友见面，我们大家都非常地高兴。你们都很幸运，社会与家庭都给予你们很好的学习条件，还望你们一定要记住前校长竺可桢的教导，勤奋学习，努力工作，勇攀科学技术的高峰，为国家争光，为母校浙大争光。"

这些学生得到苏步青这番鼓励，心内更是激动，对眼前的苏步青崇拜有加，长时间不愿离开。

苏步青是教育家，一心想的就是教育上的事。他不仅给学校单位题词，就是普通的学生，如果真有需要，他也是毫不吝啬的。有一次，浙大的金通洸教授来拜访苏步青教授，他说：

"我们浙大有个学生叫杨时俊，早在上中学的时候就极为崇敬你，对你一生的奋斗和取得的成就极为钦佩，因此也非常想得到你的鼓励题词。"

苏步青一听就笑了，说：

"是吗，还有这么一个孩子这样的崇敬我？那真是太谢谢了。题个词有何难？能鼓励一个学生，何乐而不为呢？我现在就给他题词！"

于是，苏步青马上就给这个孩子题了：

勤奋！

苏步青把浙大作为自己的母校，就是对过去的老校长竺可桢，他也是尊敬有加的。1990年竺可桢百年诞辰，苏步青于3月5日，专门来浙大参加纪念大会。在大会上，满怀着对竺可桢的怀念之情当场写下了一首诗：

> 百岁诞辰怀竺公，文章道德仰高风。
> 世传求是今逾昔，誉载剑桥西复东。
> 遗像忆曾离乱里，伟功铭永简篇中。
> 黉门危耸武林日，处处弦歌彻碧空。

纪念大会结束之后，苏步青和路甬祥等一道去给伫立在校园内的竺可桢铜像献花。

此次来浙大，浙大工会潘津生组织青年教师召开了一次座谈会，特邀请苏步青到会。苏步青参加了这个座谈会。在这个会上，苏步青先是没有多说什么话，只是倾听。那些青年教师们谈了改革开放以来浙大的发展势头，又说了他们自己的内心所想，和对未来的向往。什么职称了，教师个人住房了，工作环境了，方方面面他们都谈到了。倾听完毕之后，苏步青对他们说道：

"你们是浙大的生力军，奋战在教学和科研的最前线，浙大的发展依靠你们，祖国高等教育事业的发展也依靠你们。你们反映的全是关于工作和生活当中的实际问题，我一定将这些意见与合理要求向学校领导转达，

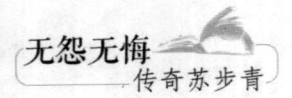

提请他们依据有关政策与浙大的实际情况，一步一项地进行解决。"

对于苏步青，这些青年教师都是非常信任的，都把希望寄托在苏步青的转达上。苏步青也不负众望，很快将这些情况反映给了学校领导路甬祥。

数十年以来，苏步青和浙大的关系是非常亲密的，感情是非常深厚的。但凡浙大需要苏步青，苏步青便会以自己最大的努力去完成。完全可以说，浙大这么多年来所取得的历史性发展和成就，也同样凝聚着苏步青的心血。

浙大于1993年末决定出版一本有关老校长竺可桢生平业绩的书籍——《科学家竺可桢的故事》，以此纪念老校长去世20周年。这本书写成后，邀请苏步青题字并写序言。苏步青一听说要写老校长竺可桢的书，就非常地兴奋，对能为此书题字、作序深以为荣，也不顾自己时间是多么的紧，工作是多么的忙，当场就答应了下来，说：

"好呀，这是大事，我一定以尽快的速度完成任务。"

果然，苏步青很快就完成了任务，题好了字，写好序言。他在他的序言里回忆了竺可桢生前的一些事迹，以及为浙大做出的突出贡献。他说道：

"这样的好校长，把教授当宝贝，我们怎能不感动呢？当然，我也把竺先生当作知己，凡是他要我做的事，不管情况怎么困难，我都乐意……"

后来，苏步青又在浙大编写的《浙江大学简史》中作序抒发对浙大的感情说：

我从日本留学回国就在浙江大学任教，直到1952年院系调整时才离开，前后工作了20多年，担任过教授、系主任、训导长、教务长等职，还在解放前夕，受离校赴沪避居的竺可桢校长的嘱托，和严仁赓先生等一起临时主持浙大的校务。抚今忆昔，我和浙大有着很深的渊源，也有着很深的感情，经常怀念那段艰难困苦而又有朝气的年代。

对于苏步青和浙大的感情，浙大的校长路甬祥最有发言权，他说：

"苏老对浙大一往情深，感情真挚动人，他是深受浙大师生们崇敬与爱戴的老师长和老校友。苏老在浙大工作21年当中，正是艰难困苦的时期，也是苏老在科研上最出成果的时期。苏老协助老校长竺可桢为促进浙大的首次崛起倾注了不少心血，也作出了很大的贡献。后来，虽然苏老离开浙大，到了复旦，然而他始终如一关注着浙大，此心此情，让我们非常感动。苏老就总是深情地说：'浙江是我的故乡，浙大是我的母校！'"

参与国家政事

中华人民共和国建立前，苏步青首次去北京参加全国自然科学工作者代表会议筹备会，1954年12月被选作第二届全国政协委员。之后他被选为第二、三、四、五、六、七届全国人民代表大会代表、民盟中央副主席、民盟中央参议委员会主任委员等职务。

过了将近三十年，也就是1984年4月的时候，苏步青又被选为全国政协副主席。当选后，记者采访苏步青说：

"相隔28年，您重返政协，并当选为副主席，有什么话要说的吗？"

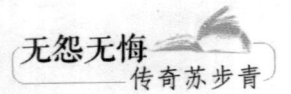

这时候的苏步青心情很是激动的,几乎不知道说什么好了,他说道:

"多做工作,尽绵薄之力,为人民服务!"

记者说:

"您28年之后重返政协,与以前相比,您感觉政协有什么变化?"

苏步青说:

"我觉得跟以前相比,如今的人民政协的任务更为重要了。如'肝胆相照,荣辱与共',便有很多的事情要干,所谓'荣辱',即成绩是大家伙努力的结果,问题要由大家伙共同来解决。"

在参政议政方面,苏步青向来是非常积极的,所反映的问题所发表的意见,也非常尖锐。这让教育界的同仁都把他作为自己的代言人,心中有什么就跟他说,还希望苏步青到北京后能将自己说的这些也反映到上面去。

记者问他说:

"在上几次人大和政协的会议上,代表们对教育问题反映比较多,请问苏老,您对此的看法是什么?"

苏步青根本没有半点思考,就说道:

"我们的这个国家人多而底子薄。国家难以一下子给教育出太多的钱,对此大家是能够明白的,如今的问题是教育经费在国民总产值的比例要保证。好像一块蛋糕,如果是蛋糕比较大,那么教育可以多得一些,如果蛋糕小些,那么教育就会少得一些,这个一说大家就会明白。问题是如今蛋糕小,却又不按比例分配,有的部门照样获得一大块,而教育却被排挤了,今年又要压缩,这如何可以呢?教育经费紧张,而有的部门又浪费得确实过于厉害了。自1980年至1985年,全世界各国平均的教育经费占国民总产值的比例是3.3%,而我国仅有2.6%,比世界水平要低,如此一来,问题便大了,要想在本世纪末达到小康水平,不可能办到。教育是基础,教育上不去，你人才没保证。希望自上至下进一步认识教育的重要性，该给予教育的钱绝不可减少。"

苏步青又说：

"如今物价涨得厉害，教师工资只增加那么一些，那解决不了什么问题，若是让教师总是为菜篮子、房子和孩子等忙碌，那他们也便不可能一心一意地做教育方面的工作。如今的情况是，小学教师安不下心，师范院校招生也很不容易，人们全不愿意做老师的工作。这是一个不小的问题，比工农业减产问题还要大。比天灾问题还要大。希望政府能够采取措施，不能让教师空欢喜。"

苏步青还忙于政协、人大事务，但他从来不觉得累，感觉很快乐，忙得也很有意义。每次参加两会，苏步青都差不多会发言，讲的主要内容就是教育方面的问题，其次便是谈科技方面的事情。不管做什么事情，苏步青都是一心要做好的，做了数十年，他总是想将自己的意见和大家伙儿沟通沟通，将参政议政的工作做好。于教育改革的问题上，他又总是第一个说话，他说：

"我们的教学科研，范围过窄，基础过窄，急于求成，专业分得太细，学经济的不明白数学，学数学的不明白经济，这如何行呢？如今搞科研，需要多方面的知识，不但是自然科学同社会科学分不开，即使是每门自然科学之间也是互为渗透的。所以，我们的大学教育便应将学生的知识面拓宽一点，大学一二年级不要分专业，三四年过后再说。'四个现代化'建设需要我们抓紧时间对教育的体制、内容改革和调整，希望政府有关部门全盘考虑。"

苏步青的这些发言赢得了一片掌声，人们私下里赞叹：

"苏老真行，这些发言对教育和科研是有着独到的见解的，他的发言总是一下子能切入关键点，不愧是泰斗。"

他的发言，一般总是被两会的秘书组分别写入各自协会的简报，报送给中央领导。对于他跟一些同志们一起写的提案差不多每年全被转交有关部门进行处理。

苏步青于1992年又一次参加全国政协会议，而这时候的他已经是耄耋之年了。不过他的思维还是非常敏捷的，不亚于年轻人，你看他在教育32分组会议室里，当刘云旭发言提到小康的标准的时候，他马上就计算得极为精确，用他在课堂上讲课的洪亮声音说道：

"小康的标准是800美元，相当于人民币5000元。"

在座的所有人都投来羡慕的目光，心道：

"苏老怎么不老呀？"

下去后，有人问他：

"苏老，您身体还行吧？"

苏步青答道：

"年纪大了，不如以前了。"

他在分组讨论会上对分组委员们说道：

"李鹏总理的《政府工作报告》是很让人心里兴奋的，加快改革开放的步伐，关系到我们国家的千秋大业，我相信肯定会搞好，中国人民是有气魄和能力搞好的。如今我年纪大了，只是心里急，却没有那么大的力量了，不过，唐朝大诗人杜甫曾在他的《石壕吏》中说过一句话，叫：'老妪力虽衰，请从吏夜归。急应河阳役，犹得备晨炊。'在改革开放的事业当中，我不能做什么大事情，然而，我还能像诗里的老婆婆一样，为你们烧早饭，我还能为国家的经济建设做一些小事儿。"

苏步青的精神，和鼓舞人心的话语，立即赢来一片掌声。自1978年以来，苏步青专门去京城开会多达120余次。随着他年龄的增大，身体也日益变坏，他去参加两会就需要一些专业的医护人员随身照顾。每次事后，苏步青都要郑重地对他们致以真诚的谢意。在秘书给他们写的感谢信中，他还非要亲自签上自己的名字。

关于研究生

苏步青对于怎样培养研究生的问题在 1979 年便指出了方向，那就是现代数学的国际先进水平，对于我们原来就有的相当不错的基础分支，"三年恢复，五年赶超"，在 10 年之内于这些学科的某些方面作出国际先进水平的成就，且要解决一些于国民经济、国防和尖端技术发展中急需的重大数学问题。与此同时，也抓紧时间开辟新的应用领域及发展边缘学科。对于研究生，苏步青不但要求他们把基础理论搞好，还要求他们具备强有力的实际应用能力。

随着时间的推进，苏步青的思想也在向前发展着、更新着，在 1988 年的时候，在研究生的培养上，苏步青又提出了自己新的看法，他说道：

"我们国家自己培养出的硕士生只是自专门的论文这一方面来作比较，是不会比国外的普通水平次的。然而，若自基础方面来看，我们国家的研究生的知识面颇为狭窄，这不利于博士研究生的培养。就像数学专业研究生单是会数学，甚至只明白一些自己的一门专业，比如微分几何，却对别的学科像物理学，便知道得很少，如生物学更是一点也不通。如此就很难以出大师级别的人才。所以，对硕士研究生的培养，不但要让他们拥有相当专业的知识，还要让他们关注到别的领域的普通知识。对博士生的要求

便更严格了，不仅论文要有更多、更高的创造性，又要求他们拥有深厚的基础科学知识去解决广泛范围的应用科学课题的能力。博士生最少应掌握两门外语，对浏览国外多种主要科学论文与新著应当像读中文似的熟稔。若不照上述的质量标准进行培养，那便会出现'开小花，结酸果'的事情，不符合国际水平，也不适应'四个现代化'建设的需要。"

这些意见都是非常有针对性和开拓性的，对复旦大学与全国的研究生培养产生了深远的影响。

在学术方面，苏步青给予他们细心的指导，促使他们养成良好的学术风气，刻苦钻研，迅速占领数学科研前沿阵地。1982年5月14日的下午，苏步青于复旦大学数学系研究所党支部，组织研究生指导教师和该所八一级19名研究生座谈理想和学业问题时，讲了许多自己所走过的路后，又说：

"如今你们入学全部的费用都是由国家包下来的，我刚自日本归国的时候，浙大图书少得很，仅靠陈建功教授与我写的论文获得一些稿费来订阅一些杂志。如今我们复旦数学系图书资料室的图书杂志由解放初的数千册已经增加到了6万多本，于国内外都有点名气，这些都是你们成才的很好的条件。你们要牢记我们的国家现如今还非常地穷困，为了培养你们，国家花费那么多，那是因为国家对你们寄予厚望，你们一定要为这个国家的振兴而努力、而奋斗！"

苏步青又说：

"青年人应当有革命的理想与志气，然而又要认认真真把每一门功课学好，把每一件事情做好。在学习上遇到什么困难可以找老师请教，若有什么事情想不开，思想上有了问题，也可以找老师谈，争取得到老师的帮助。"

苏步青这番话对这些研究生们启发很大，会后，他们说：

"苏老总是最关心我们的,他的讲话总是最能抓住问题的根本。"

随着改革开放的深入,到了20世纪90年代的时候,社会上的一些不良现象冲击到学校,这让研究生们对这些问题非常地困惑,有一名研究生对这些现象很是看不惯,说:

"如今这个社会到底是怎么了,怎么是世风日下啊!人们除了钱什么都不认识了,也不谈高尚的理想了,那我们还上这个学干什么呢?"

带着这些困惑,他给苏步青写了一封信,谈自己的感受,谈自己对社会的看法,说:

"苏老,记得您曾经写过这样的诗:不辞衰老敲边鼓,敢助青年闯险关。现在虽然非出于险关,可是的确有家园失落的感觉,苏老如果认为孺子可教,就请教我。"

苏步青看了他的信后,心里很不好受,他觉得一定要把这个思想结帮这位研究生解开才能行。他专门让自己的秘书去请这名研究生来和他座谈,仔细认真地体会他、了解他心中的苦闷,最后对他说道:

"青年人思想苦闷,这跟教育工作存在的问题、我国经济还没有搞上去等因素有关,我们应自思想上锻炼自己。研究生比本科生要有更多的思想准备。我们的国家还不可能一下子富起来,人民还需要经过艰苦的奋斗过程。我们搞学术研究,也是不可能会舒舒服服的,应将眼光搁在15年到20年之后,但是,现在不能丧失信心,困难正是磨炼青年意志的好机会,希望你们要坚定信念,不要受社会上那些不良风气的影响。"

这名同学听了苏步青的话,心中顿时都明白了过来,于是又坚定了信心,并对苏步青说道:

"好的,苏老,我一定把您的话讲给我们同学,让他们都和我一样明白,并重新坚定信心,为祖国和人民刻苦学习。"

苏步青慈祥地看着他说:

"好，这样就对了。"

苏步青总是用这样的言传身教，于平淡中进行，于不知不觉中获得最佳的效果，有一年，召开《数学年刊》编委会，来自四方的著名数学家们都来到了复旦大学。苏步青诙谐地对复旦的研究生们说：

"你们清楚吗，这些人可都是大牌的数学家，他们比起那些明星们一点儿也不逊色，请他们来是不容易的呀，他们不要出场费，还贴了路费跟大家见面。因此，同学们应当把这次学习的机会把握好，好好地听讲。"

这些研究生们后来说：

"苏老用自身的风范教导我们怎样做人，怎样对待荣誉，怎样对待科学，这是我们一辈子也不会忘记的，影响我们一生。"

苏步青最后一次参加博士生论文答辩会，也就是陈岚的论文答辩会，这次答辩会在复旦大学举行，这一年是1995年的6月份。

这一天，由秘书陪同着，苏步青很早便来到了教学楼的622教室内。人们都担心他的身体不是太好，会在这个答辩会上吃不消，就为他专门于进门之处安放了一个柔软的沙发，说道：

"请苏老坐沙发上吧！"

苏步青看了他们专为自己安放的沙发，感激地说：

"谢谢，谢谢你们对我的关心，只是这沙发我就不用坐了，这是进行论文答辩会呢，我怎能搞特殊化呢？"

其他教授和领导们都说：

"您坐吧，您年纪都那么大了，身体又不好，这辩论会不是一会儿时间就能完的。"

苏步青坚决地说：

"不行不行，我能坚持得住。"

大家没有办法，只好任由苏步青和他们一起坐硬凳子。

将开始答辩之前，大家先请他说几句话，他便发言道：

"今日是陈岚同学的答辩会，承蒙各位专家前来参加，十分感激！今日的主席是唐荣锡先生，这张沙发按理应当是主席的座位，所以说请唐先生坐到这里。"

唐荣锡教授是60多岁，比起苏步青来说，那真是年轻得太多了，苏老请他坐，他哪里肯坐？说：

"不行不行，这本是专为您设置的，您不坐，如何让我坐？我更不能坐了。"

苏步青说：

"你就坐吧，这个沙发闲着也是闲着，不如你这个主席就坐上去。"

唐荣锡教授还是推让。然而苏步青执意要让他坐，大家伙儿见状，就也笑着劝说道：

"苏老请您坐，您就坐吧，不然他也不安心的。"

没办法，唐荣锡才坐了这个位置。而苏步青则坐在了主席台下的第一排，跟其他教授们一起倾听学生的辩论。苏步青虽然身体不是太好，然而还是坚持到最后，他的敬业精神总是最好的。

苏步青向来对国家的研究生与学位工作非常关心，在"文革"刚结束的时候，在参加邓小平同志主持的座谈会上，他就提出了恢复大学招生考试制度与研究生培养制度。那时候，记者采访他说：

"苏老，您可以谈谈对于学位制的看法吗？"

苏步青爽快地说：

"可以的。建国32年来，两次试图建立学位制全没有成功，从此成功来得更是不容易的。自目前来看，实行学位制度的条件已经成熟，我国在建国以后教育和科学事业有了极大的发展。积累了不少培养大学本科生与研究生工作的经验，我们培养博士和硕士生的导师队伍基本上已经形成；

在'文革'结束之后,我们国家的教育与科研工作恢复得非常迅速。尤其是十一届三中全会以来,党与政府真正相信与依靠知识分子,调动了知识分子为'四个现代化'努力服务的积极性,这让我们深受鼓舞。实行学位制度,是我们国家'实现四个现代化'的重要举措,能够激发起人们于学术方面之进取心,对我们国家促进科学专门人才的成长非常有益。"

国务院学位委员会科学评议组于1981年的8月份召开会议,苏步青在此次会议上说道:

"目前正在建立的学位制度,是建国以来一再想建而未建成,如今最后成功的一件大事,肯定会引起国内外的广泛关注。我极有信心地认为,我国的学位不会低于外国的水准,原因是我们有明确的方向,执行学位制度的决心大,广大知识分子具有主人翁的工作态度,这是为外国所不具备的一个特点。此次评议工作基本上做到'坚持标准、严格要求、保证质量、公正合理'这十六个字。当然,在学位制度上我国也存在一些不足,像老学科与新学科之间还不是很协调,有些个别的审核工作还不是真正的公正等等,还有待于在今后的实践里不断地调整。我们的生活是无忧无虑的,然而于工作中还有千忧百虑。为了以最快的速度培养出又红又专的人才大队伍而忧,为如何肃清'文革'的流毒,以马列主义、毛泽东思想把自己武装起来,提高为人民服务的自觉性而虑。杜甫有两句诗是这样写的:新松恨不长千尺,恶竹还须斩万竿。希望中青年科学家,像万千新松一样快速地成长,能够快些接替老年的科学家;四人帮等恶毒,则务必要斩尽锄绝。中年科学家要承前启后,责任重大;青年科学家应以实现四个现代化为己任,听党的话,坚持又红又专的方向,坚持社会主义道路,向老、中科学家学习。老、中、青三代人紧密团结,努力奋斗,我们的事业必然能够走向成功。"

有人忍不住问苏步青说:

"西方一些国家实行学位制已经有数百年的历史,而我们呢,才刚刚开始做,在学术方面能达到国际先进水准吗?"

苏步青肯定地说道:

"能,一定能的。这个10年后,一定会得到印证的。"

问说:

"请详细说明。"

苏步青说:

"众所周知,我们中华民族是聪明的民族、智慧的民族,曾为人类文明作出过重大的贡献,但是近100多年来,我们这个民族落后了。此次评审学位授予单位,其实是对我们这个国家的教育和科学队伍的一次大检阅,我们的水平并不低。并且经过50个部委、1600多名专家和教授的初审,又通过此次国务院学位委员会学科评议组400多位专家的严格把关,质量上是完全没有问题的。由此次评审的做法来看,不但强调了法制观念,还真正发扬了社会主义民主。每个专家不代表任何个人与单位,认真严肃地审议与执法,这于别的国家是非常不容易做到的。我们培养的博士、硕士、学士,首先是自中国'四个现代化'建设的需要出发,不但有学术方面的要求,并且还又红又专,是为人民服务而非为个人的名利。"

此次评议期间,他胸中盈满报国之情,国家形式大好,白天开完会议,夜晚在自己住的房间里,还是激情澎湃,作为诗人,这腔激情又化为催人奋进的诗篇:

群贤毕集北京城,共为中华谋振兴。

已往翰林无后继,将来博士几门生。

树人犹抱百年志,报国长怀四化情。

惹得老夫难坐稳,神州一派驰骋声。

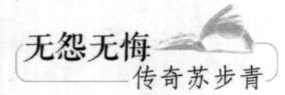

过去,苏步青作为复旦大学的校长,他在复旦数学研究所同时招收基础数学与应用数学两个专业的研究生,为学生开办了多门课程,且主持讨论班。他期望学生有广博的基础,对于他主讲的《微分几何五讲》与《计算几何》,他要求学生们都要听课,自国家恢复博士培养制度后,他为国家一共培养了15名博士,基础数学专业微分几何方向的是6位,应用数学计算几何方向9位。他们已经于各自的岗位上成为教学与科研的骨干,且取得了许多让人羡慕的成就。之外,他的学生当中,就曾有20多人当过大学的数学系主任和数学所正副所长,有近10名弟子直接经他亲自传授,或者是离开学校后经过再学习而成为国家科学院院士的,他们都是时代的骄子。

圈子缩小了

到了1995年,苏步青年龄已经很大了,都90多岁了,身体也不是太好了,经常是有些小疼小病的,因此也不再天天步行上班了,还需时不时地住到华东医院里去进行疗养,至于赴京参政议政,更是不容易的了。这期间交际圈自然是缩小了,也不像以前一样有那么多的人拜访他了,他也没有那么多的精力进行接待了,无须他亲自接待的,就让秘书代为接待了。但是他时刻还挂念着自己的家乡,每逢家乡的人来,他还是要亲自接待的。

1995年12月份的一天，他们家乡平阳县一中的王振中校长与县小学王德平校长来上海看望苏步青，此时苏步青正在衡山宾馆里休养，他们就是在那里见到的苏步青。苏步青一见他们就很是欢喜。那个小学的校长王德平还很年轻，苏步青看到他们就仿佛看到了自己家乡的孩子们似的，拉着他的手问这问那，他想了解家乡孩子们的教育情况。王德平一一回答苏步青提出的一切问题。苏步青还劲头十足地专门给他赠写了一句话：

"攀高贵在少年时，为学应竭毕生力。"

还为校园当中的立鹤亭题写了两个字：

"凌云"。

他说：

"我用这两个字是希望我们家乡的孩子们都能够立凌云壮志，使'小鹤'飞得更高。"

次年的10月份，苏步青还在医院里进行疗养，平阳县一中的王振中再次来医院看望他，这次来的还有一个名叫张文的。苏步青听闻家乡的人来了，正在床上躺着马上就起来了，赶紧迎接客人。

这次他们给苏步青带来了一个关于他、关于家乡的一个好消息，他们说：

"苏老，我们这次来给您带来了一个新闻。"

苏步青笑着说：

"什么新闻？快说，别卖关子！"

客人见苏步青心急，就也笑了，说：

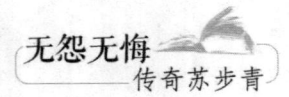

"您的学生,美国宾夕法尼亚大学的数学教授杨忠道先生,在我们平阳一中设立了'苏步青数学奖学金',作为送给您的礼物。"

苏步青欢喜道:

"是吗?这个礼物好呀!杨忠道做了一件大好事呀!"

两个客人说:

"嗯,确实是一件大好事!都是托您的福。"

苏步青说:

"希望我们家乡的孩子努力,再努力!为家乡争光,为祖国做出贡献!"

客人说:

"这正是我们所希望的。"

此时的苏步青又想起了过去他看到的家乡的样子,家乡的一草一木记忆犹新,他感慨道:

"真是乡音未改鬓毛衰啊。"

苏步青虽然出外数十年,然而,每逢遇到家乡的人,都是用闽南语和他们说话,他觉得这样更亲切,也只有这样才像家乡人的样子。

张文说:

"苏老,我们一起照个相吧?"

苏步青高兴地说:

"行呀!"

他们开始摆姿势照相,请苏步青坐在他们正当中,他们分别站在两边。然而,苏步青不愿意人家站着,而自己坐着,这样他不习惯,他说:

"这样不行,显得我架子太大了,都站着吧!"

王振中说:

"苏老,您都90多岁了,怎么使得?"

苏步青说:

"使得,我感觉自己还很年轻呢!"

说得大家都笑了,只好依了苏步青都站着。苏步青看看他们两个,说:

"你们全比我个子高,还是平阳的营养好啊。"

这张相照得很是开心。照完相,王振中觉得来一趟上海不容易,何况苏步青已经是这么大的年纪,以后能见几次面还不知道呢,于是,就紧抓机会,说道:

"苏老,您再给咱们学校的孩子题个字吧,让他们努力学习。"

苏步青说:

"行呀,只是这时候恐怕不行呀,我的身子现在不便,手抖得厉害,恐怕写不好字。"

王振中说:

"没事的,苏老您的字写得好。"

苏步青说:

"不行不行,我手抖写不好的,让人看了笑话,等我手不抖的时候再写。"

王振中紧追不放,说:

"那您对一中的孩子说几句话吧!"

说着,王振中就去拿话筒。苏步青说:

"行,这个行。"

于是,他们调好录音机后,苏步青就手拿话筒,讲了几句话,他说道:

"希望青年人要一代超过一代。时代在发展,教育事业科技事业都在发展,青年人要比老一代更加努力,更加前进一步,把国家的科学水平提

高至国际水平。这是他们的责任,这也是我对他们的最大希望。"

王振中他们两个走后,没过几天,苏步青就把给家乡孩子的题字写好了,然后很快给王振中寄去。王振中收到后展开来看,只见上面写的是这么几个大字:

成才在于勤奋与坚持。

王振中也急忙拿给全校师生们看,大家都如获至宝,备受鼓舞,高兴得不得了。

复旦大学于1997年的秋季,与上海对外交流协会联合举办苏步青回国执教65周年庆典。苏步青对此很是感激,在这个会上非要站在讲台上说几句表示感谢的话。他说:

"努力学习知识,为国家出力,这是每个公民应当做的事情,我也就是做了一个公民应该做的事情,实在感谢复旦大学和上海文协为我举办的这个会,感谢来宾参加这个会……"

第二年春天,苏步青在上海对外交流协会召开理事会之前,给江泽民亲笔写信汇报协会的工作,江泽民看了信后,十分兴奋,当即拿起笔来为苏步青所领导的对外交流协会题了一词,词道:

加强对外文化交流,汲取世界优秀文化精华。

上海对外交流协会收到江泽民的题词之后,也个个精神振奋,决心铆足劲头再创佳绩。

第九章 老来也要发挥余热

一段清闲的日子

1995年3月全国政协八届会议开过后，苏步青就因为年龄和身体的原因一般情况下是不再到京参政议政了，然而，他哪是个闲得住的人呢？他心中所关心的问题还是很多。

作为国内最为著名的数学家、教育家之一的苏步青依然最关心科学研究与人才的培养问题。1995年4月，他和一些和他一样上了年纪的学术泰斗们见面聊天，谈起这个问题，都一致认为：

"应当建立'国家基础科学人才培养基金'。"

于是老几位联名给中共中央总书记江泽民和国务院总理李鹏发出了《关于进一步加强和保护基础科学研究和数学人才培养的呼吁书》，他们是苏步青、卢嘉锡、程民德、曲钦岳、朱光亚、陈佳洱、徐光宪、谈家桢、唐友祺、郝诒纯和唐敖庆。

这么多位科学家、学术泰斗联名给中央发出呼吁书，那是非常有分量的，中央当然很重视，国务委员宋健于次年的2月份，就建立国家基础科学人才培养基金一事向江泽民总书记和李鹏总理作出了专题报告。宋健在这个报告中说，在接到11位老科学家们的信和总书记江泽民、总理李鹏的批示之后，他马上批请国家科委进行研究，然后又批请国务院办公厅协调财政部等有关部门进行研究，最后终于决定把建立国家基础科学人才培养基金当成国家自然科学基金当中的一个项目。组织制定基金管理措施，

具体工作实施委托国家自然科学基金委员会负责。很短的时间后，国务院办公厅秘书处就正式给苏步青他们回了信，说，国务院已于2月17日批准建立国家基础科学人才培养基金，"九五"期间，国家财政每年给专项拨款6000万，5年累计3亿元用于这个基金。苏步青这些老科学家们一看到这封信，就都兴奋得不得了，那真是浑身舒坦，说：

"我们这个国家的事业就该蒸蒸日上。"

苏步青虽然住在医院里进行疗养，然而，他每天的生活还是像以前一样非常有规律的。每天5点半准时起床，而这个时候，他的秘书还在床上，见他起床，也立即准备穿衣服，苏步青总是关心地对他说：

"还早呢，你再睡会儿吧。"

然而，苏步青都已经起床了，秘书能赖在床上不起来吗？于是也赶紧一骨碌爬起。苏步青洗脸刷牙，秘书快速地为他拿来当天烧的开水，给他把茶具进行消毒，泡上绿茶，待秘书回头准备整理床铺的时候，苏步青已经把他们两个人的床铺整理得干干净净，舒舒展展了，被子叠得整整齐齐地摆放在那里。这已经成了他长期坚持的良好习惯。

吃早饭之前，他要先练习一下他的"练功十八法"，只见他精神矍铄，神采奕奕，身体相当地矫健，全不似一般耄耋老人那样的神气，这也是他长期锻炼身体的结果。练完，稍事休息，开始吃早饭。

吃完早饭，他所订的4份报纸很快也就送来了，他便坐下读报，看最新的消息。他首先打开的是《解放日报》，看了一下大标题之后，再浏览《文汇报》上刊登的关于教育方面的消息。如此看报的时间通常是一个小时左右。他的秘书担心他时间看长了血压会引起波动，就劝他说：

"苏老，您不要长时间看，您的血压……"

苏步青说：

"一个小时左右没事的。我只是看一下重要的新闻。"

秘书还是担心，便给他讲起了故事，以分散他的精力，让他稍事休息。秘书为他讲了一个新鲜的破案悬疑故事，也引得苏步青听得入迷。这些故事，都是秘书平时用心为他搜集的，也可见秘书对工作的认真负责态度。听完之后，他哈哈笑着说：

"你哪来的那么多好听的故事？"

秘书想写苏步青的故事，吃中午饭之前，苏步青也讲给他听，每天可以讲20分钟左右的时间。下午四五点钟的时候，苏步青已经觉得在室内呆腻了，然后去衡山公园散步。衡山公园不大，但也幽静，树木葱茏，还有盛开的各种鲜花，鸟儿欢叫，空气非常地清新。苏步青颇为喜欢这个地方，有些老人在这里打拳、散步、含饴弄孙，这很适合苏步青的心境，他在这里走了一圈又一圈，都不愿离开这个地方了。晚上睡觉的时候是比较沉闷孤独的时候，苏步青年纪大了，总是失眠睡不着觉，便想找点事情做。他的秘书王增藩晚上爱听电台的猜谜语节目，他把从收音机里听来的谜语写在纸上请苏步青猜，苏步青好像对谜语很有研究似的，一猜就中。秘书就怂恿苏步青直接给电台打电话，苏步青也来了兴致，说：

"好吧，打打试试。"

没想到真的打通了，苏步青连着猜中了几个，和秘书两人高兴得很。电台的主持人感觉这位定然不是一般人，问他姓名，方知道是苏步青老先生。主持人也很惊喜，激动地说：

"原来是苏老在参与我们的节目呀，真是幸会幸会！"

为了活跃气氛，提高人气，主持人告诉听众，大数学家、教育家苏步青老先生在参与他们的节目，观众们也很是振奋，很受鼓舞，反应强烈，争着给电台打电话，想与苏步青间接说话。电台主持便给苏步青专门出了一个专业性比较强的谜语请苏步青猜，他说：

"脱贫致富，成绩不小，打一数学名词。"

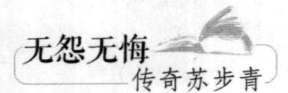

苏步青略微一思考,就脱口说道:

"无穷大。"

主持人说:

"苏老为什么猜是无穷大呢?"

苏步青说:

"脱贫致富不是无穷嘛,成绩不小不是大嘛。"

电台主持人很兴奋地说:

"真妙!恭喜您,您猜中了!"

主持人又转而告诉听众们:

"苏老猜中了,咱们恭喜他!"

第十章　设立苏步青奖项

苏步青数学教育奖

美籍华人项武义博士是美国加州大学伯克莱分校教授,他也是很著名的数学家,他和夫人谢婉贞博士于 1991 年,应复旦大学数学研究所谷超豪与胡和生夫妻之邀回中国对复旦大学进行访问。他们在一起对有关中国数学教育改革,特别是中学基础数学的教育改革的一些问题进行交谈,尤其是说到苏步青教授九十多岁还为提高中学数学教师水平而努力,还在讲坛上给他们上课的时候,心情都是非常激动的,内心里充满了敬仰之情。他们说:

"苏老那么大岁数了,还在为此努力,着实是令人敬佩,他的精神永远是值得我们学习的。"

"是呀!"

谷超豪突然心中一动,说道:

"我有一个提议,不知可行不可行。"

大家都看着谷超豪,心想,他肯定有什么新的高论。便催他说:

"您请讲。"

谷超豪说:

"鉴于苏老在数学上的成就和为国家教育事业做出的突出贡献,是不是可以设立一个苏步青数学教育奖,以此弘扬苏步青教授一贯重视和支持基础数学教育的精神,来促进基础教育的快速发展,增强基础数学教师与

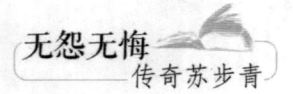

数学研究队伍的建设?"

大家一听，都齐声道：

"好呀，这个提议太好了！"

项武义高兴地说道：

"谷教授这个提议非常好！"

大家说：

"好，咱们大家就共同发出这个倡议！"

苏步青获悉这个倡议之后，也高兴地接受了用自己的名字命名的奖项，他激动地说道：

"这个奖项颁发给中学数学教师们，没有好的基础教育，哪有好的高等教育！"

这年的9月份，在全国教师节期间，根据项武义夫妻和谷超豪夫妻的共同倡议，由复旦大学、上海市教育局、上海中小学幼儿教师奖励基金会联合发起设立"苏步青数学教育奖"。苏步青被推为名誉理事长，理事长是谷超豪，下面设评审委员会，此奖项每两年举办一次，奖励分作集体奖项和个人奖项两种。规定获奖者必须具备三个条件：第一，从事中学数学教育活动数学研究15年以上，且至今还在直接从事中学数学教育或数学研究；第二，热爱社会主义祖国，忠诚基础教育事业，教书育人，为人师表，有良好的师德；第三，在中学数学教育研究、改革、发展与人才培养等方面有突出贡献的人。苏步青对这个奖项非常地看重，也参与了这个奖项《章程》的制定与修改，提出了自己的评选建议。当他认真地听完苏步青数学教育奖理事会的工作汇报之后，说道：

"我应当感谢我的学生谷超豪夫妇与海外华人数学家项武义教授夫妇，是他们共同倡议用我的名字来命名这个奖项的，这不但给予了我荣誉，也更让我感觉到自己的责任。为了对广大中学数学教师于平凡的岗位上做出的成绩给予奖励，我们应当实实在在地为他们做一些事情，认真把这些事情做好。"

第二年，举办第一届苏步青数学教育奖评奖活动，苏步青对获奖者认真细致地进行核定，最后评出获奖者。此次获得团体奖的是上海市青浦县数学教改实验小组、上海市大同中学《中学教学实验教材》实验研究组；获得个人奖的是复旦大学附中的特级教师曾容、上海市南市区教育学院特级教师李大元、上海市徐汇区位育中学高级教师金荣熙。

第二届苏步青数学教育奖于1994年于部分省市举办评奖活动，颁完奖之后，全国各地有很多打来电话和写来信件的，都要参加评奖活动。谷超豪他们见反响越来越大，就计划着把这个奖项推广到全国，这个时候，苏步青和苏步青数学教育奖秘书处收到许多人的来信，也有的写信者还是苏步青的学生，他们呼吁说苏步青数学教育奖的开办是为整个国家做了一件大好事，这对提高教师地位和素质非常有利，也对在中学基础教育中做出成绩的教师给予了肯定，是一种极好的奖励。不过，以苏老在数学界和教育界的地位，这个奖项应当与华罗庚数学奖、陈省身数学奖一样，除了对中学教师进行奖励之外，还应当扩大至对高层次人才的奖励。

可是苏步青看了这些来信后，却说道：

"我的看法是，咱们中国的四个现代化建设需要各方面的人才，中小学教育搞得好坏，直接影响到整个中华民族文化素质的提高，直接影响到我们国家的大业，我们全社会都应当对中小学教育给予关心。"

他身边的人都说：

"苏老说得极对。"

苏步青又说道：

"没有优秀的中小学教师培养出优秀的中小学生，我们哪来的大学人才？如何能够培养出高、精、尖的人才？最为重要的还是中学，我们一定

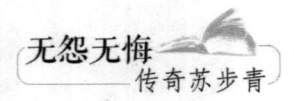

不能忽视了这个。"

正是由于苏步青在社会上的威望和认真做事的态度,才使得这个奖项设立后获得了很大的关注,反响强烈。教育部长陈至立会见了苏步青数学奖的倡议者和理事长谷超豪教授,对他说:

"这个奖项设立得很有意义,反响也很好,可以正式推向全国。"

决定之后,教育部专门派人参加苏步青数学教育奖理事会会议和评审工作。对这个工作,各省市也非常地重视,许多省市该奖项领导小组或评审小组的组长都是由教委一把手或者是分管主任担任的。让各地、市大力进行宣传和发动,中国数学会、中国教育学会中学数学教学专业委员会、上海市与有关省市的数学会对推荐及评审工作积极参加。这些已经保证了获奖人具体事迹的真实性,保证了逐级评审的公正性与群众性。苏步青看到这一系列举措,很是满意:

"多谢大家对我的认可,多谢大家对基层数学教育事业的支持!"

从此以后,这个奖项便成为国家教育部支持下的国内第一个奖励从事中学数学教师的奖项,也是中国中学教育界最高的奖项。

苏步青于1998年10月22日获得香港何梁何利基金会年度科学与技术成就奖,奖金100万港元。苏步青获悉这一消息后非常激动,对曾给予他支持和帮助的有关单位和个人表示真诚的感谢!他说:

"是党和政府的关怀、学校和数学系领导给予的帮助,才使我有了今天的成就。"

感谢之余,他决定将这笔获奖奖金全部用来设立奖励基金,一部分充实"苏步青数学教育奖",扩大奖励优秀中学教师的范围,一部分用来奖励复旦大学数学系的优秀师生。为中国的数学教育事业再做贡献。当时他给复旦大学的党委写信道:

中共复旦大学党委：

我获得何梁何利基金奖（1998）成就奖，我愿意把全部奖金100万港元捐给教育事业，其中50万港元捐给复旦大学数学所、数学系，作为奖励优秀师生基金。另50万港元捐给苏步青数学教育奖。妥否，请指示。

苏步青

1998年10月27日。

在苏步青数学教育奖第四届评奖中，北京市的一位从教40年的老教师荣获奖项，在颁奖大会期间他身体患病，然而他带病出席颁奖会，还在会上作了"使中学数学教育在整个中学教育中发挥更大的作用"的报告。他无比激动地对记者说：

"用著名数学家苏步青教授的名字命名的'苏奖'，是一个实实在在的奖，他奖励我们这些在中学数学基础教育中取得成绩的老师，意义重大，也是尊重知识、尊重人才的具体表现。"

病住华东医院

又过了一年，苏步青由于椎基动脉供血不足，只好住进了上海市华东医院。全国政协、中央统战部与上海市党政领导们每到春节或重大节日都不会忘记看望一下苏步青的。他们带去鲜花送去亲切的慰问，他的家人时不时地去东华医院看望他，特别是他的儿媳妇乐云仙每星期都会定时来

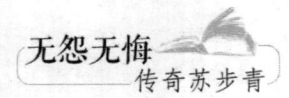

的，在苏步青住院的数年当中，从未间断过。她对待苏步青就像是对待自己的亲生父亲似的，苏步青也把她看成自己的亲生女儿。乐云仙有时候贴近苏步青的耳朵对他说家中最近发生的一些事，让他不要挂念，安心疗养。苏步青也把她的手握得很紧，不肯放松，真是父女情深。这期间也有他的学生与海内外的同道不断地来看望他，都始终想着他，关心着他的健康情况。

苏步青病情严重，进行抢救的时候，家人都不停地守护着他，内心的焦虑无以言表。

远在大洋彼岸的日本东北帝国大学也不知怎么听说了苏步青的病，他们对这位老校友也很是关心，剑持胜卫教授专门给苏步青的学生谷超豪写信询问病况，说还要亲自来看望苏步青。谷超豪将这个消息对老师苏步青讲了之后，苏步青很感动，说：

"远隔大洋，还在惦记着我，可惜我不能回东北帝国大学一探，即使亲笔写信也不能了。"他叫身边的人说：

"我口述你执笔给剑持胜卫教授写封回信，然后我自己签上名字！"

秘书答应着，开始代笔给日本写信，苏步青口述道：

剑持胜卫先生钧鉴：

近日您致谷超豪教授的信已拜读，十分感谢先生及东北大学母校校长先生和诸位同仁的亲切问候和关怀。

自1995年3月起，我因椎基动脉供血不足症，住进上海华东医院，至今将近4年，经医生悉心治疗，病情有所好转，期间亦曾出院两次。为保证健康起见，目前仍在医院治疗和休养之中。平时饮食起居很有规则，行动虽迟缓但尚能自理。有时受天气影响，病情有所波动。最为讨厌的是，听力较差，近期记忆衰退，因而与朋友交流显得力不从心。

目前，政府为我聘请了两位了解医务、责任心强的医护人员，日夜精心照顾，使我得以安度晚年。江泽民总书记、上海市和复旦大学领导，常记挂我的健康，并不时向我致候，使我感动。今年我已98岁了，不能再上讲台为同学们上课，但我的心仍时时想念着教室和同学。去年我将获科学成就奖100万元港元，自愿全部捐献给教育事业，用以奖励优秀教师和学生。因为我深知，只要办好教育，培养优秀人才，方能使国家强盛，人民幸福。由此，我也从内心更加感激母校以往对我的培养之恩。

因年老体弱，已不能胜任接待远方来访朋友，深感抱歉，你们的好意，我心领了。现以此函告慰一切关心和爱护我的朋友。不到之处，敬请各位多多鉴谅。

顺颂

均安！

苏步青

1999年1月30日

在2001年苏步青百岁华诞的时候，那真是一场盛会。

国家教育部部长陈至立同志赶来了，两院10多位院士赶来了，不少资深的老学者们也晃着衰老的身体被别人搀扶着赶来了，已近90岁的大数学家陈省身先生也坐着轮椅自北京赶来了。别看这些都是白头皓首的，可都是学术界卓有贡献的泰斗啊！著名数学家吴文俊看着这一切，哈哈笑着说：

"你们都比我年龄大，我才82岁，我在这里是最小的，属于少壮派！哈哈！"

陈至立部长说：

"苏老的百岁寿诞，众位在此盛会，这是数学界、科学界与教育界的

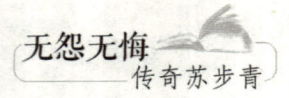

节日和喜事。"

当然来此祝寿的并非只有数学家吴文俊是最为年轻的。你看那天一大早，医院南楼不再像平时一样宁静，尽管从外面来祝寿的人都把自己的脚步声放至最低，但是依然显出节日的热闹与喜庆。病房的四围摆放着许多国家领导人敬献的花篮，上面都写有名字，有总书记江泽民、总理朱镕基、李瑞环、李岚清、吴邦国等，墙上挂的是寿图，桌案上放的是寿桃等。苏步青的病房里也被年轻的护士们布置一新，苏步青平时最为喜欢的彩色小卡片挂满床头，窗户上也挂着一只新买的小老虎，因为苏步青是属虎的。到处呈现出节日的喜庆气氛。

这一天，记者也来了，苏步青比以往醒得都早，在记者进到病房的时候，护士正为苏步青按摩胳膊呢，一面为苏步青按摩一面与苏步青说着话。由于做了气管切开的手术，苏步青不能说太多的话，即使说话也不太清楚，然而，护士全明白他想表达的意思。护士向记者介绍说：

"现在苏老神志极为明白，就是与人交流不是太方便。下午是他精神最好的时候，眼神也很好，看足球及新闻是他最喜欢的，还很喜欢看别人寄给他的贺卡。在他身体状况比较好些的时候，还能在我们的帮助下做康复治疗训练。"

记者给苏步青摄像，苏步青感觉到了，连忙睁开眼睛。记者上前对他说：

"苏老，祝您生日快乐！"

苏步青笑着点点头，表示感谢。

护士对记者说：

"这两天苏老心情非常好，因为要过生日。"

在庆贺苏步青百岁寿诞期间，《苏步青数学论文全集》也正式出版了，在首发式上，复旦大学的孙莱祥副校长道：

"在庆贺苏步青院士百岁华诞之际,又举行《苏步青数学论文全集》首发式,这是对苏老数十年来从事数学研究成果的一次全面检阅。自此,我国乃至世界数学界宝库,又增添了一部经典。通过《苏步青数学论文全集》的出版,我们应当学习他追求真理、献身科学的精神,将数学研究工作提高至一个新的水平。"

苏步青逝世

2003年,苏步青已经101岁了,在这年的1月份,平阳县教育局局长应元涨等一些人知道苏步青身体情况不太好,对他很是挂念,专门去上海华东医院对他进行探望。苏步青躺在病床上,昏昏迷迷,他恍惚觉得是家乡的亲人来看他了,耳朵里也听到了家乡人的声音,他的嘴动了一动,想说什么,但已经发不出声音了,他太累了。来人看苏步青这样,心里一阵难受,他们送上鲜花,说:

"苏老,您身体不好,要多注意休息,别太过劳神,我们先出去了。以后等您身体稍好些了,再来看您。"

然后,就都轻声退出了病房。

苏步青躺在那里,看到家乡的人退去,又迷迷糊糊地进入了梦乡,那个梦乡就是他的家乡,他多么想念他的家乡呀,这是出外的游子常常做的梦,他梦到童年在山上放牛,梦见在牛背上读《左传》,梦见在私塾里听老师讲课,梦见和童年的好友嬉戏打闹,梦见他的父亲和母亲,后来又梦

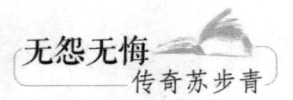

见回到了米子的身边,他们两个恩恩爱爱,甜甜蜜蜜,他想他真是该归去了,要永远和这些自己日夜想念的人在一起……

苏步青的病情越来越重,难以好转。人们的心情都很沉重,病房内外空气凝重,来此探望的人不断,医生护士来往穿梭。儿子苏德明、苏德昌、苏德晶等日夜守护。苏步青在身体还好的时候曾对儿子苏德明说:

"人老了,一天天过了看,今天好,明天便不见得好了。"

又说:

"我感谢一切关心过我的人,现在我手头一切奖金全已经捐了出去,所有的论文与手稿我都已经收集起来了,到时你们务必交给国家。"

苏德明是一个孝子,答应说:

"放心吧爸爸,我们一定会照您的吩咐去做的。"

苏步青极为坚强,病情反复五六次,医院已经发出几次病危通知了,然而都抢救了过来。虽然在这一年里,他总是迷迷糊糊,处于半昏迷状态,然而许多许多次他都以坚强的意志从死亡线上挣扎了回来。但是最后一次,也就是3月17日的这一次,他没能挺过来,在那天凌晨4点多的时候,他的病情开始恶化,单是上午便接连进行了两次抢救。到下午的时候,人已经是不行了,医生不得不又一次发出了病危通知。在弥留之际,他就像平时似的闭着眼睛,静静地躺在那里,于16时45分终于走完了自己的一生,永远地去了。家人和身边的人顿时陷入了悲痛之中。

苏德明说:

"爸爸走了,永远地走了,不再需要我为他理发了。我们一家从来都过着非常简朴的生活,我们小时候每次理发,都是爸爸为我们理的,爸爸专门买了一个推子,总是给我们理个小平头,从来不去理发店。等我们长大之后,我就开始为爸爸理发,从1968年一直到1998年,这30年都是我在为爸爸理发。爸爸26岁就有点脱发了,我掌握了这个特点,怎样把他稀疏的头发理得好看，因此理出的头发总是令他满意。一次他去北京参加人大会议，一名代表看着爸爸的发型对爸爸说：'你的发型理得真好看。'爸爸自豪地说；'这是我儿子给我理的。'那名代表很是羡慕，笑说：'你的儿子真行。'爸爸无论是参加什么会议，或接待外宾，每次都是我为他理发，从来没有去过理发店。"

苏德昌说：

"爸爸性情很刚直，他从来不违背自己的原则，即便是在十年动乱中坚持原则挨了整，也由于坚持原则才于动乱之后复出。爸爸说，要维护自己的信念便会树敌，因为树了敌，自己才能够进步，没有树敌自己也止步不前了。"

苏德明说：

"爸爸他在科研方面很成功，然而却从不会做生意。我们小时在湄潭，生活非常地困窘，我们兄妹脚上穿的都是草鞋，吃的是番薯。1945年，爸爸为了让我们兄妹们吃饱，平生做了第一次生意。他从市场上购买了一些油菜籽，精心地用竹席圈了一个桶专门盛放油菜籽，准备等市场上油菜籽涨价的时候再拿出去卖。还时常掀开来看看发芽了没有，然而，市场上的油菜籽就是不涨价，等到抗日胜利了，也还是没有涨。日军撤退之后，油菜籽更不值钱了，爸爸只好以很低的价钱把这些油菜籽都卖了。"

苏德晶说：

"1946年的5月份，浙大开始回迁，全体师生和家属都非常地高兴，早早就等着那一天快些到来。六弟德新是在湄潭出生的，还从来没有见过汽车、轮船和火车是什么样子的，在回迁的路上总是不停地问这问那，对什么都极为好奇。在上海到杭州的火车上，爸爸给我们买了咖喱鸡盖浇饭与火腿煎蛋，那真是好吃啊！1948年，四弟德昌才回国，说起来那时也让人心痛，1937年年底，外公去世了。外婆也饿死了，大舅舅接着

也病死,可怜的四弟德昌被二舅舅收养,然而,二舅舅自己有8个孩子,生活也顾不住,德昌在那里也根本吃不饱肚子。妈妈知道这些后,非常地心痛。那时候爸爸每天教德昌学中文,德昌人很聪明,脑子好使,只用了3个月的时间,就会说了,次年便进了中学,可是大哥德雄在80年代却病死了。"

苏德明说:

"爸爸对我们要求从来很严格,可是从开始就让我们自己发展,他是数学家,我们兄妹中却没有一个是学数学的。隔行如隔山,我是对数学一点都不明白,可是我和爸爸也有过一次很高兴的合作。刚开始的时候,爸爸的《仿射微分几何》是用英语写成的,到了80年代,新加坡的一家出版社要出版这本书的时候,爸爸自己认为英语程度没有我好,就让我来润饰一下,可是我根本不懂数学,我和爸爸两个人便你改我的英文,我改你的数学的方法,一段文字总是要反复推敲琢磨好几次才能定稿。"

谷超豪说:

"我也是今天晚上才得知这一消息的,没能见老师最后一面,我的心情非常沉重。"

忻元龙哽咽着说:

"苏老是我这一生中最敬重的师长,我们受到他的教诲和关心,用言语述说不完。"

说着说着,已泣不成声……

在苏步青重病期间和逝世之后,党和国家领导人前往医院探望,并向苏步青的亲属表示深切的慰问。上海市领导、浙江省领导和浙大领导等都分别对苏步青的亲属进行了深切的慰问。

沉痛的悼念

苏步青去世了，然而，他为国家和人类做出的贡献，使人们永远也不会忘记他！

综合他的一生，他从事微分几何、计算几何的研究与教学70多年，自1927年开始于国内外发表数学论文160多篇，出版了10多本专著，40年代曾被国际数学界赞誉为"东方国度上升起的灿烂的数学明星"。他创立了国际上公认的浙江大学微分几何学学派；他的"K展空间"几何学与射影曲线研究，荣获1956年国家自然科学奖；他开展的计算几何于航空、造船和汽车制造等方面的应用研究成果，先后获得1978年全国科学大会奖，1985年、1986年三机部和国家科技进步奖。1998年获何梁何利基金科学与技术成就奖。

他认真贯彻党的教育方针，对教育极为重视，实施素质教育言传身教。他认为大学教育的真正意图在于对学生德智体全面发展和社会主义现代化建设服务能力的培养。他认为教师的职责不仅是教书，而且是育人，应当用自己崇高的思想品德对下一代进行影响和教育。他总是用自己走过的道路对学生们进行谆谆的教导，要他们增强历史使命感与责任感，为祖国的振兴而努力奋斗。他在1983年退休之后，尽管已经八十多岁了，然而，还接连3次对教材进行编写，对中学数学教师进行培训。可以说他的教育之花开遍天下。

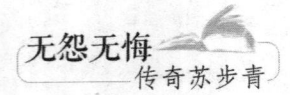

同时,他还是一位出色的社会活动家,他总是以高度的政治责任感和使命感参与国事,为了巩固与发展爱国统一战线,为了坚持与完善中国共产党领导的多党合作与政治协商制度,为了人民政协履行政治协商、民主监督、参政议政职能,为了中国民主同盟的自身建设与发挥参政党的作用,煞费苦心,努力工作,做出了重大贡献。他善于团结与带领知识分子积极投身社会主义现代化建设。他关心国家统一,至百岁躺于病榻还亲笔书写"反对'台独',坚持'一个中国'原则,完成祖国统一大业"的字幅挂于墙上。他被推举为中国对外友好协会上海市分会的主席、上海市对外文化交流协会的会长。曾为这些事业出国访问讲学多次,参加学术交流活动,于外事活动中表现出出色的才干。他对于我国的对外开放政策积极宣传,对我国改革开放以来经济与社会发展所取得的重大成就积极宣传,为使世界更多地了解中国,促进世界和平,发展中国和世界各国的友好合作,开展国际文化学术交流做出了不凡的贡献。

在新建的上海对外文化交流协会办公楼内,伫立着一座光芒耀眼的铜像,这就是原会长苏步青教授。经他手建立起来的上海市对外文化交流协会通过这么多年的艰苦努力,已经吸引海内外社会各界优秀人士近百人成为理事,跟世界近50个国家和地区的一百多个组织建立了经常性的联系,举办几十个大型文化、科学国际交流活动,组织10多个团组出访世界各国及地区,对许许多多来上海进行文化交流的朋友给予了热情接待,知道内情的人都明白,没有苏步青当初的努力,是不会有上海对外文化交流协会今天的光辉成绩的。

他热爱祖国,不断地追求真理和进步,是中国近代优秀知识分子极为优秀的代表,想当初,他谢绝了国外的高薪聘请,一心想着科学救国,毅然决然地回到了祖国。在新中国建国之前,他同情与支持"反内战"、"反迫害"的斗争,以浙大教授会主席的身份进行罢教,对国民党当局杀害爱国学生给予抗议，且不顾自己的安危积极营救学生出狱。他断然拒绝离开大陆跟随国民党去台湾定居，下决心为新中国的教育事业贡献自己的全部智慧与力量。

他于1959年3月份光荣地加入了中国共产党，他作诗道："此身到老属于党。"在十年动乱中，他倍受凌辱，然而并无一点动摇之心，他对党和社会主义的信念是无比坚定的。他全心全意地拥护党的十一届三中全会以来的路线方针与政策，为改革开放所取得的成就而欢欣鼓舞，他的心总是跟时代脉搏紧密相连。

他一生光明磊落，实事求是，严于律己，待人宽厚，谦虚谨慎，生活简朴，堪称知识分子的楷模。他高尚的道德风范、无私的奉献精神与卓越成就，将会永留史册，且还将激励新一代的爱国知识分子们为建设中国特色社会主义事业而继续作出重大贡献。

3月24日是苏步青遗体火化的日子，上午10点，苏步青遗体告别仪式在上海龙华殡仪馆大厅举行。大厅里既庄严又肃穆，播放着寄托哀思的音乐，被放大的苏步青遗像上面，悬挂着一个横幅，上面用毛笔字写着：沉痛悼念苏步青同志。大厅正中央安放着苏步青的遗体，遗体的周围摆放着鲜花，一面红色的中国共产党的党旗盖在他的遗体之上。

为苏步青送别的队伍是十分壮观的。除了上节所述的党和国家领导人、上海市领导、浙江省领导、浙大领导之外，还有许多许多：

上海华东医院的王传馥院长、陆佩芳副院长与那些医护人员代表们来了。

苏步青的亲属，有的是从日本赶来，有的是从连云港、杭州赶来。

他的同事和学生们也赶来了，如谷超豪、胡和生、朱大潜、华中一、王元、白正国、金通洸、董光昌、王威琪、贾树枚、华宣积、忻元龙、洪家兴等。

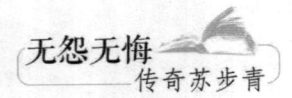

华东医院的人佩服苏步青那种和死神搏斗的精神,而每次搏斗,都是艰辛无比,痛苦无比。王院长说:

"苏老最后因为多器官功能衰竭,走得非常安详,我们为他的去世,感到非常悲痛!"

他的子女们说:

"爸爸这个人太有特点,做人很有道理,他一辈子贡献非常大,为科学事业鞠躬尽瘁,生活也非常地清贫,对我们这些做子女的都非常严厉,也很平和。"

他的学生谷超豪教授说:

"苏老不但是我学问上的引路人,在生活上也是我和胡和生的亲人。记得我还在上本科的时候,苏老第一次指导我读的论文就是菲尔兹奖得主J·道格拉斯的一篇文章。这是一块非常难啃的硬骨头,我花了整整一个暑假的工夫,才硬着头皮将这篇论文啃掉。后来,才明白这是苏老惯用的'大松博文'式的训练方法:从严从难。如今这事已经过去50多年了,然而,我对苏老指定我读的这篇论文还很是难忘怀,正是从这篇论文起,我不再害怕读难度大的论文、进行难度大的推理。他的教导在我眼前打开了一扇神奇的数学研究大门,而我后来在数学领域的研究成果,很大程度上就应当归功于苏老对我的指导。"

他的学生胡和生教授说:

"能够跟着苏老学习,走向数学研究的道路是我今生最大的幸运,自从进入浙大学习到现在,苏老的指导让我一辈子受益,整个影响我的一生。是他创立了讨论班的教学和学习方式。他76岁的时候还总是坚持定期参加研究生的讨论班,就是下大雨,也还是要掮着鞋子,卷着裤腿蹚水赶至教室……"

说到这里,胡和生教授泣不成声,稍停了一会儿,她又说道:

"正是苏老对我的严格要求,才使我具备了做学问必须拥有的素质,我也会向苏老学习,将苏老的品质留传给后来的人。"

他的学生朱大潜教授说道:

"苏老是培养优秀数学人才的一代宗师,他的一首诗里有这样一句,'离乱坚斗志,盛世展宏图',这是苏老一辈子的写照。他的逝世让复旦失去了一位伟人,使我们失去了一位可亲可敬的师长。在他晚年的时候,他总是说'我人老了,学问也老了',他总是鼓励青年人能够快一点成为接班人。他一直反对'名师出高徒'的说法,自己提出了一个充满哲理的说法,'名师出高徒,高徒出名师',影响广泛。他总是说,培养人才要一代超过一代,青出于蓝而胜于蓝。"

华中一教授曾任上海复旦大学的校长,他说:

"苏老对我影响最大的就是'专业设置最重要的是满足社会需求',这个思想直至现在还是非常重要的。苏老曾经对我说过,引进人才先不要管他名气大不大,只要学问好、人品好,实干家……虽然我无缘做他的学生,然而在我的心中,他始终是我最为敬重的老师,他的办学思想将指导我们把学校办得更好。"

此时的复旦大学校园内,大学生们获悉苏步青去世的消息,无不落泪,说:

"怎么这样的杰出的人物说走就走了呢?!"

特别是数学系的学生们,他们自发地组织起来,用一个夜晚的时间赶制了数千只纸鹤,并书写了许多挽联挂于校内光华路与相伯路边。复旦大学当时的党委书记秦绍德说:

"我们敬爱的名誉校长苏步青教授走了,我们内心里感到无比地沉痛。对于苏老,我们复旦人由衷地敬仰、爱戴和怀念,他将自己一生的心血与精力全都献给了祖国和人民,献给了教育事业和科学事业,献给了复旦的

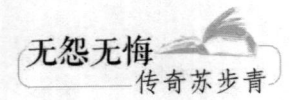

发展和腾飞。他是复旦的一面旗帜。他的思想、观念、情操,都震撼着人心。他教书育人时所焕发出的那种人格魅力、那种亲和力,都让人打心底里折服。他的品德崇高,无私奉献,堪称做人的典范。他的学识卓越,辛勤耕耘,不愧为师之楷模。"

许许多多的相关人士和单位因故不能亲来吊唁,也发来了唁电,个人像张素成、章振乾、曹锡华、严士健、秦元勋、杨乐等,单位像中国科学院、中国数学会、上海数学会、上海市对外文化交流协会、上海市科协、辞海编辑委员会、上海宝钢集团公司、厦门大学高等教育研究所、科学出版社、广东教育杂志社、上海远程教育集团、上海电视大学、浙江省委省政府、温州市委市政府、平阳县委县政府、温州大学、杭州第二中学、杭州学军小学、平阳县教育局、平阳县文物馆、平阳县中心小学、平阳县水头镇第一小学、贵州省湄潭县、湄潭县求实中学等……

不少国外友人也发来了唁电,像日本东北帝国大学的总长吉本高志、日本创价大学学长若江正三、日本三洋电机株式会社井植基温、美国复旦大学的同学会等。

ICIAM 苏步青奖

鉴于苏步青为人类在数学领域和教育领域作出的突出贡献,2003 年的 7 月份,国际工业与应用数学联合会(ICIAM)决定设立 ICIAM 苏步青奖。国际工业与应用数学大会是世界级最高水平的工业和应用数学家大会，成立于1897年，每隔四年举办一次。这个大会设有拉格朗日奖、克拉兹奖、先驱奖、麦克斯丰奖。大会设立苏步青奖，主要是意在奖励在数学对经济腾飞和人类发展应用上做出杰出贡献的个人。

ICIAM苏步青奖是第一个用我国数学家名字命名的国际性数学大奖，也是每隔四年举办一次，每次仅授予一个人。

ICIAM苏步青奖的设立，是国际应用数学界对苏步青为人及成就的高度认可，是中国人的骄傲，是中国数学家的骄傲，也是对苏步青为人类所做贡献的充分肯定，更是对他永远的纪念。

中国人民不会忘记他，世界人民也不会忘记他……

附　苏步青的部分弟子

苏步青的部分弟子

方德植

苏步青的学生之一，1910年生于温州市瑞安，厦门大学教授、主要从事几何学、数学教育研究，是我国当代第一个完全由国内培养的、以其科研成果赢得国际数学界注目的数学家。他从事数学工作57年来，于数学研究、教育和人才培养等方面，皆做出了重要贡献。

他1933年毕业于浙大数学系，在苏步青的悉心指导下，他在自己刚毕业一年左右的时间内，便写出和发表了让国内和国外同行专家们注目的科学论文《定挠曲线的一个特征》。此篇论文最突出的成就是对法国鼎鼎大名的数学家达布的一个公式做了重要改进。此后，世界上许多的数学家都将他的这个研究成果引入了教学课本。当时，科学界有一种论调特别地盛行，说什么"不出洋，科学人才就出不来。"方德植的成才，可以说是苏步青对这一论调纠正的收获。

方德植十分重视教材的编写。他结合自己的科研成就，吸收国内外先进成果，先后撰写了《微分几何》《解析几何与线性代数》《微分几何基础》《黎曼几何引论》等14部专著、教材和教学参考书。他特别强调教材的现代化要反映科学的新成就，要少而精。在数学专业的教学计划中，长期以来，解析几何、射影几何、线性代数和抽象代数是分别为四门课程。这样，所占学时比例不小，学生也不容易理解这四门课程内容间的内在联系。方德植认为这些课程有必要做较大的改革，将这四门课程的基本内容有机地结合起来，撰写了《解析几何与线性代数》。出版前后，在厦大数学系连续试用过五年，效果良好。内容比一般通用教材简明易懂，达到了提高教学质量、减轻学生负担的要求，符合少而精的原则。这本书作为本省的优秀教材之一，于1986年的香港书展中，获得了好评。

1962年，受教育部委托编写了高等学校通用教材《微分几何》。

1985年12月6日，中国数学会在上海举行的50周年年会，决定向在数学教学和研究中度过50个春秋的苏步青、柯召、方德植等83位老一辈数学家，颁发荣誉证书。方德植是福建省唯一获此殊荣的数学家。方德植淡泊名利，耐得寂寞，勤勤恳恳地工作，不随波逐流；他生性耿直，思想开朗，能深入地进行独立思考；他是非分明，有胆量坚持原则，善于团结同事，有组织领导能力；对师生的品质和业务提高的要求从不放松；他从教55年的历程是献身教育事业和科学事业的历程。

为了表彰方德植的工作成绩，1986年，厦门大学授予他"南强奖"一等奖。表彰材料写道："方德植教授在长期教学科研工作中为祖国和人民做出了突出的贡献。他数十年如一日，呕心沥血，辛勤耕耘，培养了一代又一代的数学工作者。到70多岁高龄还依然奋战在教学的第一线。他历来十分重视本科生的培养工作，非常重视基础理论和对学生能力的培养。因为他长期不懈的努力，在科研上也取得了突出的成就。同时他获得"厦门大学1989年优秀教学成果奖"（1978—1988）一等奖，"福建省1989年优秀教学成果奖"二等奖。

1988年，设于英国伦敦剑桥的国际传记中心，决定将方德植收入《世界知识界名人录》。

熊全治

苏步青的学生之一。微分几何学家。1916年2月15日生于江西省新建县雪舫（现名雪坊）村。早期曾研究局部射影微分几何；旅美后，主要研究整体微分几何，尤其是积分几何。自1937年开始，一共发表了91篇论文，也出版了教材《微分几何教程》。1967年3月创办"微分几何杂志"。曾在美国理海大学担任数学教授等职。

1919年熊全治全家迁居南昌市。熊全治在江西省立第一师范附属小学读书。毕业后升入江西省立第一中学，当时他的父亲在该校任教。1932年熊全治高中毕业。政府为了发展工业，鼓励中学毕业生攻读工程专业。江西省没有大学，熊全治就去武汉、上海报考了几个大学的土木工程系，然而全没有录取。发榜之先，他在上海看到浙江大学在杭州的第二次招生广告。因为他早就听说浙大的陈建功和苏步青两位教授，内心里极为崇敬，而他自己又擅长数学，因此便决定去杭州报考浙大数学系。考试的结果是以优异的数学成绩被录取。从此，他便痴迷在数学领域里。

1935年秋，熊全治进入大学四年级。他选定苏步青做他的导师。浙江大学数学系的优秀毕业生都留校任教，由陈建功和苏步青继续培养。1936年熊全治从浙大毕业，根据他的志愿，留校任研究助理员，随苏步青研究射影微分几何。他是数学系第一个专作研究的人员。苏步青开了一门课，讲授他新编的射影微分几何讲义。熊全治一边听课，一边阅读文献，一年内完成了一篇关于射影微分几何的论文，1940年刊登在《中国数学会学报》（西文版）。

熊全治在微分几何方面取得了丰硕的成果，日益引起世界数学界的重视。他多次出席美国及国际数学会议：美国数学会与国家科学基金会合办的夏季研究会，于1956年在西雅图的华盛顿大学举行关于整体微分几何

的会议。1962年在圣巴巴拉加州大学举行关于相对论及微分几何的会议。1973年在斯坦福大学关于微分几何的会议。1964年及1972年西德Oberwolfach的国家数学研究所主办的关于整体微分几何会议。1970年国家科学基金会在密歇根州立大学主办的关于微分几何的区域会议。1971年加拿大数学会在哈利法克斯新斯科舍省的戴尔豪西大学举行第十三次数学讨论会。1972年春季在英国的华威大学举行了国际大范围分析会议。熊全治在以上会议报告了自己的论文，受到与会者的好评。

1972年熊全治在美国数学会的夏季会议上应邀作了一小时的特别演讲。他应邀组织了1980年4月17日至18日美国数学会在费城举行的关于微分几何的特别会议。1980年及1987年，他分别在武汉大学、复旦大学、江西大学、杭州大学以及中国科学院讲学。自1986年起他是理海大学所办的关于几何及拓扑的国际数学年会负责人之一。1991年9月在复旦大学为庆祝苏步青教授90大寿及执教65周年所举行的微分几何国际学术讨论会上，他被邀请做一小时演讲。

熊全治除继续任"微分几何杂志"主编外，还任中国台湾《数学季刊》的编委（自1975年起），新加坡世界科技出版社的编辑顾问及《理论数学丛书》的主编（自1982年起），及《东南亚数学会报》的编委（自1989年起）。

熊全治的著述颇丰，共发表91篇论文及一部微分几何教材（A First Course in Differential Geometry，中译本《微分几何教程》，熊一奇、杨文茂译）。

抗战期间，他随苏步青研究局部射影微分几何。那时他在国内外发表的论文大部分属于以下三个方面：（1）关于曲线、曲面及超曲面的射影不变式；（2）在三维及高维空间内的共轭网理论；（3）直纹线汇的理论。

赴美后，熊全治主要研究整体微分几何，特别是积分几何。他将所发表的论文归类为以下几个方面：关于闭超曲面的闵可夫斯基—熊积分公式；具有边界的黎曼流形的消没定理；具有边界的二维黎曼流形的等周不等式；具有边界的黎曼流形的闵可夫斯基及克利斯托费尔的唯一性定理；黎曼及凯勒流形的截面曲率与示性类之关系；欧氏空间内黎曼流形的局部及整体共形不变式；关于黎曼流形与球面有共形或等距关系问题；在黎曼流形上闭曲线的全绝对曲率；六维球面上无复结构的证明；殆复结构之一新类；L流形（凯勒流形之一扩充）的谱几何。熊全治的所有研究工作中，他本人认为当以六维球面上无复结构的证明为最重要。据他说，关于那项工作他时断时续地花了十五六年的工夫，创造了一新微分几何方法，通过关于复算子之甚复杂的计算，解决了数学上三四十年未解决的一个难题。他的主要公式将成为复流形几何上基本公式之一，推动复流形之一般理论的发展。后来他又继续此项工作，得到殆复结构之一新类。熊全治蒙受了流亡的苦难，又领略了异乡的孤独；但是他在数学的领域里，倾注了60年的血汗，使微分几何这朵奇葩在海外、在祖国溢香怒放。

张素诚

苏步青的学生之一。著名数学家。1916年4月29日生于浙江省肖山市。1932年，张素诚初中毕业后，考入浙江省立杭州高级中学。当时，苏步青先生刚从日本留学回来，在浙江大学数学系任教。一次，苏步青应邀到杭州高级中学作报告，张素诚听了很受鼓舞。

1935年他考入浙江大学数学系。除苏先生外，张素诚还认识了系里的陈建功、钱宝琮、曾炯之、朱叔麟等教授，并受到他们的熏陶和影响。钱宝琮先生是浙江大学数学系最早的创办人和最早的系主任，后来系主任一职由陈建功先生接任。苏步青教授到校一年后，出任数学系主任。浙江大

学数学系在他们的领导下,工作蒸蒸日上,为中国数学事业的发展做出了贡献。钱宝琮教授是著名的数学史家,他讲的中国数学史课,给张素诚印象很深,特别是讲到元朝以后的500年,中国科学逐步落后于西方一节,使张素诚下决心要为中国的数学事业奋斗终生。

张素诚于1939年在广西宜山毕业(浙江大学撤出杭州以后,首迁建德,后来搬到江西的泰和,三迁广西宜山,最后搬到贵州的遵义。但是由于校舍不够,理学院设在湄潭),获理学士学位。之后留校任助教。1942年春,张素诚辞去浙江大学助教职务,接受中英庚款董事会资助,在浙江大学受苏步青先生指导,从事射影微分几何方面的科研工作。当时他主要研究平面曲线的奇异点问题。1943年获浙江大学研究院的科学发明奖,1944年获当时教育部的科学发明三等奖。

1945年秋,因中英庚款用完,张素诚没有了资助,便转到四川省自贡市国立自贡工专任讲师,同时经浙江大学研究院院长郑晓沧先生的引荐,通过英国文化委员会负责人、英国皇家学会会员李约瑟博士的推举,获得英国文化委员会的资助,有机会在1947年到英国留学,于1949年秋在牛津大学获哲学博士学位。

中华人民共和国成立后,张素诚应南昌大学的聘请,欣然回国。1950年春抵江西,任南昌大学教授。同年8月,离开南昌大学,任中国科学院数学研究所筹备处副研究员,但暂驻浙江大学数学系,为兼任教授。1952年院系调整后,张素诚到北京中国科学院数学研究所任研究员。1960年开始担任《数学学报》《数学进展》《数学的实践与认识》编辑部负责人、主编,创办《应用数学学报》。长期从事微分几何学和拓扑学的研究。1960年和1965年两次参加科学代表团,访问华沙、莫斯科与巴黎。

1975年又任代表团团长率团访问法国。这些出访不仅促进了学术交流,也增强了我国数学家与国外数学家的相互了解和友谊。张素诚还曾就数理统计队伍的建设与波兰科学院达成协议，就中苏数学家的互访与苏联科学院达成协议。不过，这些协议后来由于形势的变化，未能全部执行。

在微分几何学研究中，获得可表示奇点的几何解释。建立了高维射影空间曲线固有的活动从标系统，从而获得这种曲线的基本定理。在拓扑学研究中，曾获得 An2（n>2）多面体的法形式，被国际拓扑界称为"张素诚法复合形"。在发展几何结构与代数结构相互实现的理论中，建立新的同调函子，打到新的同伦不变量，它们构成正则同态论的两部分。此外，在球的约化乘积、同纬映射的核的计算、球面束的同伦群的计算和解决 Weil 猜想即证明同伦群之间的 Jaeabi 恒等式等研究中，都取得重要成果。

张素诚的主要科研工作，可分为三个方面：

1. 微几何

在微分几何方面，张素诚写有 20 多篇论文，主要是研究平面曲线的奇异点，发掘射影共变图形。由于奇异点普遍存在，因此引起射影微分几何学工作者的注意。苏步青发现平面曲线的可表奇点的射影共变图形，张素诚研究了非可表奇点（其中包括可表奇点），并利月非可表奇点的射影共变图形表达了非可表奇点退化为可表奇点的几何条件。

在射影空间的曲线论中，附着在每一点的活动射影坐标系统应包括标塔（在平面上为坐标三角形）与单位点，张素诚解决了列维齐维塔和富比尼问题，于是用纯几何的方法决定了单位点。1945 年 11 月在美国数学会宣读了他所著《五维空间射影曲线论》一文，并于次年发表了该文。

在射影曲面论中，张素诚发现戈尔多织面列全体在三维射影空间中的直接作图法。

2. 代数拓扑学

在代数拓扑学方面代数拓扑学工作者企图用空间的代数结构区分

空间是否属于同一个拓扑型或者同一个同伦型等等。50年代前夕，怀特海证明：当 n>2 时，A2n 多面体的伦型与 A2n 上同调系统的正则同构类一一对应；又于 n=2 时，A22 多面体的伦型与 A22 上同调环的正则同构类一一对应。这就把两个 A2n（n>2）多面体是否属于同一个伦型的问题化作它们所对应的 A2n 上同调系统是否正则同构的问题。在此基础上张素诚创建正则同构论中的不变量理论，证明 A2n 上同调系统的正则同构类中，不变量的完整系统为贝蒂数，挠率与重挠率，于是完全解决了 A2n（n>2）多面体的伦型分类问题，获得 A2n（n>2）多面体的法形式，被称作张氏法形式。

后来，怀特海与张素诚合作推广重挠率于一般的多面体，称为块不变量。

张素诚又进一步对（μ, $\triangle$, γ）-系统研究了不变量的完整系统，于1960年发表。这种理论有德国数学家 H.J.鲍斯的应用，这是1989年的事。

3. 同伦技术

（1）1954年张素诚在《数学学报》独立发表韦伊猜测的正面答案。这一猜测有4国学者在同一年发表了各自的证明。

（2）1954年发表球的约化乘积，比 I.M.詹姆斯的约化乘积早一年。

（3）改进了怀特海同纬映射的核的计算法。

（4）证明了绝对同伦群间的乘法不仅一种。

白正国

苏步青的学生之一。1916年12月17日，白正国出生在浙江省平阳县腾蛟镇的一个小商人家庭。1936年，白正国报考国立浙江大学数学系。在"求过四定点的抛物线"的考题中，他正确解出了两条抛物线，引起了苏步青的关注。当时竺可桢任校长，校风严谨。四年的大学学习，使白正国打下了扎实的数学基础，并具备了从事科学研究的能力。

白正国在遵义毕业后，留校任助教。1956年加入中国共产党。曾任浙江大学讲师、副教授。建国后，历任浙江师范学院副教授，杭州大学副教授、教授、数学系主任，中国数学学会理事和浙江分会副理事长、理事长。专于微分几何。在射影微分几何、大范围微分几何黎曼几何等方面有所建树。解决了富比尼提出的射影曲面存在的问题，得出如果一个曲面有一族且只有一族渐近曲线是射影等价的，则它们必须属于线形丛，其逆亦真的结果。著有《关于一族渐近曲线是射影等价的曲面》等论文。

吴祖基

苏步青的学生之一。1915生，江苏南京市人，中国现代数学家。他5岁读私塾，小学时候的成绩并不好，升入高小后，难度较大的四则应用题激起了他的学习兴趣。此后，学习成绩上升，常得满分。1928年，吴祖基考入南京最好的中学——南京中央大学实验学校。初口阶段，吴祖基迷上代数和英语，同时酷爱球类运动。因此，吴祖基的体格发育很好，学习成绩也名列前茅，获免试直升高中。这一时期，吴祖基的大代数老师周怀衡引人入胜的讲解使吴祖基对数学更加迷恋，常去书店找资料，沉迷于数学题海之中。高中阶段，吴祖基的德语学得非常好，夕教来时常派他去迎接。为了节省时间，在高中时吴祖基制定好时间表，用于提高学习效率，又能保证睡眠。但因为太迷恋数学，吴祖基忽略了语文，所以考大学时就因作文成绩不合格而落第。经历了高考落第后，吴祖基醒悟过来，开始发愤苦读古文，练各种文体的写作。经过努力，吴祖基不但文笔流畅，而且写得一手好字。1942年，吴祖基获浙大硕士学位，师从苏步青。从浙大毕业之后，留在浙大数学系担任讲师。1947年秋，经陈省身教授推荐，吴祖基被清华大学数学系聘为专任讲师。解放后，吴祖基任清华大学工会组织部长。1950年晋升为副教授，还担任中国数学会主办的《数学通报》编辑。1952年院系调整，吴祖基被调到北京大学数学力学系。1958年，吴祖基由北大调至郑州大学，此后一直在郑州大学工作，曾担任数学系主任和中国数学会理事、河南省数学会副理事长、理事长。

根据代数与几何密切的关系倡导高等代数与解析几何的互相渗透和有机结合，吴祖基在教学中做了不少的尝试，为浙江大学数学系的发展做出了很大的贡献。吴祖基能特别自如地驾驭所讲授的各门课程。他每次上课都写有详细讲稿，但在课堂上根本不看，有时只在兜里放一两张纸片，偶尔看一看，但讲起课来如行云流水，条理清晰。他很注重板书，边说边写，整整齐齐，每一个字、每一个符号，都经过深思熟虑。抄下他写的板书，就是一份完整的讲义。

吴祖基在数学教育方面，有着许多独到幽深的见解，如他主张"一个数学"，强调数学各分支之间互相联系，数学教师不仅应在宽厚的基础上能融会贯通地学好各门学科，而且也应有胜任讲授各门课程的能力，而他自己就是这方面的楷模。在数学的三大门类：分析、几何、代数中，他兼通分析、代数两大门类。

他非常重视青年教师的培养，还一直强调学校应以教学为中心，要注意人才培养，提高教师的业务水平。

郑州大学1956年建校后，在工科（土建系、机电系、水利系）和理科（物理系、化学系）开设了高等数学课程。于吴祖基的领导下，青年教师对微积分进行了认真的教学研究。根据当时师资力量薄弱的特点，以讨论班的形式学习菲赫金哥尔茨的"微积分学教程"，提高业务水平。同时建立了严格的管理制度。在历经了困难时期后仍保持严格的教学要求。

吴祖基待人热诚、谦虚达人，从不与人争名利，生活俭朴，为人负责、自立、谦逊、助人，他的高尚品德，堪为师表，深得人们的尊敬和称赞。

吴祖基把毕生精力献给了教育事业，培养出了许多优秀的人才。

吴祖基其主要研究方向是微分几何和数学教育，为中国的数学发展做出了很大贡献。

他的主要著作有《得到仿射空间中很多曲面的仿射不变量》和《吴氏二曲面》。曾翻译狄隆涅拉伊可夫的《解析几何学》（第一卷·第一分册）、拉舍夫斯基的《微分几何教程》、亚历山大洛夫的《凸曲面的内蕴几何学》。

秦元勋

苏步青的学生之一。我国有突出贡献的数学家。生于1922年，贵阳人。1939年他17岁以第一名的优异成绩考入浙大，1943年以优秀的成绩毕业，获理学学士学位。秦元勋浙大毕业之后，苏步青原想让他留校读研，然而，他已经得到美国哈佛大学的入学许可证，就没能留校，而是出国留学去了。他于1946年和1947年先后获美国哈佛大学文学硕士和哲学博士学位。秦元勋从美国归国之后，曾任中国科学院数学研究所的研究员和副所长等职，曾获国家重大成果奖和国家科委金质奖，并有多项成果于世界上处于领先地位，为我国第一颗原子弹、氢弹的研究做出了很大的贡献。苏步青很是喜欢这个学生，从他入浙大到老都一直称呼他为"小孩"。

卢嘉锡

苏步青的学生之一。著名化学家。生于1915年10月26日，祖籍台湾台南，生于福建厦门市。1936年放暑假的时候，福建省主席陈仪请苏步青和陈建功到福州为他们办师训班，还是中学化学教师的卢嘉锡随班接受培训，培训期间成绩优异。1973年，卢嘉锡在国际上率先提出固氮酶活性

中心网兜模型,之后又提出过渡金属原子簇化合物"自兜"合成中的"元件组装"设想等问题,在化学模拟生物固氮等领域的研究中作出了贡献。1987年卸任中国科学院院长,担任中国科学院特邀顾问、主席团名誉主席等职;同年,获伦敦城市大学名誉科学博士学位,获比利时皇家科学院外籍院士称号。1999年,获何梁何利科学成就奖。2001年6月4日病逝。

曹锡华

苏步青的学生之一。著名数学家。1920年3月24日生于上海市,1940年,他中学毕业之后,来到重庆以优异的成绩考入重庆大学数理系,后来又听从别人劝导,前往贵州当了浙大数学系的插班生,于1945年在浙江大学数学系毕业,1950年获美国密歇根大学哲学博士学位。归国后,曾任浙江大学副教授,华东师范大学教授、数学系主任,中国数学学会理事,上海市数学学会第四届副理事长。1957年加入中国共产党。曹锡华长期从事数学教学和群表示理论的研究,主要从事代数学研究,是当代把中国代数群研究引向世界前沿的一位领头人。

杨从仁

苏步青学生之一。中国当代著名的数学家,1939年毕业于四川大学数学系并留校任教;1943年任讲师;1950年受聘东北师范大学副教授;1951年到天津津沽大学任副教授;1952年任数理系主任;1953—1966年,1977—1982年任数学系主任;1979年晋升为教授;1980—1983年任河北大学副校长;1983—1987年为顾问。杨从仁一生追求进步,1943—1946年参加成都教授联谊会;1946年加入中国民主同盟;1950年受聘四川大学管制委员会任校务委员;1984年在河北大学加入中国共产党。在系的建设中尤为关注师资队伍建设,通过送出去进修,举办青年教师进修班、讨论班等，使一大批青年教师成为教学骨干。1977年重新担任系主任后，又抓了教师的科学研究工作和系的学科建设工作，并于1984年获得基础数学硕士学位授予权。1978年开辟了"增生算子扰动理论及其应用"的科学研究方向。

50年代，先后翻译并出版了（苏）奥库涅夫的《高等代数》（上、下册），（苏）格列本卡的《数学分析简明教程》（两卷），（苏）列斯铁尔尼克、索伯列夫的《泛函分析概要》（第一版）（该书为中国泛函分析学科的第一本译著。应读者要求1985年，他重译此书第二版）。在国内重要期刊上发表过多篇论文，1985年在《数学学报》上发表了"Hilbere空间内m—增生算子的扰动"的论文，1988年在《数学年刊》上发表了"Banach空间内m—增生算子的扰动的几点注释"。1985年，成功地组织了全国非线性泛函分析第四届学术会议。杨从仁曾任中国数学会理事、天津市数学会副理事长、河北省数学会理事长、民盟天津市委委员、民盟保定市副主任、河北省政协委员、保定市政协副主席、河北省科协副主席。

程民德

苏步青学生之一。1917年1月24日出生，江苏吴县人。数学家，数学教育家。程民德于1932年考入苏州工业学校（前身为苏州工专）纺织科，受当时在苏州中学兼课的数学教师张从之的影响，程民德对数学产生了强烈的兴趣。1935年，程民德投考浙江大学电机系，由于数学成绩异常突出，被当时浙江大学数学系主任苏步青转录到数学系本科。从此开始了他的数学生涯。1940年毕业于浙江大学并续为研究生。1949年获美国普林斯顿大学博士学位。1980年，当选为中国科学院院士。曾任北京大学教授，是北京大学数学研究所的创始人之一。

他长期担任北京大学数学系的领导工作，主要从事数学与应用数学，

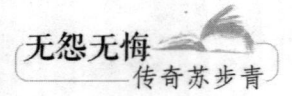

特别是调和分析方面的研究工作。于多重三角级数唯一性理论、多重富里叶级数求和与逼近理论方面作出了开创性并有深远影响的成果,是中国多元调和分析研究的先驱和学术领头人。对有限华尔希变换作了系统研究,奠定了理论基础,为运用此变换于图像处理提供了理论依据。

程民德为人正直,有强烈的爱国精神与社会责任感。他曾为国家教委应用数学领导小组的负责人之一,国务院学位委员会数学评审组成员,全国教材编审委员会副主任,《中国科学》与《科学通报》编委,国家基金委数学天元基金学术领导小组组长,以及《现代数学基础丛书》主编,《北京大学数学丛书》主编,《数学年刊》与《应用数学学报》副主编。

卢庆骏

苏步青学生之一。1913年8月15日出生于江苏省镇江县,也就是现在的镇江市。他的父亲卢润州曾是赴日本留学生,从事律师和法官工作,中华人民共和国成立后,担任县政协委员,要求子女认真读书,诚实做人。童年的卢庆骏就读于镇江第九师范学校附小,后来考进镇江六中和镇江中学读初中和高中。1931年7月,考取浙江大学数学系,1936年8月毕业,获理学士学位。毕业后留校任教,历任助教、讲师、副教授,直至1946年7月。由于工作成绩显著,1946年9月被选送美国芝加哥大学数学研究院深造。期间,他刻苦攻读,发表了多篇具有较高学术水准的论文,获博士学位。由于他报国心切,毅然放弃在美国的优越待遇,于1949年5月回到母校浙江大学数学系,被聘任为教授兼数学系主任,那一年他才36岁。1952年8月,在中国高等院校院系调整中,他被分配至上海复旦大学数学系任教授。1953年3月,调至哈尔滨军事工程学院,任数学教研室主任、教授,并先后担任院科学研究部副部长和教务部副部长。在此期间,他还被黑龙江大学聘任为数学系主任。

1962年,他开始从事导弹与航天型号的试验学、可靠性预测与评估、精度分析等研究工作。1964年6月调入国防部第五研究院一分院,(1965年在第七机械工业部第一研究院),当副院长兼研究所所长。1981年任七机部总工程师。1983年任航天部第一研究院科技委副主任,后任院技术顾问。1988年任航空航天部第一研究院技术顾问。1991年任航空航天部科技委顾问。1993年任中国航天工业总公司科技委顾问。

在这一时期,他还被聘任为国防部第五研究院科技委和七机部、航天部、航空航天部历届部科技委委员。他曾被选为黑龙江省数学学会理事长,中国科协第一届理事会理事以及中国数学学会、中国宇航学会、中国系统工程学会理事。还担任中国《宇航学报》副主编。他是第三届全国人民代表大会代表,中国人民政治协商会议第二、三、五、六、七届全国委员会委员。1979年,卢庆骏光荣地加入了中国共产党。

在1956年全国教授评级时,哈尔滨军事工程学院决定给卢庆骏定为一级教授,但这位学者获悉后坦诚地申明:我的老师苏步青教授是一级,我只能定二级。由于他的坚持,最后还是尊重他的意见,定为二级教授。1962年,他被评为全国优秀知识分子;1984年,荣立航天部一等功;1985年,由于其圆满完成氢氧发动机研制任务,而作为项目的主要完成人之一,荣获这个项目的国家科技进步奖一等奖;1990年,首批被批准为享受政府特殊津贴的专家;1991年,被评选为航空航天部有突出贡献的专家。

谷超豪

苏步青学生之一。1926年5月5日生于温州市区华盖山麓的高盈里。世界著名数学家、国家最高科技奖获得者、中国科学院院士、国际高等学校科学院院士、复旦大学数学研究所名誉所长。1948年毕业于浙江大学,

同年苏步青选留他做助教。1953年起，谷超豪任教于复旦大学。1957年留学苏联莫斯科大学力学数学系。1959年获苏联莫斯科大学物理数学科学博士学位。1960年后历任复旦大学教授、数学系主任、数学研究所所长，中国科学技术大学校长，国家科委攀登计划非线性科学科研项目首席科学家。1980年当选为中国科学院数学物理学部委员。

他专长微分几何、偏微分方程和数学物理，在纯粹数学和应用数学两个方面，取得了举世瞩目的科学成就。2009年8月6日，经国际小行星中心和国际小行星命名委员会批准，编号为171448的小行星命名为"谷超豪星"，作为对这位著名数学家的褒奖。被命名的小行星是2007年9月11日由中科院紫金山天文台盱眙观测站发现的一颗小行星，国际编号为171448，该小行星绕日运行周期为3.47035年。2010年1月11日，谷超豪获得2009年度国家最高科学技术奖。

有《数学物理方程》等专著出版。

胡和生

苏步青学生之一。1928年6月出生于南京。中国著名女数学家，2002年在国际数学家大会上被邀请作Noether报告，受到很高的评价。曾任中国数学会副理事长、上海市数学会理事长，第七、八、九届全国政协委员。1990年，胡和生是海峡两岸第一次以"China"的名义参加IMU代表大会的代表之一。

胡和生的祖父和父亲都是画家。她从小耳濡目染，聪明好学，画感、乐感很强，祖父和父亲特别喜欢她。读小学和中学时，她不偏科，文理兼优，这些对她后来从事数学事业帮助很大。胡和生虽然爱好广泛，但她的理想不是成为一位画家，而是考上大学继续深造。抗战胜利以后，胡和生考进大夏大学数学系，1950年毕业，又报考了浙江大学。1950年8月至

1952年7月在浙江大学当研究生，师从苏步青教授。毕业后任中国科学院数学研究所实习研究员、助理研究员。1956年调至复旦大学任教。复旦是以苏步青为首的我国微分几何学派的策源地，人才济济，加之老一辈数学家的鼓励指导，同行的互勉竞争，托着这颗新星冉冉升起。后，她一直在复旦大学任教，1980年升为教授，1981年批准为第一批博士生导师，1991年当选为中国科学院学部委员。

在2002年世界数学家大会上，她应邀作诺特讲座报告，2003年当选为第三世界科学院院士。她和丈夫谷超豪教授被称为夫妻院士，一时传为佳话。胡和生教授长期从事微分几何研究。早期研究超曲面的变形理论、常曲率空间的特征等问题，发展和改进了著名数学家E.嘉当等人的工作。在黎曼空间运动群方面，给出了确定黎曼空间运动群空隙性的一般方法，解决了持续60多年的重要问题。70年代中期，开展微分几何在数学物理中的研究。在有质量规范场的研究中，第一个给出了经典场论中极限 $m>0$ 时不连续性的显式事例。对有质量规范场的存在性问题、团块现象和球对称规范势的决定等问题的研究，都取得重要成果。在调和映照的研究中，发展了孤立子的几何理论。撰有《孤粒子理论与应用》《微分几何学》等专著。研究成果"经典规范场"获国家自然科学三等奖。"调和映照和规范场"获1985年教委科技进步一等奖，两者均为主要获奖者之一。

李大潜

苏步青学生之一。数学家。1937年11月生于江苏南通市。1957年毕业于复旦大学数学系，1966年该校在职研究生毕业。任复旦大学教授、中国工业与应用数学学会理事长、中国数学会副理事长、中法应用数学研究所所长。对一般形式的二自变数拟线性双曲型方程组的自由边界问题和间断解的系统研究，以及对非线性波动方程经典解的整体存在性及生命跨度

的完整结果,均处于国际领先地位,得到国际上的高度评价。在理论研究的基础上,对各种电阻率测井建立了统一的数学模型和方法,并成功地于国内10多个油田推广使用。1995年当选为中国科学院院士。1980年任复旦大学教授。1997年当选第三世界科学院院士。2005年当选法国科学院外籍院士。2005年获何梁何利奖。2008年1月,摘取第八届华罗庚数学奖的桂冠。李大潜是国务院学位委员会批准的首批博士生指导教师,全国首批有突出贡献的中青年科技专家。曾任复旦大学研究生院院长、中国数学会副理事长。现为教育部高等学校数学与统计学教学指导委员会主任委员,国务院学位评定委员会数学学科评议组召集人,高等学校数学研究与高等人才培养中心主任,中国工业与应用数学学会理事长,国际工业与应用数学联合会(ICIAM)执行委员,上海市科学技术协会副主席,数学年刊主编,中法应用数学研究所(ISFMA)所长。

华宣积

苏步青学生之一。1939年生于浙江宁海。著名数学家,享受国务院特殊津贴。1961年1月起跟随苏步青学习数学。复旦大学数学系毕业后留校工作直到退休(其中1976年7月至1978年7月支教西藏大学)。中国数学学会、中国机械工程学会和中国工业与应用数学学会会员。1986年全国教育系统劳动模范。曾任复旦大学数学系党总支书记。

华宣积长期从事基础理论教学,并兼任系行政、党务工作。指导或协助指导了30名硕士和78名博士。参加并完成《船体数学放样》等10个课题。1978、1985和1997年分别获全国科学大会奖、国家科技进步二等奖和国家优秀教学成果一、二等奖,以及省部级奖多项。

董光昌

苏步青学生之一。出生于 1928 年 1 月 28 日,江西景德镇人。数学家。1946 年高中毕业后,他和几个同学结伴沿长江而下到上海去报考大学。在船上,听人说起浙江大学数学系有苏步青、陈建功两位著名的数学家,心想到浙江大学数学系读书对自己将来在数学方面的发展一定有很大的帮助,所以在报考其他几所大学的同时又报考了浙江大学,最后在好几所学校都录取他的情况下还是选择了浙大。考完大学后,因路远不能回家,因而提前几天来到了浙大。在宿舍里,高年级同学告诉他可到系图书馆阅读,但因未注册须系主任批准方可,于是他找到当时的系主任苏步青教授,给他批了条子,就马上到系图书馆借了书自学。大学四年及大学毕业后留校任助教的两年,学术环境优越,名师陈建功、苏步青都曾亲授一门课并主持讨论班,其他高水平教师的授课,同学、同事间的学术交流切磋,都为他学习数学提供了好条件。同时,由于系图书馆的图书、杂志多,为董光昌课余钻研数学提供了充足的源泉。在这期间,董光昌奠定了一生从事数学事业的基础。1950 年毕业于浙江大学数学系。1959 年加入中国共产党。历任浙江大学讲师、教授、应用数学研究所所长,高等学校工科应用数学专业教材编审委员会副主任,《高校应用数学学报》主编等。

董光昌在浙江大学数学系任 3 年助教以后,从 1953 年起担任讲师。1957 年至 1958 年在中国科学院数学研究所进修。1978 年晋升为教授,1981 年由国务院批准为首批博士生导师。1979 年至 1981 年,赴美国做访问学者两年。1986 年至 1994 年,相继应邀赴澳大利亚、中国香港、日本、法国、意大利、美国等国家和地区的著名大学和研究机构,进行短期学术交流与研究工作。他在数学研究和数学教育的园地上辛勤耕耘了 50 多年,

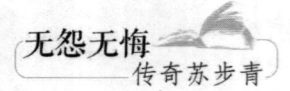

他继承与发扬了老浙大数学系治学严谨、学风淳厚的优良传统，为在数学系形成良好的教学和科研风气付出了大量的心血，收到成效。为浙江大学数学学科的全面发展乃至中国的数学事业都做出了贡献。60年代毕业生、在海军工作的中国工程院院士沈昌祥，80年代毕业生、在国际数学家大会上作邀请报告的著名青年学者林芳华（芝加哥大学教授）和励建书（马里兰大学教授），今天所取得的成就都与董光昌的精心培养密切相关。董光昌是浙江大学高等数学研究所的倡议者和主要创建人之一。他积极争取在数学所建立了浙江省第一个数学博士后流动站，并指导了多个方面的博士后研究人员。他不遗余力地扶持和提携青年学者，组织开展各类学术活动，不断开辟新的学科方向，为浙江大学数学学科的全面发展和中国的数学事业都做出了贡献。

除了科研和数学方面的贡献之外，他还在对新的学术思想、学术界新生事物的判断和扶持方面发挥了积极作用。例如，1973年，他帮助浙江省科技局解决了设置通用计算机还是先设置专用计算机的决策上的困难，对浙江省计算技术研究所的建立起了重要作用。再如，70年代他带领年轻人从事船体数学放样和数控绘图等项目的研究工作，率先在浙江大学引入了"计算几何"这一研究分支，这对日后浙江大学建立CAD&CG国家重点实验室起了奠基作用。又如，1994年，他对与应用数学关系密切的非线性科学在高科技领域，特别是信息领域的应用给予了高度重视，先后在《中国科技报》《浙江日报》上撰文宣传，并在数学系组建了一支以年轻人为主的队伍从事这方面的研究工作，已经取得了明显的成效。

董光昌几十年来潜心研究，共发表论文50余篇，出版专著4部。"船壳放样的精密光顺方法"获国家发明专利。1978年他主持的"船体数学放样"和"数控绘图"两个项目获全国科学大会奖；专著《非线性二阶偏微分方程》获高等教育出版社优秀学术专著优秀奖；《非线性二阶偏微分方程理论与应用》获国家教委科技进步一等奖及国家自然科学四等奖。他曾先后任中国数学会第三届、第四届理事；浙江数学会副理事长；中国工业与应用数学学会（CSIAM）第一届常务理事；国家教委理科教学指导委员会委员及应用数学教材建设组副组长；《高效应用数学学报》主编；《数学年刊》《偏微分方程》等五个全国性学术刊物编委以及浙江省数学学会名誉理事长。曾被评为全国劳模。

忻元龙

苏步青的学生之一。上海复旦大学数学系教授，曾获得过陈省身数学奖、国家教委科技进步一等奖、国家自然科学二等奖。曾任"苏奖"评委会主任、致公党复旦大学第一届委员会副主委。主要研究方向是微分几何。著作有《黎曼几何讲义》《调和映照》等。

洪家兴

苏步青学生之一。1942年生于上海市，原籍江苏吴县。数学家。1965年毕业于复旦大学数学系，1982年取得博士学位。2003年当选为中国科学院院士。现任复旦大学教授、博士生导师，数学研究所所长，教育部"非线性数学模型与方法"重点实验室主任，数学年刊及 Asian J. of Math 编委。

洪家兴教授的研究方向是偏微分方程及其几何应用。二维黎曼流形到三维欧氏空间的实现是历史悠久的经典问题，虽经过卡坦、希尔伯特和纳什等数学大师的研究，仍有许多未解决的基本问题。洪家兴成功地得到了四方面的重要的成果。

（一）首次得到了单连通完备负曲率曲面在三维欧氏空间中实现的

存在性定理（希尔伯特和叶菲莫夫等人只有否定的结论），所需条件接近最佳。

（二）把著名数学家外尔–路易（尼伦伯格–波戈列洛夫）等人关于正曲率球的嵌入定理推广到非负曲率和非紧的情形。

（三）解决了等距嵌入的诺依曼问题的可解性。

（四）获得了一类等距嵌入狄利克雷的问题的大范围光滑解，推广了波戈列洛夫的有关工作，并将林长寿关于变号曲率曲面的局部嵌入定理推广到圆盘领域这一半整体的情形。为得到这些结果，需要解决真正非线性情况的双曲型、退化椭圆。他的研究得到了国内外同行的一致好评和赞扬。

谭永基

苏步青学生之一。复旦大学知名教授，现任教育部重点实验室"非线性数学模型与方法开发实验室"副主任，复旦大学"中法应用数学研究所"副所长，复旦大学应用数学研究中心主任，中国工业与应用数学学会常务理事，中国工业与应用数学学会数学模型专业委员会副主任，全国大学生数学建模竞赛组委会委员，上海市工业与应用数学学会理事长。

谭永基教授是全国大学生数学建模活动的发起人，早在1990年就在上海市组织"大学生数学建模竞赛"。1992年国家教育部高教司、中国工业与应用数学学会把"全国大学生数学建模竞赛"作为教育部组织的"大学生全国四大竞赛活动"之一，每年组织一次。谭永基教授为组委会负责人之一，具体负责"全国大学生数学建模竞赛"的命题和评阅工作，多次代表我国参加国际会议并介绍我国数学建模教学与数学建模竞赛的经验。

杨忠道

苏步青学生之一。生于1923年，浙江平阳人。著名数学家。1946年毕业于浙江大学数学系。1948年，任当时中央研究院数学研究所助理员。1949年，进美国杜伦大学学习，1954年获数学博士学位，同年去伊利诺伊大学攻读博士后。1954年，在美国普林斯顿高级研究院作访问研究。1956年起，长期担任美国宾夕法尼亚大学数学教授，曾兼任数学系研究生部主任4年、数学系主任5年，发表论文20余篇。1962年，出席在美国举行的国际数学学术讨论会。1963年加入美国国籍。杨忠道专长代数拓扑和拓扑变换群。

主要成就是建立了拓扑学中的"杨忠道定理"，证明了代松猜测和最后解决了布拉希克猜测等，还曾与众多国外著名数学家合作研究取得了许多重要成果。先后发表学术论文上百篇和出版拓扑学方面的著作多部。他在宾夕法尼亚大学任教35年，培养了一批数学人才，如担任马萨诸塞大学数学系主任多年的拉利·马文即出自他的门下。1979年，曾应复旦大学邀请，回上海讲学。自1989年以来，他多次回国讲学，为中国培养现代数学人才做出贡献。

梁友栋

苏步青的学生之一。生于1935年，福建福州人。著名数学家。1956年开始在复旦大学跟随苏步青读研究生，学习几何理论，毕业之后分配至浙大数学系，曾担任系主任6年，一直致力于计算机辅助几何设计和计算机图形学方面的研究，于几何设计的理论与方法上取得了很大成就。梁友栋先生20世纪80年代初提出了著名的Liang-Barskey裁剪算法，通过线段的参数化表示实现快速裁剪，到现在依旧是计算机图形学中最经典的算法之一；20世纪80年代末至20世纪90年代，梁友栋先生致力于几何连续性的研究，提出了一系列几何连续性方面的理论与方法，成为国际上几何连续性研究的重要力量，1991年，以梁友栋先生为首完成的成果"计算机图形生成与几何造型研究"获国家自然科学三等奖；20世纪90年代后期，梁友栋先生学术思想依旧很活跃，积极开展纤维缠绕几何设计的研究。

梁友栋先生在教书育人、人才培养方面也成就斐然，汪国昭、王国瑾等教授都是他早期的学生，早已是我国几何设计和计算机图形学研究的中坚力量；同时，梁友栋年轻的弟子们也在迅速成长，鲍虎军是浙江大学教授、国家杰出青年基金获得者、教育部长江学者特聘教授和国家973计划的首席科学家；马利庄是上海交通大学教授、国家杰出青年基金获得者；还有众多弟子像方晓芬、高曙明、吕伟、郑建民等教授活跃在世界各地从事几何设计的研究，可说是桃李满天下。

过去的数十年当中，梁友栋先生不但在科研、教学和人才培养上取得了突出成就，他还致力于国内外的协作和交流，在浙大组织了多次研讨会，大力推动我国几何设计与图形学的发展。中国工业与应用数学学会几何设计与计算专委会之前身——计算几何协作组即是在梁友栋、刘鼎元跟汪嘉业等学者的积极组织及苏步青先生的大力支持下成立的，梁友栋先生任计算几何协作组组长，协作组凝聚了一大批来自各个高校的几何设计和图形学学者，给我国几何设计与计算机图形学的研究做出了突出贡献。

鉴于梁友栋先生的杰出贡献与成就，中国工业与应用数学学会几何设计与计算专委会授予梁友栋先生第二届"中国几何设计与计算贡献奖"。